お前の手をぼくの手に
お前のつぶてをぼくの空に
ああ
今日の空の底を流れる花びらの影

彼が壁を洗う夕べは鳩を抱き
まけ　お前の胸の岸つ轢き

ぼくらの腕に萌えある新芽
ぼくらの視野の中心に
回転する黄金《きん》の太陽

大岡信

言葉を生きる、言葉を生かす

県立神奈川近代文学館 編
公益財団法人神奈川文学振興会 編

港の人

神話は今日の中にしかない

大岡信

なめらかな苔の上で燃えあがる影
ぼくの中の燃えるいばら
ぼくの両眼に巣をかけて
茂みに街に風を運ぶ小鳥たち

朝の陽ざしは葉のうらで
午後の緑をはや夢みている
道の遠くで埃があがる
その中で舞う子供らのあいだをぬって
むかし死んだおまえの母の優しい手が
丸い小石をふりまいてゆく
池のふちまで……

池にひびく小鳥の足音
あれはぼくらの夢の羽音だ
そのはばたきは
季節の屋根をとびうつりながら
晴れた空のありかを探す五本の指だ

苔の上では星が久しい眠りから覚め
ぼくの夜がおまえのかすかに開かれた
唇の上であけはじめる

『記憶と現在』(一九五六年七月　書肆ユリイカ)

目次

詩篇・評論　*129*

寄稿

大岡信の背中、そしてこれから　*145*

凡例

・本書は県立神奈川近代文学館の特別展「大岡信展　言葉を生きる、言葉を生かす」（二〇二五年三月二〇日〜五月一八日）の公式図録として発行する。
・掲載美術作品、直筆資料などの所蔵者は団体名のみを記載し、個人所蔵の作品、資料や一般に流通した書籍などについては記載しない。＊は当館蔵・大岡信文庫。
・書籍のタイトルは表記のとおり、引用文、詩などは典拠資料に従った。
・図版キャプション等の［　］は推定。
・今日において不適切と思われる表現、用語については、時代背景および著者の表現・表記を尊重し、原資料のままとした。

日本詩歌の豊穣——『折々のうた』の射程

三浦雅士

1　大岡信の「家学」

いまなお鮮明に記憶に残る対談のひとつに吉本隆明と大岡信による「古典をどう読んできたか」がある。「国文学」一九七五年九月号「特集＝吉本隆明と大岡信」所収。

すでに半世紀昔のことになるが、なぜかその場に居合わせでもしたように忘れられない。冒頭、大岡が吉本に、古典をどう読んできたかいろいろお聞きしたいと切り出すと、吉本が、いや、ぼくのほうがむしろ聞きたいと受けて、「家学」すなわち家に代々続く歌なら歌の学問というものがあるけれど、大岡さんのところには「そういう家の学問がありますか」と逆に問い返すのである。そうでもなければ、大岡の古典理解の深さ、把握の適切さの説明がつかないと言わんばかりの口調なのだ。

大方の読者は驚いたに違いない。

一九七五年といえば、吉本隆明五十歳。六五年には『言語にとって美とはなにか』、六八年には『共同幻想論』、七一年には『心的現象論序説』を刊行し、いわばマルクスの思想を現代に展開するにはどうすべきか、一身に体現しているような存在だったと言っていい。「家学」という古風な、というかほとんど保守的それこそ伝統墨守的というほかない言葉が、その吉本の口から飛び出すなど誰にも思いもよらないことだったに違いない。しかも「家学」を否定しているのではない。逆に肯定しているのである。大岡の古典論は、専門家と素人、学者と愛好家、つまり古典と現代文学の「橋渡し」として、稀に見る成功を収めているが、それには「家学」のような伝統が介在しているのではないか、そうとでも考えなければ辻褄が合わない、というのが吉本の問いの骨子なのだ。

問い返された大岡が読者以上に驚いたことは疑いない。大岡は吉本の六歳下で四十四歳。ちなみに私は二十八歳で、当時、青土社の『ユリイカ』の編集から『現代思想』の編集に移ったばかりだった。吉本、大岡、両氏には、ほぼ毎月のようにお目にかかる立場だったが、大岡自身、対談直後、何度か「驚いた」と呟いていたことをいまもよく覚えている。予想もしなかったというところだろう。話は吉本からも聞いているわけだから、記憶があたかも対談の場に居合わせでもしたかのように生々しいのは当然かもしれない。

父の大岡博は歌人ではあるけれど、「家学」なんてもの、あるわけないじゃないですか、強いて挙げれば、父が心酔していた窪田空穂の存在がその位置を占めるかもしれないが、それは「家学」というものなどではおよそありえない、というのが、大岡の吉本に対する、ほぼ本音だったのではないかと思われる。歌をめぐって父から子に「家学」を伝授されたなどという記憶はまったくないということである。

だが、吉本は、大岡の『紀貫之』（一九七一）をはじめとする一連の古典論に十分に衝撃を受けていたのである。専門家と素人のどちらにも齟齬を感じさせることなくやすやすと古典と現代文学を繋ぐその技には驚嘆するほかないが、しかしそれはいったいどこから来ているのか、という疑問を押さえ切れなかったのだ。

吉本には、単刀直入、相手の虚を突くようにして本質を暴く、いわば性癖となってしまったような手法があって、それが多くの人を驚かせたのだが、それにしてもいま読み返してみて、吉本の大岡に対するこの直観的な理解力には驚嘆するほかない。

大岡の背後には「家学」が潜んでいるのではないか、というのは、簡単に言えば、大岡には一人とは思えないところがあるということである。伝統つまりは先祖が大岡の口を借りてその思いを述べ始めた、とでも形容するほかないところがあるということだ。非科学的なことを述べているのではない。大岡にはつねに視覚、聴覚、嗅覚、味覚、触覚すなわち五感全開とでもいうべきところがあって、枝の揺れ、ざわめき、匂い、味、手触りなどのすべてが一通り口をきかなければ先へ通してもらえないようなところがある、しかもそれらすべての語りに先例があると口々に称える人々にいちいち頭を下げながら——つまり五感すべての歴史にそれぞれ敬意を払いながら——である。大岡は一人ではないとは、たとえばそういうことである。それは大岡における「身体」とでもいうべき次元への注目にほかならなかった。

これはしかし、異例な話ではない。たとえば歌舞音曲を始めとする稽古事のすべては身体の躾、とりわけいかに歩くかから始められるが、行われているのはまったく同じことなのだ。五感すべてを研ぎ澄ますなど当たり前のことである。人間国宝すなわち重要無形文化財なるものがあるが、人が見るのはその人の動きだけではない、背後に潜む無数の人々の動きの積み重ねを見るのだ。吉本の用いた「家学」という語が指すのも、ほとんど同じことであると私には思える。詩歌を論じる大岡にはいわばそういう身体的な次元、身が先に感じ動いてしまう呼吸のようなものがつねに感じられるのであって、それを丸ごと説明しようとすれば、「家学」とでもいうべきものを想定するほかないではないか。

吉本のこの、大岡のいわば古典力をめぐる直観はじつに的確だったというほかない。『たちばなの夢——私の古典詩選——』（一九七二）、『うたげと孤心』（七八）、『万葉集』（八五）、『詩人・菅原道真』（八九）、一九七〇年代から八〇年代にかけて大岡の古典論は質量ともに増すだけではない。一九七九年一月から「朝日新聞」に連載され始めた「折々のうた」は、その圧倒的な好評によって、大岡信の名をたちまちのうちに国民的詩人の座に押しあげてしまった。日本古今の詩歌のアンソロジーなのだから、吉本の言うまさに古典と現代の「橋渡し」以外の何ものでもない。吉本は大岡の手法に「身体」の次元を見出したのだが、言語芸術における「身体」の次元を丸ごと表現するものとして「家学」という語を持ち出すほかなかったのである。

吉本、大岡という、いわば、現在進行中の二つの大事件の身近に居合わせた自分の「半世紀前の好運」に感謝するほかないが、「家学」をめぐるこの対話は、人間にとって文学すなわち言語芸術とはいったい何であったのか、何であるのか、何であるべきなのか、深く考えさせる契機と見取図を含んでいると、私には思える。記憶がいや増しに鮮明になってくる理由である。

対談は、ほとんどこの「家学」の話に終始していると言っていいが、「家学」という語の提示と受け応えのありように、当時の吉本、大岡の状況が透けて見えるところがあって、これがまたきわめて興味深い。

私は、吉本の『言語にとって美とはなにか』はマルクスの立場を推し進めるどころか、実際には逆に働いた——追い詰めた——のではないかと考えているが、そして、『共同幻想論』も『心的現象論序説』もむしろその逆の働きを確証することになったのではないかと考えているが、ここでは詳述しない。ただ、吉本にとっては、大岡の古典論は、吉本のそういう自分自身への問いかけと連動するかたちで登場した、それが「家学」という語を用いるにいたった内的必然だっただろうことは示唆しておきたい。「家学」はむしろ「共同幻想」や「心的現象」にきわめて近いものとして想定されていたのではないかということである。「一子相伝の伝授」すなわち「共同幻想」の領域であり「心的現象」の領域であることは指摘するまでもない。しかもすべて「身体」を介在させているのだ。

吉本は対談で、香川景樹の名を引いて一対一の伝授の雰囲気を描いているが、同じような伝授を、文書のうえのみであれ、自分たちは戦時中に小林秀雄や保田与重郎から受けたのだと示唆してもいる。とすれば、小林が、戦後、ベルグソン論の挫折の後に始めた本居宣長論の冒頭を折口信夫との対話から始めた理由もそこにあったと考えるべきだろうし、それが賀茂真淵と宣長の「松坂の一夜」に倣ったものとしてそこに置かれたことの意味であったと考えるべきだということも、ここで指摘しておくべきだろう。吉本はそれらをすべて背負うかたちで、大岡の「家学」に向けて問いを発していると言っていい。

私は吉本に対する小林の影響は、おそらく吉本自身が考える以上に深刻だったと考えている。大岡に放たれた「家学」という語は、吉本の考えでも十分に広いが、おそらくそれ以上の広がりをもっていたのである。小林が重視したのは「家学」の背後の「身体」の次元だが、『言語にとって美とはなにか』から『共同幻想論』へいたる吉本にもまったく同じことがいえる。そして、その背後に潜む柳田國男の存在を、一民俗学者を超えた書き手として、日本の一般読書人に開かれたものにしたのは、柳田の著作に重きを置いた創元選書の企画者であった小林にほかならなかったのである。これは熟考すべき主題である。

子細を省けば、吉本の大岡への問いかけは、潜在的には小林への問いかけにほかならなかったのだ。吉本はかつて私の問いに答えてマルクスに習った最大のことは「抽象」ということだったと述べたが、同じことを小林に尋ねても――小林もマルクスに習うところ大だったのだ――まったく同じ答えが返ってきただろう。だが同時に小林は、それ以上に柳田に「身体」ということを教わったと付け加えたに違いないと思う。

それは『考えるヒント』にいたる小林の文体の変遷にたやすく窺うことができる。『考えるヒント』中でも有名な「お月見」は「伝統とは身体のことだ」と述べているようなエッセイだが、小林が柳田を介してこの流儀を手に入れたことは明白に思える。私はまったく同じことが、じつは吉本にもあったと考えている。吉本も小林を介して柳田に「身体」の次元を教わったのだ、と。身体こそ最大の文化現象なのである。

吉本は疑いなくそういう広がりを意識したうえで大岡に問いかけている。だが、大岡は、少なくとも対談においては、のほほんとしているように見える。「家学」なんてものはありませんよ、ただ、そういえば窪田空穂がそういう役割を果たしていたかもしれない、という程度の受け止め方である。

どういうことか。

　要は、大岡の「家学」は大岡の「身体」にほかならないということだが、大岡にとってさらに重要だったのは、文学の伝統そのものが「身体」と切り放しえないものとしてあるという、それこそ身体的な自覚にほかならなかったということである。大岡のこの自覚は大学、いや、高校時代に遡るほどに古く、すでに人に説明するほどのことではなくなっていたのだと思える。それは二十四歳の処女作『現代詩試論』などにすでに歴然としていて、文字通りすでに身に着《つ》いてしまった思想としてあったのである。それが大岡の、たとえばシュルレアリスム理解を本質的なものにしたのだ。むろん、思想の輪郭はおそらくヴァレリーを始めとする詩人たち——むろん小林秀雄を含む——の影響で形成されたのだろうが、しかし、自在な語り口は、それがほとんど天才的な直観によって理屈抜きに会得されたとしか思わせない。吉本にはそれが大岡の「家学」に思えたのである。

　エッセイ「現代詩試論」から一例を引く。

「詩人は完全に自分の詩を支配できるものではないのだ。そしてその支配できない部分、それが読者に神秘として受けとられる。つまり、詩における神秘は、唐突にぼくらにむかって突き出てくるものなのだ。ぼくらはそれを呑みこんで、そのあとで考える。したがって、すでにぼくらの思考は言いようもなく詩によって染色されている。言葉をかえていえば、ぼくらは詩の生みだす有無を言わせぬ呪縛に否応なしに従うことによって、詩人の実現したある世界の内部にまで引き上げられ、そこで眼をひらくとき、ぼくらの現実を見る眼が変っているのだ。詩人が預言者であると信じられてきた古い伝統の意義は、ここに再び甦る。」

　人は詩を作るが、何を言いたかったかは、作られたその詩が逆にその詩人に教えるというのだ。常軌を逸した深い理解とでも言うほかない。詩と身体と他者の問題が見事に重ねられているのである。二十四歳の文章とはとても思えない。これは、当時であれ現在であれ、日本の、あるいは世界の現代詩の域を超えている。

問題が、言語の神秘から社会の、人間の神秘に直結しているからである。それこそ思想の現在の課題にほかならない。

2　大岡信の「身体」

対談のなかで吉本は大岡に、大岡が「朝日新聞」で文芸時評を始めたことを、大原富枝の小説『建礼門院右京大夫』に話を移す段階で確認しているが、ある意味では異例といっていいこの文芸時評担当者の抜擢劇——前任者は石川淳、吉田健一、丸谷才一といった面々であり、引き継いだ大岡はむろん最年少である——の延長上に、数年を経ずして「朝日新聞」連載「折々のうた」が実現した事情を、私はなかば内部から見守ることになった。文芸時評の下読みを引き受けることになって毎月少なくとも一度は、大岡はもちろん、朝日の担当記者とも会っていたからだが、「折々のうた」はこの担当記者の企画にほかならなかったのである。

私はしかしこの企画に両手を挙げて賛成というわけではなかった。そんな通俗的な企画に敬愛する詩人を巻き込まないで欲しいというのが真情であって、思えば、当然のことだが、吉本の慧眼——そして大岡の直観——の足許にも及ばなかったというところである。まさに愚鈍と言うほかない。吉本は、「家学」という語によって、いずれ大岡は、古典と現代を「橋渡し」する『折々のうた』のような企画を本格的に実現するだろうと的確に見抜いていたとすら思える。大岡もまた、それが自身の資質を全開する機会となるだろうことを、それこそ「身体」的に直観していたに違いないのである。

事実、『折々のうた』は、半世紀を経たいまも初々しい香を放っている。

一九八〇年三月に刊行された『折々のうた』は、読み返せば読み返すほど感嘆せざるをえない見事な構成になっている。大岡の手腕はもちろんだが、日本の詩歌はこれほどにも豊穣だったのかと、まず思わせられる。

選ぶ方も凄いが、選ばれる方もまた凄い。古今を往還しながら、粒ぞろいなのだ。一輪一輪の花が、時代に沿って、また時代を超えて、それぞれ美しい。解説も、短い言葉で俯瞰し位置づけ、見どころ、味わいどころをすっと指摘する手際がまことに鮮やかである。花園の奥にさらに進みたいと思わせる。

巻頭第一首、志貴皇子「石ばしる垂水の上のさ蕨の萌え出づる春になりにけるかも」は、繰り返し読むつど、歌に相応しい場所を占めているとの思いが強まる。素直で初々しく鷹揚なのだ。なかば偶然に巻頭第一首になったなどとはとても思えない強い必然を感じさせてしまう。大伴坂上郎女、小野小町と続き、大伴家持「春の苑紅にほふ桃の花下照る道に出で立つ少女」と続く展開も良い。山川登美子、水原秋桜子、伊東静雄、細見綾子と現代ものが続き、都良香で『和漢朗詠集』、人麻呂「春さればしだり柳のとををにも妹は心に乗りにけるかも」で『万葉集』にもどり、よみ人知らずが四首続いた後に、『神楽歌・早歌』の、文学的である以上に身体的な声が紹介され、さらに、三好達治の「春の岬旅のをはりの鷗どり」、若山牧水「幾山河越えさり行かば」の有名歌二首、中原中也らの現代ものが並ぶ。短い解説の巧みさに感心する。人口に膾炙したもの、そうではないものの取り合わせも見事だ。「あ、これ知ってる」という読者の呟きまでが、詩歌組合せのリズムのうちに入っているのである。

素晴らしいブーケである。しかも一輪一輪すべて誘惑であって、そこからさらに広大な花園の奥へ歩み入るよう促しているのだ。

アンソロジーすなわち詞華集の醍醐味を満喫させるというほかない。また、単行本として読み始めるにあたって、やはり春夏秋冬という順に並ぶことの重要性にあらためて得心させられもする。一輪の花に魅了され花園に入るのはやはり風光る春が良いと、こちらも身体的に感じてしまうからである。四季すなわち身体の自然なのだ。

一九八〇年三月、最初の一年分の『折々のうた』が岩波新書から刊行されるにあたって、一九七九年一月二十五日（「朝日新聞」創刊記念日）から始められた掲載時の順が変更されているむね、「あとがき」に明記されている。実際には高村光太郎「海にして太古の民のおどろきをわれふたたびす大空のもと」が連載第一回だったのである。一月下旬という季節がら、寒さ身を引き締める冬の情景から始めるのは当然だった。

「この歌は美校生だった彼が、明治三十九年二月、彫刻修業のため渡米したとき、船中で作ったもの。『洋行』は当時男子一生の大事業というべきものに近かった。高村青年は緊張もしていただろう。不安と希望に胸を騒がせてもいただろう。けれど歌は悠揚のおもむきをたたえ、愛誦するにふさわしい」と解説にある。

一月二十五日に読まれることを考えれば、春まだきにつくられた高村の歌が相応しいことは言うまでもない。同時に、高村青年ほどではないにせよ、大岡自身、連載開始にあたっては「緊張もしていただろう。不安と希望に胸を騒がせてもいただろう」ことも、私には疑いないと思われる。潜在的には、武者震いに近いその緊張を読者と分かちあいたいという気持ちもあったに違いない。詩歌を選んで書き進む自身の身体のありようが、そのつど重要な問題としてあったことがよく分かる。

ちなみに『現代の万葉集』シリーズ完結」と帯に謳われた「折々のうた」最後の一冊『新 折々のうた9』の、その「あとがき」にも、三十年の昔、連載劈頭《へきとう》を飾ったのが高村光太郎の短歌であったことが明記されている。大岡はその事情を、次のように説明している。

「高村は専門歌人ではない。彼が若き日与謝野寛・晶子一門の短歌に親しむ歌人だったことを知る人も、ほとんどいないだろう。私がこの『折々のうた』開始の日に、専門歌人ではない彫刻家の若き日の作品を採りあげたのは、自分自身がこのようなコラムを受け持つことの非専門性を十分に意識していたからだった。」

吉本の「家学」への問いに対する遠い谺が聞こえなくもない。大岡は自分が非専門家であることを利点に変えなければならないことを十分に意識していたということだからだ。世の中には非専門家でなければできないことがあるのだ。

だが、それだけ慎重に選ばれた高村の歌にしても、単行本収録にあたっては志貴皇子に詞華集巻頭の位置を譲ったわけである。読者の大方も、事情を知ったうえで、この大岡の判断を肯ったに違いない。春の香は開巻劈頭を飾るに不可欠だったわけだ。

この経緯は、少なくとも日本語においては、季節がなかば身体の事柄としてあることを強烈に印象づける。言葉の事象が身体の事象と切り離しがたいことを印象づけるのである。参考のため、先に名を挙げた小林のエッセイ「お月見」の有名な一節を引く。小林は知人からの又聞きと断わったうえで話を始めている。「やがて、山の端に月が上ると、一座は、期せずしてお月見の気分に支配された。暫くの間、誰の目も月に吸寄せられ、誰も月の事しかいはない」に続く一節である。

「ここまでは、当り前な話である。ところが、この席に、たまたまスイスから来た客人が幾人かゐた。彼等は驚いたのである。彼等には、一変したと見える一座の雰囲気が、どうしても理解出来なかつた。そのうちの一人が、今夜の月には何か異変があるのか、と、茫然と月を眺めてゐる隣りの日本人に、怪訝な顔附で質問したといふのだが、その顔附が、いかにも面白かつた、と知人は話した。」

小林のこのエッセイはなかば作り話だという説を聞いたことがあるが、それはたいして重要ではない。作り話だろうが実話だろうが、いかにもありそうだという説得力のほうが重要なのだ。確かにここには春夏秋冬すべて身体の事象としてあるという日本人の特性が巧みに語られている。だが、もしもありうるとすれば、むしろスイス人の話のほうが作り話であって、スイス人もまたほぉーとして月を眺める可能性の方がはるかに高いとするほうが真実に近いのではないかと思わせもする。春夏秋冬も朝昼夜も人類等しく身体の事象としてあると考えるほうが理に適っているのではないか、と。いずれ、重点の置き方は、言語と文化、詩歌と身体の関係をどう考えるかで微妙に違ってくるのである。

興味深いのは、大岡が「折々のうた」連載中に考え続けていたこともまさに同じ問題だったということである。『折々のうた』刊行の一年後、それに続けるように一九八一年二月に刊行された『続 折々のうた』「あとがき」にその経緯が適切に語られていて、季節と身体の関係の見事な解説になっている。

二年間、休むことなく連載を続けてきたが、勤め先の大学の関係もあって一年間在外研究をしなければならずしばし休載することになった。休むことなく続けることがたいへんだったのは、期日通りに書くことだけでも重荷で、「ましてや一か月分、二か月分と書き溜めることなど思いも寄らないことだったから」だというのである。

書き溜めることができなかった理由の第一は、と大岡は書いている、「私は季節のめぐりにある程度合わせて作品を選ぶという方針のもとにこれを書いてきたが、そういう方針をたててみると、その季節になってみなければ当季の歌や句についてぴったり来る言葉が湧きあがってこないことがしばしばあったのである」と。

「たとえば、二月の寒い空気の中で春の蝶の歌や句を選び、それに短文をつけようとしたとする。ある種の蝶の句は四月の初めごろに置くのがふさわしそうだとか、いや四月の終りあるいは五月に入ってからがふさわしかろうとか、そういう細かなことが自分にとっていちいち問題になった。ふだんいかに外界を見つめることに習熟していないかということが、そういう場合に暴露された。毎年見慣れているはずのことなのに、ある自然現象がいったい一年のどの時節において最も充実した様相を呈するかという点について、ひとつひとつしっかり確かめて知ってはこなかったことを後悔するという事態がしばしば生じた。その結果、たとえば二か月先の自然界の姿を確実に想像すること、言いかえれば自分の肌に二か月先の風がどんな温度、どんな湿度で吹き、その時木草はどの程度に葉の色が変っており、どんな虫や花が顔をみせはじめているかといったことについてだけでも、確実な実感をもって想像することが大層難かしいということを、ほとんど初めて、身にこたえて知った。」

私は、季節について書くことと季節のなかで書くこととの微妙な関係についてこれほど綿密に書かれた文章をほかに知らない。『続 折々のうた』「あとがき」をいま再び熟読して、付された大岡の短文解説そのものがしばしば詩を感じさせる理由が初めて分かった。少なくとも一箇所は意味が腑に落ちる前に感性を直撃しなければならないのである。身体がどのように感じているか納得しなければ使えないとはそういうことだ。それはおそらく基本的に自然の情景に触れるときということだろうが、大岡の口調ではほとんど抽象的な説明であってさえ、たとえば風の香に左右されるかのようである。いずれにせよ『折々のうた』においては、短文解説は同じ季節の最中にしか書けないということなのだ。驚きだが有無を言わせぬ説得力がある。

驚きは、書く身体である自分のことをこれほど深く鋭く外部から観察しなければならないというそのことが大岡にはひとつの思想の営為として捉えられていたことを知って、いっそう深まる。むろん私は『あなたに語る日本文学史』のことを述べているのだ。冒頭に紹介した対談から二十年後、一九九五年の著作である。『あなたに語る日本文学史』は名著だが、その価値は、それが『折々のうた』へのきわめて見事な解説として書かれていると知るとき倍加するというのが私の強い印象である。『あなたに語る日本文学史』の骨子は詩と批評は分けることが出来ないということである。すぐれた詩は批評を伴い、批評は詩を伴う。そのことは、詩人の真骨頂は彼が詞華集を編むときに初めて、そして露わに、発揮されることからも分かるというのだ。季節ひとつ取っても、他人を自分と見、自分を他人と見る眼がなければ、感性を直撃することなどできはしない、ましてや詞華集を編むことなどできはしないのである。

つまり「折々のうた」の連載すなわち詞華集編纂を始めて、たとえば季節と身体の密接な関係にあらためて気づいたということが、ここであらためて批評の内実として描かれているのである。そして、詩と批評がいかに密接に絡み合っているかが描かれている。編纂するとは批評するということなのだ。『あなたに語る日本文学史』が、詞華集編纂者の足跡を辿るかたちになっているのは必然だったのである。

『あなたに語る日本文学史』の「まえがき」に、「この本の計画の最初は、私自身の発案ではなく、新書館編集部から来ました」とある。刊行された一九九五年当時、新書館の編集主幹をしていたのは私である。むろん、私が編集部員ともども依頼に伺ったのである。自慢話ではない。逆だ。私は大岡に人の面前でこっぴどく叱られたことが少なくとも二度あるが、そのうちの一度がこのときだったからである。大岡の初案を見たとき、あまりの詩歌偏重に、物語文学、劇文学についてももう少し触れたほうが良いのではないかとつい口にしてしまったのである。大岡は怒った。その怒りの激しさに、私は平身低頭し、大岡の初案のほうが良いことを認め、全面的にその方針に従うことにしたのである。日本文学の背骨は詩歌にある。いやおそらく世界文学の背骨もまた詩歌にあるのだ。

後になって初めて、『あなたに語る日本文学史』が、『折々のうた』への見事な解説となっているのみならず、それがそのまま大岡の日本文学論として傑出していることに気づいて驚嘆したというのが実情である。あなたに語るというその語り口が魅力の一部になっていることに気づいたのも事後だ。私は大岡に代表作執筆を依頼し、それを実現したわけだが、予期していたわけではまったくないのである。正反対だ。大岡は数人の編集部員に語りかけるかたちで仕事を展開したが、大岡の話に肯き反応する編集部員の身体そのものが大岡にとって重要だったことにしても、私は後から気づいたのである。企画した当初は、そのほうが大岡にとっても編集部にとっても簡便だろうと考えたにすぎない。

要するに、日本の詩歌をめぐって、これほど重要なことが惜しげもなく語られるとは思ってもいなかったのである。ここでもまさに好運だったのだ。

第一章「政治の敗者はアンソロジーに生きる――『万葉集』」においてすでに、単刀直入、もっとも本質的なことが語られることになる。取り上げられるのはいかにも巻頭を飾るにふさわしい柿本人麻呂歌集。当然のこと、個と集団の別がなお不分明だった頃の話だが、にもかかわらず人麻呂の枕詞や序詞の使い方は他の歌人のそれに勝るということが、さりげなく指摘されている。だいたい枕詞や序詞の意味そのものがはっきりとは分からない、「にもかかわらず、残されたテキストを見ると、我々が不思議な魅力を感じることができるというのは、おそるべきことばの伝達力によるものです」と大岡は述べている。「同時代の人々とは違う感じ方で我々は感じていると思うけれど、それでもできあがったことばが持っている威力というか魅力は絶対無視してはいけない」と。

分からない部分がある、それが言葉の魅力というものなのだ、と言っているに等しい。人麻呂もまた、詩歌の収集者、編纂者として、そのことに気づいていたに違いない、と。言葉は思いを伝えるためにあるが、つねに分からない部分を含む、それが魅力なのだとは、矛盾以外の何ものでもない。大岡は、『あなたに語る日本文学史』冒頭のっけから、その矛盾に強い照明を当てているのである。

「例えば、『ぬばたまの』という『夜』にかかる枕詞はどういう意味か、説はいろいろあるけれど、本当のところ『ぬばたまの』というのはなんだかまだ分からないんです。／だけど僕は『ぬばたまの』は『ぬばたまの』でいいんです。『夜』(暗い)にかかる枕詞として、『n』の音が非常に有効なんです。とくに『ぬ』ではじまるのは。そのあとに『ば』というだけで、もうそのあとにくるものの暗い世界が暗示される。音の感じというのがものをいうわけです。イメジだけでなく音まで含めて、この枕詞の場合、大事なのは『夜』にかかる枕詞であることだ、というのが『万葉集』を読んでいくうちに帰納的に分かってきたということです。」

大岡はさらに、自身、詩集『ぬばたまの夜、天の掃除器せまってくる』(一九八七)のまさに表題にこの語を使っていることを、その表題を挙げることもなく、さりげなく告げている。

どういうことか。

詩人は語の意味が分からずとも語を使うことができるということである。

驚いてはいけない。重点はむしろ、人はそういうかたち以外ではたして語を使っているだろうか、という反問が背後に潜んでいることにあるからだ。意味を知ることなく会話に励む幼児の例を考えるがいい。会話は意味に先行している。いや、学齢に達しても、さらには最高学府を卒業してからでさえも、自分が使う語の意味を、誰がどれほど正確に把握しているというのか。むしろ、把握しきれずとも使ってしまっているというのが実情だろう。だが、それでいいのだ。そこにこそかえって言語の豊かさ、美しさの秘密が潜んでいるのだから、というのだ。

この展開が、先に引いた「現代詩試論」の一節と見事に呼応していることにはまったく呆れるほかない。まさに「詩人は完全に自分の詩を支配できるものではないのだ」である。言い換えれば、「人間は完全に自分の言葉を支配できるものではないのだ」。むしろ、できないからこそ豊かさ、美しさが生まれ出てくるというのである。

「ここからは分かる」、「ここからは分からない」、その「分かる」と「分からない」の微妙な合間を縫うように進んでゆくのが詩歌の言葉だが、それがじつにしばしば新しい感覚、新しい感情として歓びをもって迎えられるのは、まさにそれによってこそ言語の全体の豊かさ、美しさが支えられているからなのだ、というのである。

ここで大岡が、期せずして二十年前の「家学」をめぐる吉本の問いに答えている、と感じるのは私だけではないだろう。いわば、大岡は読者に「家学」の真髄を伝授しているに等しいのである。

古典理解のコツは、分かりきる必要などないということなのだ。必要なのはむしろ、その「分かりきれない」ことの豊かさを楽しむことであって、苦しむことではない。分からなければ暗記しろ、と言っているようなものだ。そしてそのような指示が力を発揮する場が現に存在することは疑いないのである。たとえば外国語習得の場がそうだ。分かる前に暗記しろ、である。大岡に「家学」を配した吉本は、おそらくは無意識のうちに自身に「科学」を配し、結果的に文学の「科学」を展開しているのだが、吉本が「科学」は分かりきらなければ展開できないと思っているのに対して、大岡は、少なくとも文学においては、分かるより先に感じることが重大だと考えているのだ。

大岡は対談の二十年後に『あなたに語る日本文学史』を刊行したわけだが、吉本は同じ一九九五年、『わが「転向」』、『超資本主義』、『母型論』を刊行している。まるで激戦直後の戦場を歩くような錯綜した議論が展開されていて、両者の対照には考えさせられること多いのだが、ここは詳述する場ではない。だが、大岡の『あなたに語る日本文学史』が見事な言語論になっているだけではなく、詩歌の中心で言葉がしばしば意味の宙吊りを演じることによってむしろ言語の豊かさを保証するというその仕組が、じつは、言語のみならず、法、貨幣の問題にまで広がりうることを暗示していることだけは指摘しておくべきだろう。大岡はおそらく無意識のうちに、言語、法、貨幣の謎の核心に迫っているのである。私はそこにこそ『あなたに語る日本文学史』の最大の魅力があると思っている。

大岡は一九六〇年代から海外で活躍し始めているが、そしてとりわけ八〇年代以降、連詩に積極的な関心を示すようになってからはそれがいっそう旺盛になってくるが、言語、法、貨幣という人間的現象の底を支えるからくりが、三者においてほとんど共通しているということに強い関心をもっていたことを、私は疑わない。連句、連詩においては、日本語においてさえ「分かる」「分からない」の分水嶺が緊張し顫動するのである。外国語を交えた場合、それがいっそう強まることは疑いない。

飛躍しているようだが、話のこのような展開を大岡が嫌うとは思われない。第四章「奇想の天才源順」に次の一節がある。戦後アメリカの能率主義によって漢詩文は以前の威信を失ったが、「もし日本人の頭が多少とも良いとしたら、漢詩文を学んだ伝統のおかげもある」とし、話を次のように広げているのである。

「日本人は頭がいいといわれているのはある程度本当で、例えばコンピューターを応用する場合に凄い能力を発揮する。あの能力は、一方では漢詩や漢文をやってきた日本人の遺伝子の残存形態だと思ってもいいと思う。漢詩・漢文を読み解きながらひらがなやカタカナに置き換えていくことは、日本人の文化の独特な歴史的制約だと思われていたけれど、実は制約ではなくて良い意味での特徴であり、それが科学的なコンピューターなどの学習にも意外なほど役立っていると僕は思います。／そういう意味で、我々は埋蔵されている自らの富を実はなにも知らないで、浅いところで現代優先の知識をひけらかしているにすぎないのではないかということは考えたほうがいい。」

これを前置きとして大岡は和漢に通じた天才・源順の紹介に話を転じるのだが、要は、「漢詩・漢文」という表意文字と「ひらがな・カタカナ」という表音文字を自在に使いこなす頭脳はコンピューター社会に適合的だということである。いまならインターネット社会というところかもしれない。表意文字は視覚、表音文字は聴覚、その両者を臨機応変、切り替えて使う能力は現代のメディアの変貌においてきわめて貴重だという考えは説得力がある。いや、説得力のあるなしにかかわらず、「漢詩・漢文」「ひらがな・カタカナ」問題をまっすぐに現代メディアの問題へと繋ぐ流儀は、大岡が日本語さらには言語というものをどのような文脈で考えようとしていたか、十分に暗示していると言うべきだろう。「漢詩・漢文」も「ひらがな・カタカナ」も、知の領域である以上に身体の領域に属していると考えているのだ。

大岡は日本人を特別扱いしているわけではない。日本人すなわち日本語を生きるものと考えられていることからもそれは明らかである。さらに言えば、ＵＳＡもＷＨＯもＵＮＥＳＣＯも英文のなかでは漢字のようなものであって、表意文字と表音文字の複雑微妙な関係は、言語を用いる人間すべてに当てはまると考えるべきだと示唆してもいるのだ。日本語においてはそれが多少尖鋭化されているというにすぎない。

いずれにせよ言語は目と耳と手が交響する場なのだ。大岡は言語によって形成される文化の場が、どのような視線のもとに考えられるべきか、その方向性を示しているにすぎないのである。だが、その方向性が示唆する異常なほどの広がりは人を驚愕させる。

4 大岡信の「書」と「舞踊」

『折々のうた』『あなたに語る日本文学史』を繰り返し読むと、大岡が、日本語の不思議に直面してそのつど驚いているさまが鮮明に浮き上がってくる。そして、その不思議が言語そのものの、分からなくとも使ってしまえるという不思議へと収斂してゆくさまの、いわば一部始終を眺めることになるのである。重要なことは、ここでは、日本文学の豊穣の核心も、大岡がその後に熱中することになる連句、連詩の魅力の核心も、重なって見えるということである。意味が深まるのは、それが使われてしまった後なのだ。

さらに飛躍するようだが、ここで経済学者・岩井克人の『資本主義の中で生きるということ』（二〇二四）の一節を紹介しておかなければならない。ウィトゲンシュタイン『哲学探究』の有名な一行「言葉の意味は、言語におけるその語の使用である」を引いて「それは言葉の意味がまさに自己循環論法によって成立しているという主張であると、私は考えています」とした後に続く一節である。エッセイ表題は「なぜ人文社会科学も『科学』であるのか」で、二〇一九年の学士院での講演がもとになっている。

自己循環論法とは何か。

「すなわち、貨幣とはすべての人間が貨幣として受け入れるから貨幣であるのです。法とはすべての人間が法として従うから法であるのです。言語とはすべての人間が言語として使うから言語であるのです。そして、まさにこのような自己循環論法の産物であることによって、貨幣と法と言語は物理的性質にも遺伝子情報にも依存しない価値や権利や意味となるのです。」

岩井はこの後に、言語・法・貨幣というこの仕組が、人間を、種族という閉じられた集団から、人類という開かれた社会へと解放したこと、以後、人間が、血縁、性別、身分、出身地、過去の関係などを問わない「普遍的」な「人間」同士として「自由」に社会関係を結ぶことができるようにしたのだ、と説明している。また、同時に、この「自由」が「危機」の条件ともなった、と。「なぜならば、言語や法や貨幣を支える自己循環論法は、まさに物理的性質にも遺伝子情報にも血縁地縁にも根拠を持っていないことによって、しばしば自己目的化したり、自己崩壊したりするから」だというのである。

紹介したのは岩井の考え方の芯の部分、しかもその要約にすぎないが、経済学の専門書においてもその他のエッセイにおいても、岩井のこの考え方は一貫して揺るぎがない。私はこの岩井の考え方が今後の人文社会科学全体の進むべき方向を示していると考え、さらに、それは大岡の言語論、文化論と基本的に矛盾しないと考えている。大岡が明らかにする日本文学の魅力は、岩井のこういった人文社会科学論を引き合いに出さなければ論じきれないところまで達してしまっているというのが、私の考えである。いや、岩井の議論を支える位置に大岡の言語論、日本文学論があると言ったほうがいいかもしれない。大岡も岩井も、「分かる、分からない」は「使う、使わない」の後に初めて生じるのであり、その一種のずれにこそ言語の創造性の秘密が潜んでいると述べているのである。

必要があって私はここ数年、カッシーラー後期の『シンボル形式の哲学』から最後の著書『人間』へと展開してゆく過程を跡づけなければならなかったのだが、カッシーラーの構想する「シンボル形式の哲学」はほぼ岩井の言う「言語・法・貨幣」論に重なると考えるようになった。カッシーラー最後の著書『人間』は『シンボル形式の哲学』を圧縮したようなものだが、第一編が「人間とは何か」、第二編が「人間と文化」で、神話、宗教、言語、芸術、歴史、科学が順に論じられてゆく。

岩井は先の議論を、言語学、生物学、経済学を並べて論じるミシェル・フーコーの『言葉と物』への疑義で始め、言語学と経済学は「社会的実体」を扱うが、生物学が扱うのは「自然的実体」でしかないことを強調している。カッシーラーは、簡単に言えば、この「社会的実体」と「自然的実体」の違いに疑いを差し挟み、そのうえで、「社会的実体」のほう、つまり「自己循環論法」──すなわち「シンボル形式」──が支配する領域のほうが、人間社会のみならず生命現象そのものにとっても決定的に重大だと示唆しているのだ。一瞬、岩井の経済論、ひいては大岡の文学論を批判しているように思えるが、そうではない。生物は「自然的実体」すなわち物理的に見ることもできるが、その本質である知覚はそれ自体がすでに知的な作用であり、そこにすでに「社会的実体」が姿を現わしているというのである。

カッシーラーは『シンボル形式の哲学』第三巻のほとんど冒頭で、「科学の発達とは、カントの言葉を借りるなら、『あらゆる知覚の可能性』の根底にある原理を十全に顕在化し、展開し、一貫した論理的規定にまでもちきたすことにほかならない。だが、実際には、われわれが知覚の世界と呼んでいるものでさえもすでに、けっして単純なもの、はじめから自明な所与などではない」と述べ、さらに次のように説明している。

「空間の問題の認識批判的分析ならびに心理学的分析は、この事態をあらゆる側面から明らかにし、その基本的特質を確認した。これを表現するのに、ヘルムホルツとともに『無意識の推論』という概念を選ぶにせよ、それともこの用語には実際上ある種の危険と曖昧さが付きまとっているというので、この表現は却けるにせよ、いずれにしても次の一事は『超越論的』考察と生理学的・心理学的考察の共通の帰結として認めねばならない。すなわち、知覚世界の空間的秩序は、全体としても、個別的にも、同一化、区別、比較、配列といった作用に由来し、それらはその基本的形式から見ても純粋に知的な作用だということである。」(木田元訳)

自我の存在は自分が考えている以上自明であり──デカルト「我思う故に我有り」──、時間と空間もまた同じほど自明であるというのがカントの超越論的考察だが、ヘルムホルツはカントのその流儀をむしろ徹底するかたちで、時間も空間も知的作用によって成立しているのであって少しも自明などではないとした、というのである。カントからヘルムホルツへといたる展開をめぐるカッシーラーのこの説明の背後には、十九世紀前半の非ユークリッド幾何学の一般化があり、その後に世紀を超えて続く一般相対性理論と不確定性原理の浸透が続くわけだが、その考え方をシンボル形式の哲学にまで拡張したところにカッシーラーの膂力《りょりょく》があったとしなければならない。

　空間と時間は物理的な「自然的実体」と考えられがちだが、むしろ逆に「純粋に知的な作用」すなわち、見方、考え方によって違ってくる「社会的実体」と考えたほうがいい、というカッシーラーのこの思想は、おそらく二十一世紀において、大岡の文学論、岩井の経済論と同じように、さらに深く論議されることになるだろうと私は考えている。極論すれば、生命現象の全体が文学のうえに載っているというに等しいこの考え方のほうが、いずれ力をもつに違いないと考えているのだ。

　ヘルムホルツの言葉は「知覚は無意識の推論」——すなわち高速度反省機能を持つ知覚作用——として広く知られ、いま現在は、カール・フリストンが提唱する「自由エネルギー原理」論のキー・ワードとしてほとんど最新流行の観を呈しているので、耳にしたことのあるものも少なくないだろう。「自由エネルギー原理」論とは、脳科学と人工知能を結びつけ、人間の知覚領域の探究をさらにいっそう深めようとする最先端科学だが、最小のエネルギーを使って最大の情報を得ようとする生命原理は、これまで一般に物理的な生理現象と見なされてきたもののほとんどすべてがむしろ「知的な作用」に属すということを明らかにする、という考え方である。

　カッシーラーは『シンボル形式の哲学』第一巻で、自我を「知覚の束」として説明するヒュームをその説明自体が自己否定に陥っていると批判し、「知覚はそれ自体においてすでに『超越論的』次元を有している」と述べている。極論すればこれは、動物のみならず植物をも含めた生命現象のすべてが知性を持つということである。人間であることのみを思索の出発点とする流儀に疑問符を突きつけているとさえ思える。

「知覚は無意識の推論」という語を含むヘルムホルツ『生理学的光学』は一八六七年、その重要性を示唆するアラン『精神と情熱に関する八十一章』は一九一七年、カッシーラー『シンボル形式の哲学』第二巻は一九二五年、『人間』は一九四四年。詳細な説明は省くが、これらもまた大岡の文学理論、岩井の経済理論が論じられるべき背景の一部と言っていい。

『折々のうた』『あなたに語る日本文学史』から浮び上がってくる大岡は、詩人であるとともに、いやそれ以上に思想家である大岡だが、その思想は骨格において岩井のみならずカッシーラーとも深く重なっているように私には思える。そしてそれは究極において、精神と身体という、いわば使い古された土俵をまったく新しい土俵として提示するもののように思える。『折々のうた』『あなたに語る日本文学史』においても見え隠れするように続く主題だが、たとえば「書」においてそれは歴然としているように見える。

大岡における「書」と「舞踊」は、これまでほとんど問題にされてこなかったと思えるが、実際には一書をものすべきほどに重要な主題だと私は考えている。書と舞踊の本質は同じであると私に教えてくれたのは坂東玉三郎だが、ここではそこまで話を広げることはできない。また、大岡にとって舞いがきわめて重要な主題であることを示唆してくれたのは閑崎ひで女だが、これもまたここで論じきることはできない。『美をひらく扉』(一九九二)にエッセイ「書は命の舞踏だろう」が収められていることに注意を促すにとどめる。

ここでは一例として「書」一点を挙げるほかない。

大岡にとって書は安東次男、丸谷才一らと歌仙を巻くようになって、ということはすなわち一九七〇年代初頭からきわめて身近になったと私は思っているが、その子細を跡づけるほどの余裕もいまはない。書への思いが半端でなかったことは、一九七三年刊の『狩月記』を著者自装とし、表題に自身の書を掲げたことからも明らかだが、これについても詳しく語る紙幅はない。書は紙上の舞い、舞は舞台の書。私は玉三郎に書がそのまま人柄を示すことを教えられたが、それは簡単に言えば人柄の核心は息遣いにあるということである。大岡の書は大岡の息遣いにほかならないわけだが、ということは書は写真というよりはむしろヴィデオに近いということである。書は大岡の動きを表わし、その場にその動きを封印するのだ。
大岡は書をいくつか私に遺したが、なかに一枚、色紙に書かれた次の五行詩がある。

ぐい呑みのかなた
はッと萌えそめし
焚火あり　森
あわてて　はだしに
なる　見ゆ　　信

出典は詩集『悲歌と祝祷』（一九七六）「水の皮と種子のある詩」の「4」。狭い玄関の脇に飾ってあるのだが、玄関を出入りするそのつど謎に包まれるのである。半世紀前の詩集でもあって長く出典も忘れ、そのため謎はいっそう深まった。原典は次の通り。

ぐい呑みのかなた
はッと萌えそめし焚火あり
森　あわてて
はだしになる見ゆ

四行詩が五行詩になったのは文字通り紙幅の都合だろうが、おそらくは馴れのせいで、私には五行詩のほうが良く見える。それはともかく、原典を確認しても謎は深まるばかりである。ちなみに「3」は「沈め／詠ふな／ただ黙して／秋景色をたたむ紐となれ」、「5」は「窓に切られた空も／千萬の鳥を容れるに足る／夢に見た光と／午後は韻をふんで語りたい」。「4」に較べればまだ分かりやすい気がする。「3」も「5」もどこか禅問答ふうで、意味を構成しやすいのである。だが、「4」は違う。情景を描写しているのだが、描写そのものが謎なのだ。酒を飲んでいる向こうに焚火が見えるということなのか、だが焚火が萌えそめるとはどういうことか、燃えるではないのだ、しかも森がはだしになるということがまったく分からない、それも「あわてて」である。ただ、その謎の情景がどこかとても可笑しいこと、滑稽であることは、最初から強く感じられた。

玄関を出入りするつど、一瞬気になり、忘れる。だが、記憶には残る。しかも、色紙に墨書したために、字配りが違っている。それがいっそう呼吸を支配するのである。支配されていることがつねに意識される。最終行の「なる　見ゆ　信」すなわち「ナル・ミユ・シン」など、その最たるものである。

むろん、私はそこに大岡の配慮を感じる。それこそ『折々のうた』『あなたに語る日本文学史』が示唆した詩歌の豊かさそのものではないか、と。だが、それにしても謎は依然としてまったく変らない。手法はシュルレアリスムというところだろうが、そんなことはたいして重要ではない。古代文学はみなシュルレアリスムのようなものだ。

私にとって重要なのはただひとつ、書のリズムとともにこの五行詩にいっそう強い愛着を感じるようになったということである。だが、それにしても謎すなわち分からないことに愛着を感じるようになったとはどういうことなのか。

むろん、それこそ考えられなければならない最大の問題なのだ。

「精神と身体」の問題がまったく新しく提起されていると思う瞬間である。

（みうら・まさし／評論家）

序章

舞い、あらわす

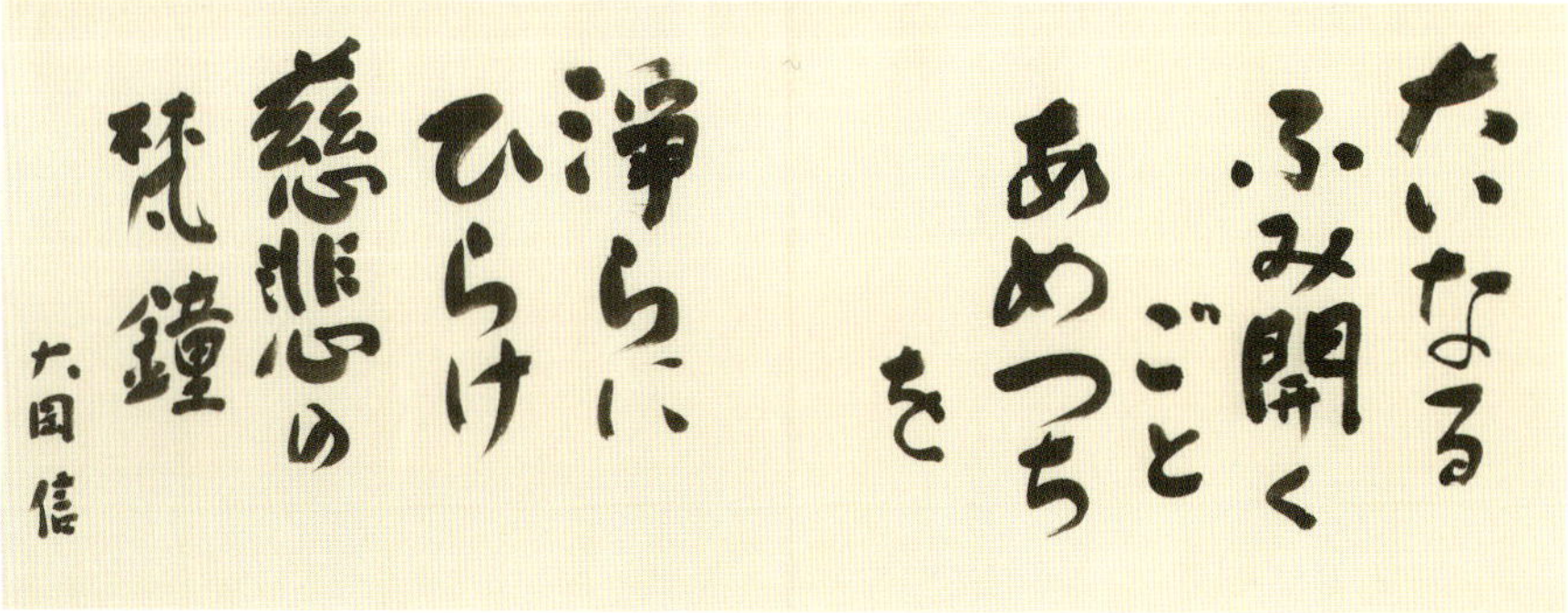

書「大いなるふみ開くごとあめつちを　浄らにひらけ慈悲の梵鐘」＊

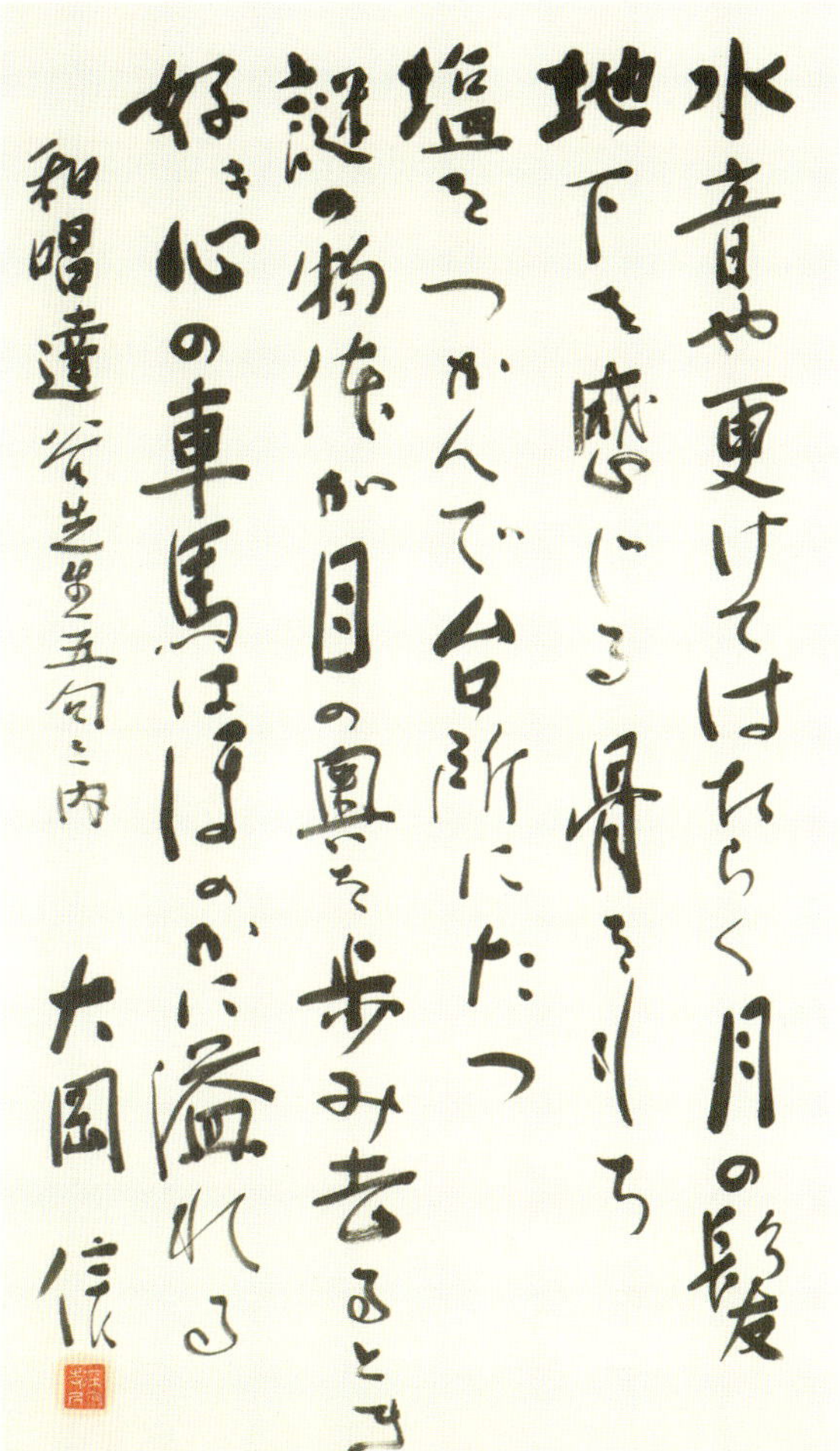

書「水音や更けてはたらく月の髪　地下を感じる骨をもち　塩をつかんで台所にたつ　謎の物体が目の奥を歩み去るとき　好ｷ心の車馬はほのかに溢れる」「達谷先生」とは加藤楸邨のこと。当館蔵・長谷川櫂氏寄贈

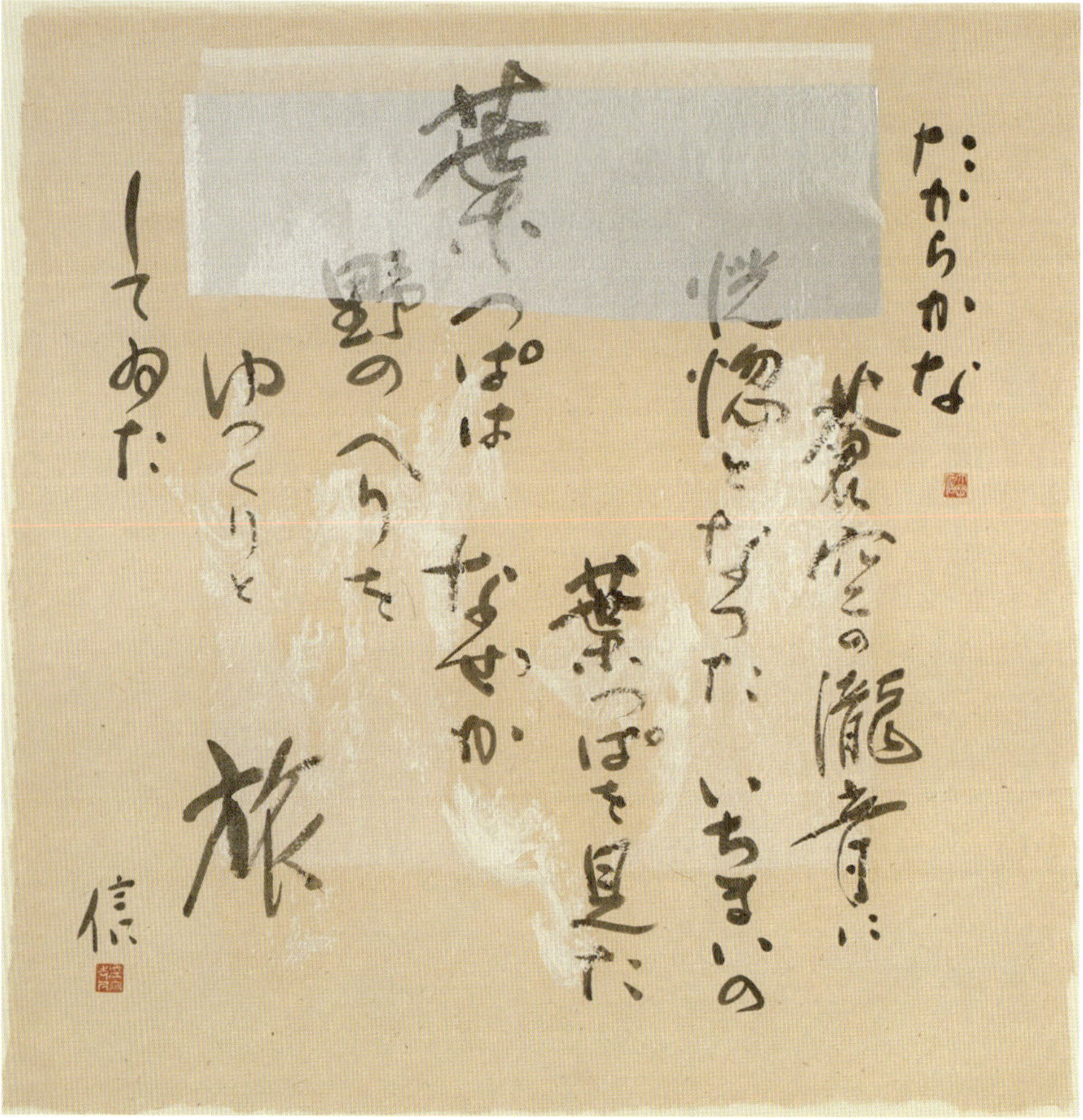

大岡書　ドミニック・エザール料紙「たからかな蒼空の滝音に　恍惚となつたいちまいの　葉つぱを見た　葉つぱはなぜか　野のへりを　ゆつくりと旅してゐた」 1988年 ＊
Makoto Ōoka calligraphie, Dominique Hézard “ryōshi” washi, papier argent.

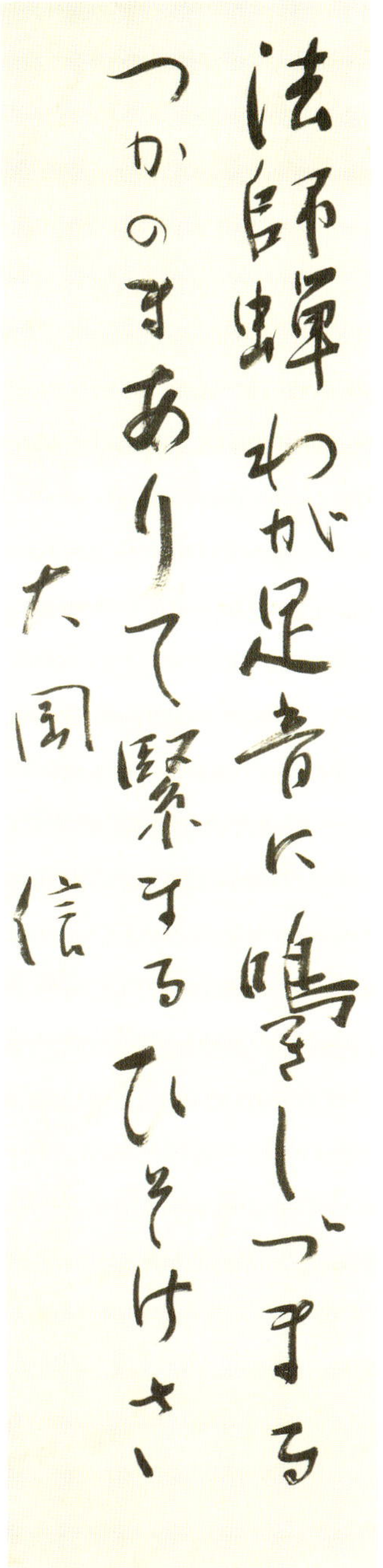

書「法師蟬わが足音に鳴きしづまる　つかのまありて緊まるひそけさ」＊

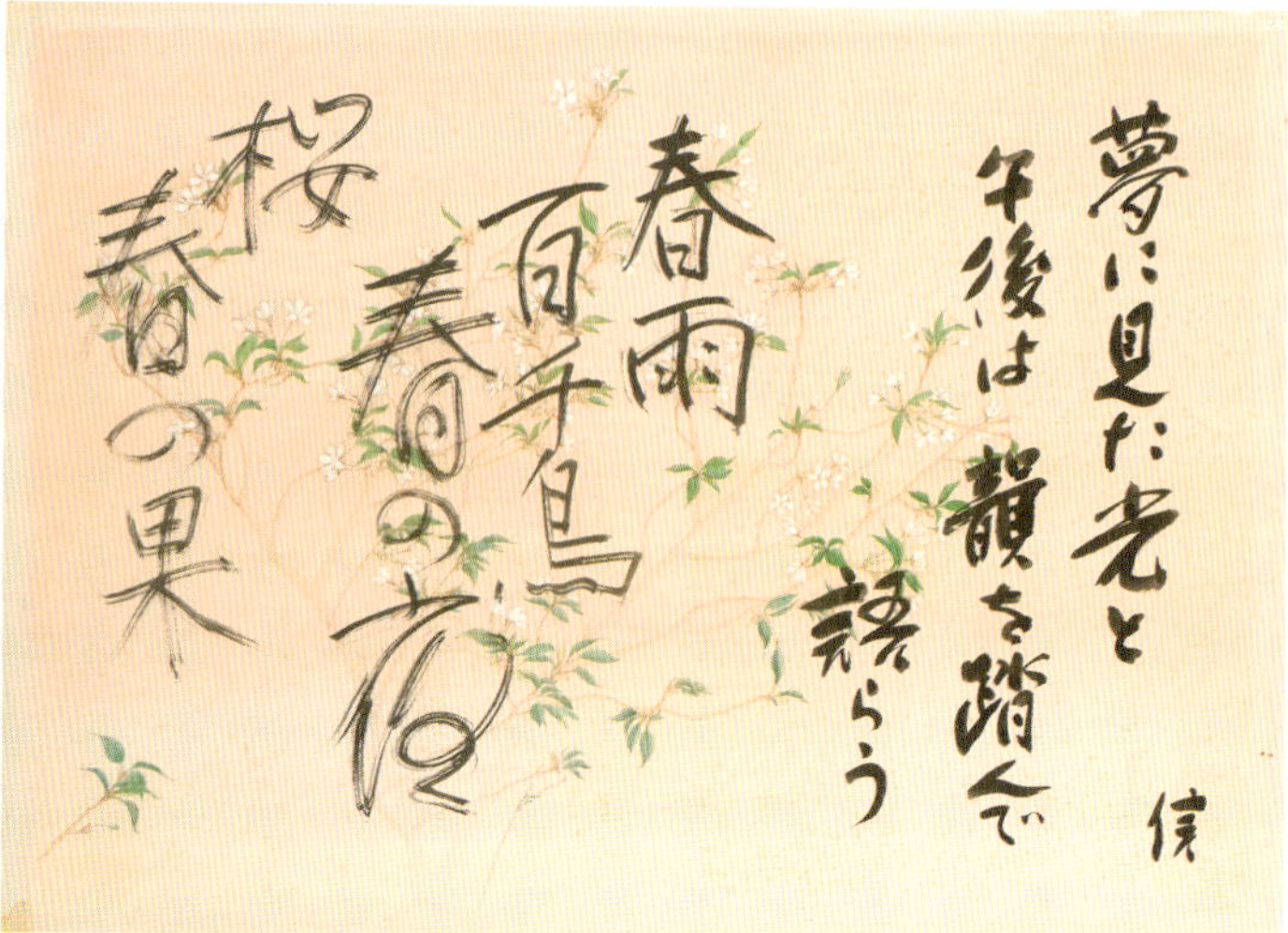

大岡書　宇佐美爽子画「夢に見た光と午後は韻を踏んで語らう　春雨百千鳥春の夜桜春の果」 1985年 ＊

大岡書　宇佐美爽子画「遠さを支配する眼の歩み　夢に見た光と午後は韻をふんで語らう　果実が花を持つ朝もありえぬことではない　されば鳥よ翔べ海へ」 1985年 ＊

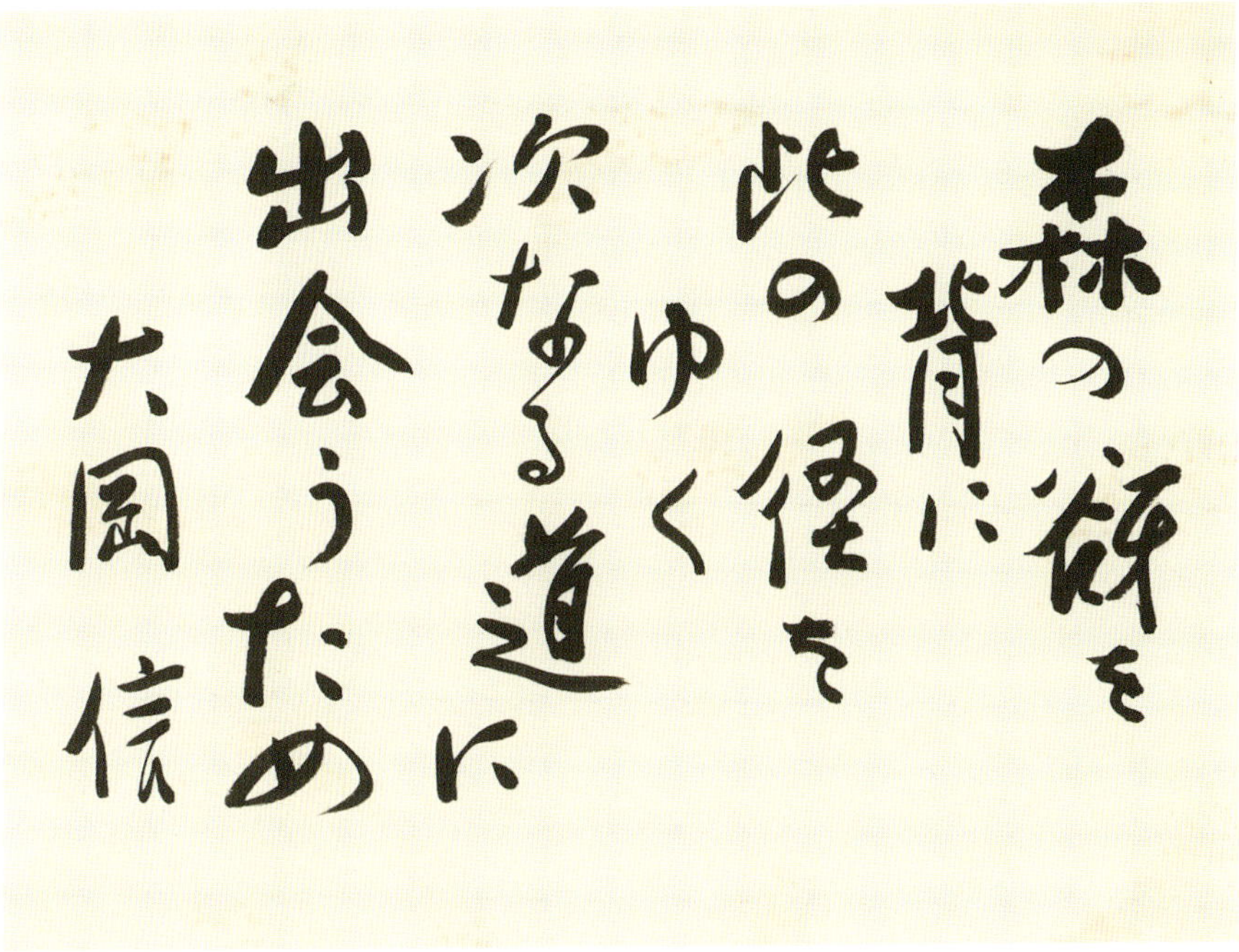

書「森の谺を背に此の径をゆく　次なる道に出会うため」＊

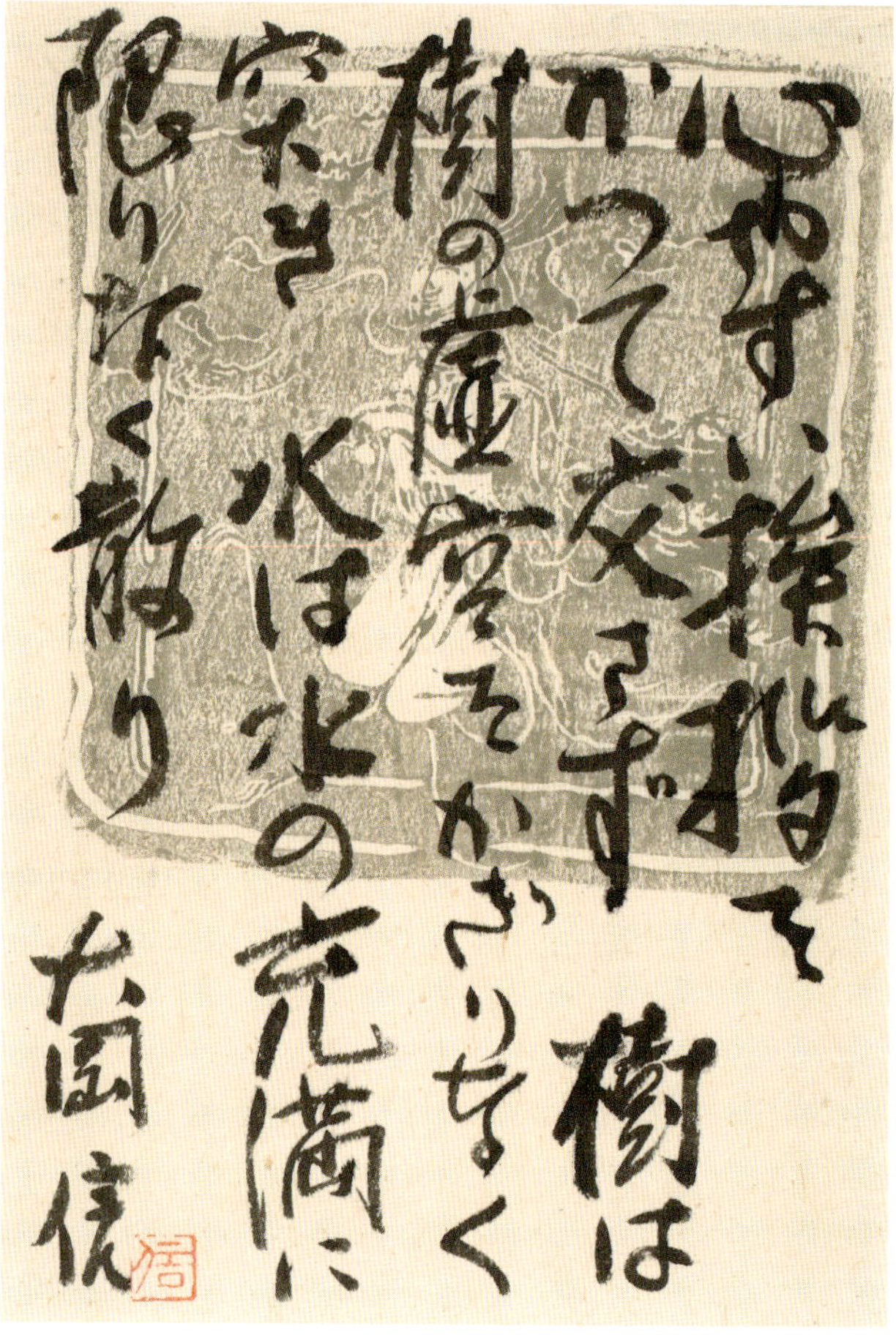

書「心やすい挨拶をかつて交さず　樹は樹の虚空をかぎりなく突き　水は水の充満に限りなく散り」

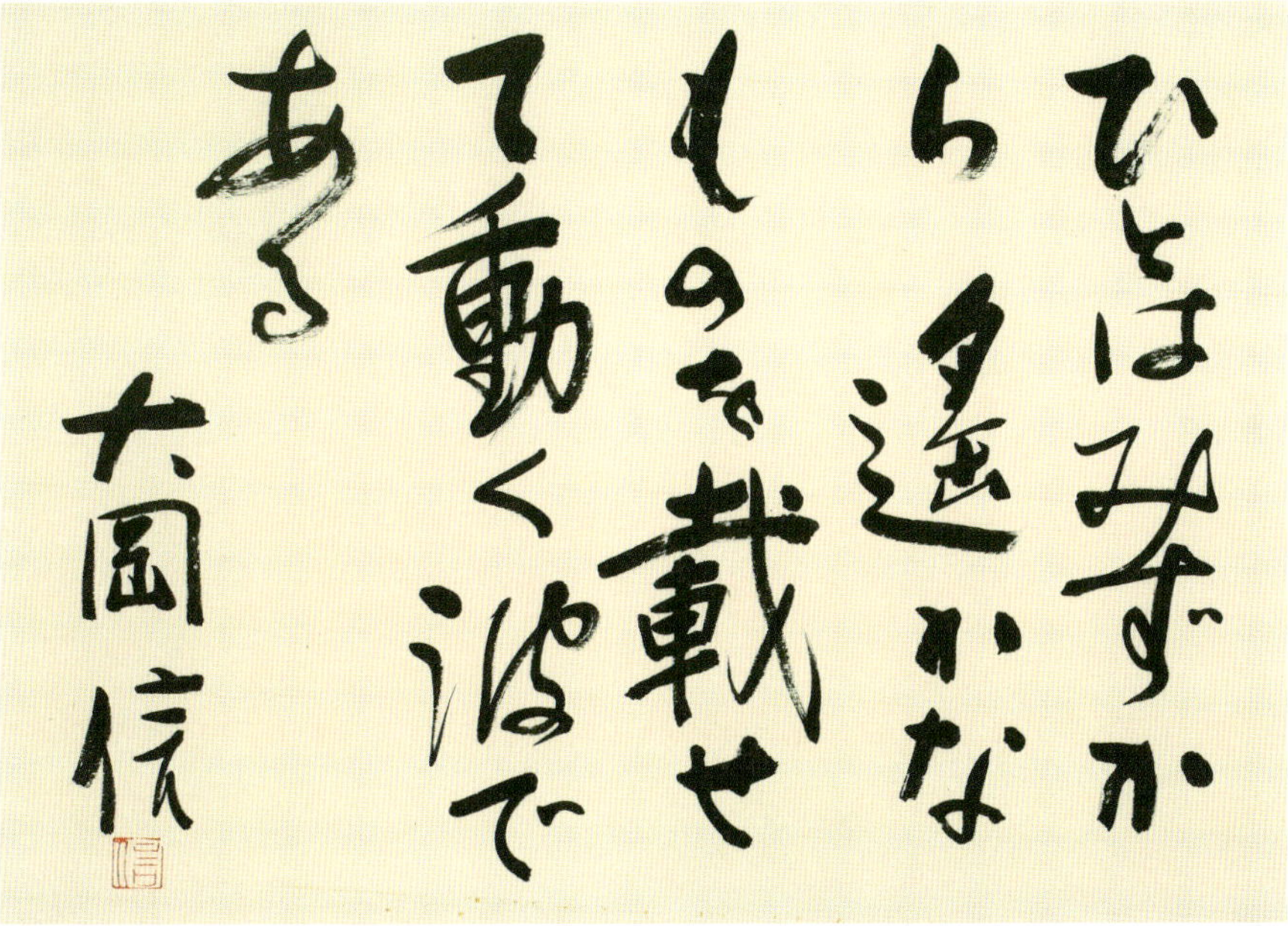

書「ひとはみずから遥かなものを載せて動く波である」　当館蔵・長谷川燿氏寄贈

地の下から
春が溢れる
真紅に熟れた
冬を捧げて
——「時間」

大岡亜紀画『地上楽園の午後』（1992年5月　花神社）カバー原画　＊

安野光雅画『ぬばたまの夜、天の掃除器せまつてくる』（1987年10月　岩波書店）函原画　＊

宇佐美圭司画『片雲の風』（1978年5月　講談社）カバー原画

大岡画「まぶたの裏で見た風の夢」 1975年 『年魚集』（1976年1月　青土社）函原画。六角形の部分にはジンク版がはめ込まれている。＊

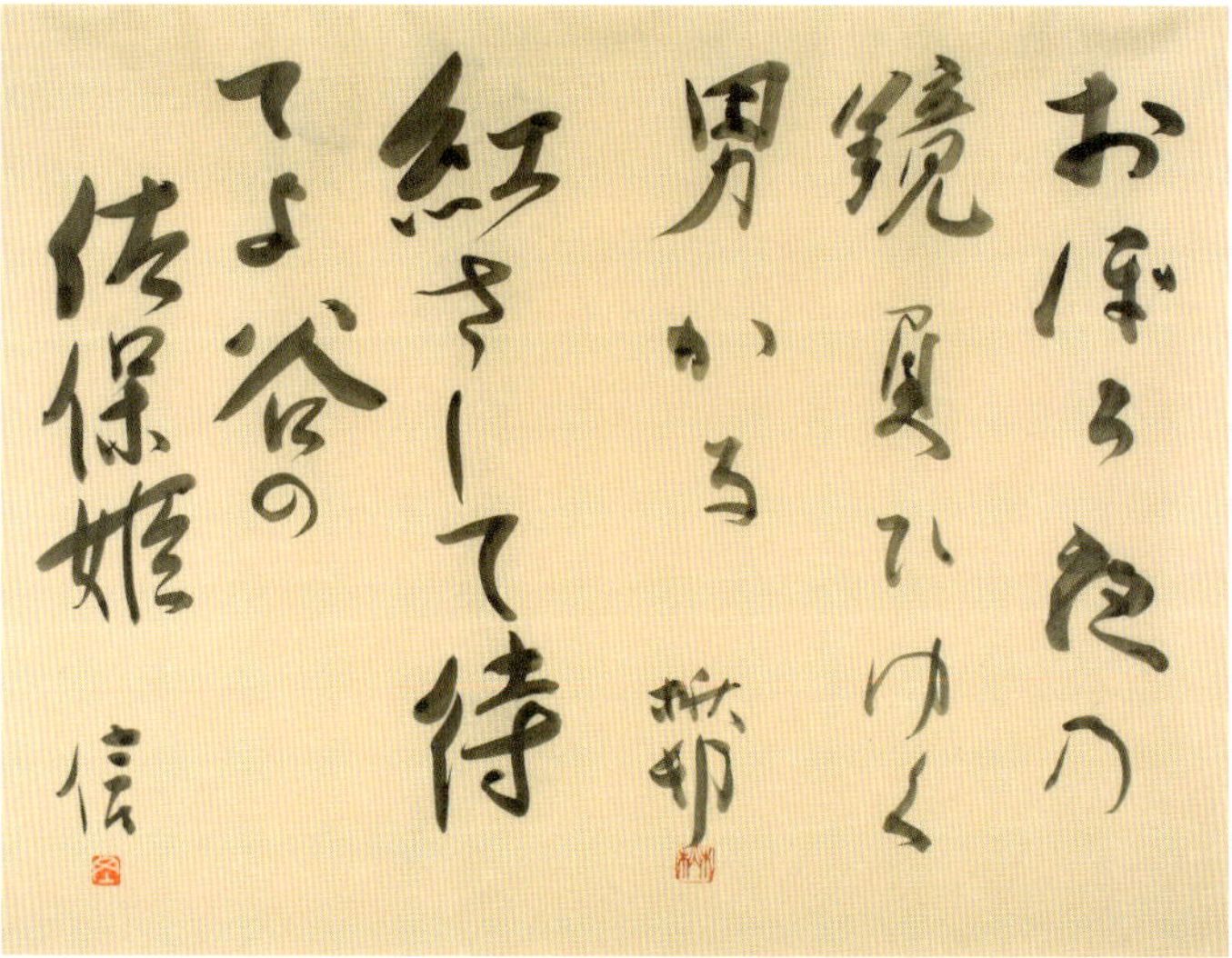

加藤楸邨、大岡書「おぼろ夜の鏡負ひゆく男かな／紅さして待てよ谷の佐保姫」＊

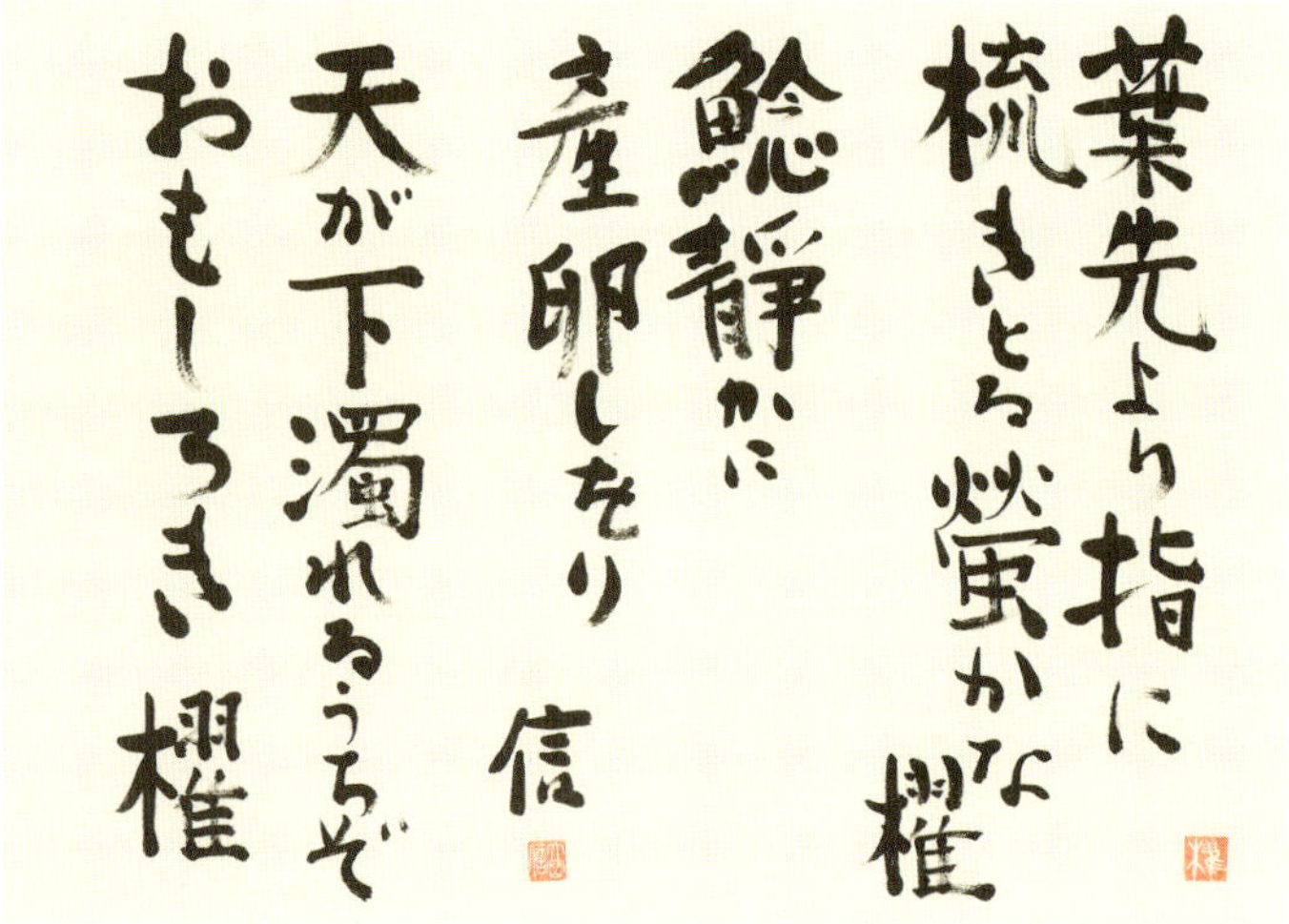

長谷川櫂、大岡書「葉先より指に梳きとる蛍かな／鯰静かに産卵しをり／天が下濁れるうちぞおもしろき」 当館蔵・長谷川櫂氏寄贈

大岡詩　サム・フランシス画“Water Buffalo”　1964年　リトグラフ　フランシスの依頼で作った英語詩が中央に据えられている。大岡は、現代美術の紹介で大きな役割を果たした南画廊主・志水楠男を介して多くの芸術家と出会い、フランシスとは特に親密な交流を続けた。大岡はフランシスの美術論などの翻訳を手がけ、「サムのブルー」などの詩を呈し、フランシスは「大岡の月」と題した作品を大岡に贈っている。＊

大岡詩　加納光於制作「アララットの船あるいは空の蜜」 1971–1972年　オブジェ内に封じ込められた詩集『砂の嘴《くちばし》・まわる液体』は、『大岡信全詩集』（2002年11月　思潮社）に収録されるまで読むことができない詩集だった。オブジェ内の左下には詩集中の画を反転した図像（左）が見られる。それぞれ内容や配置が異なる40点が制作された。図版はそのうちのno.9。＊

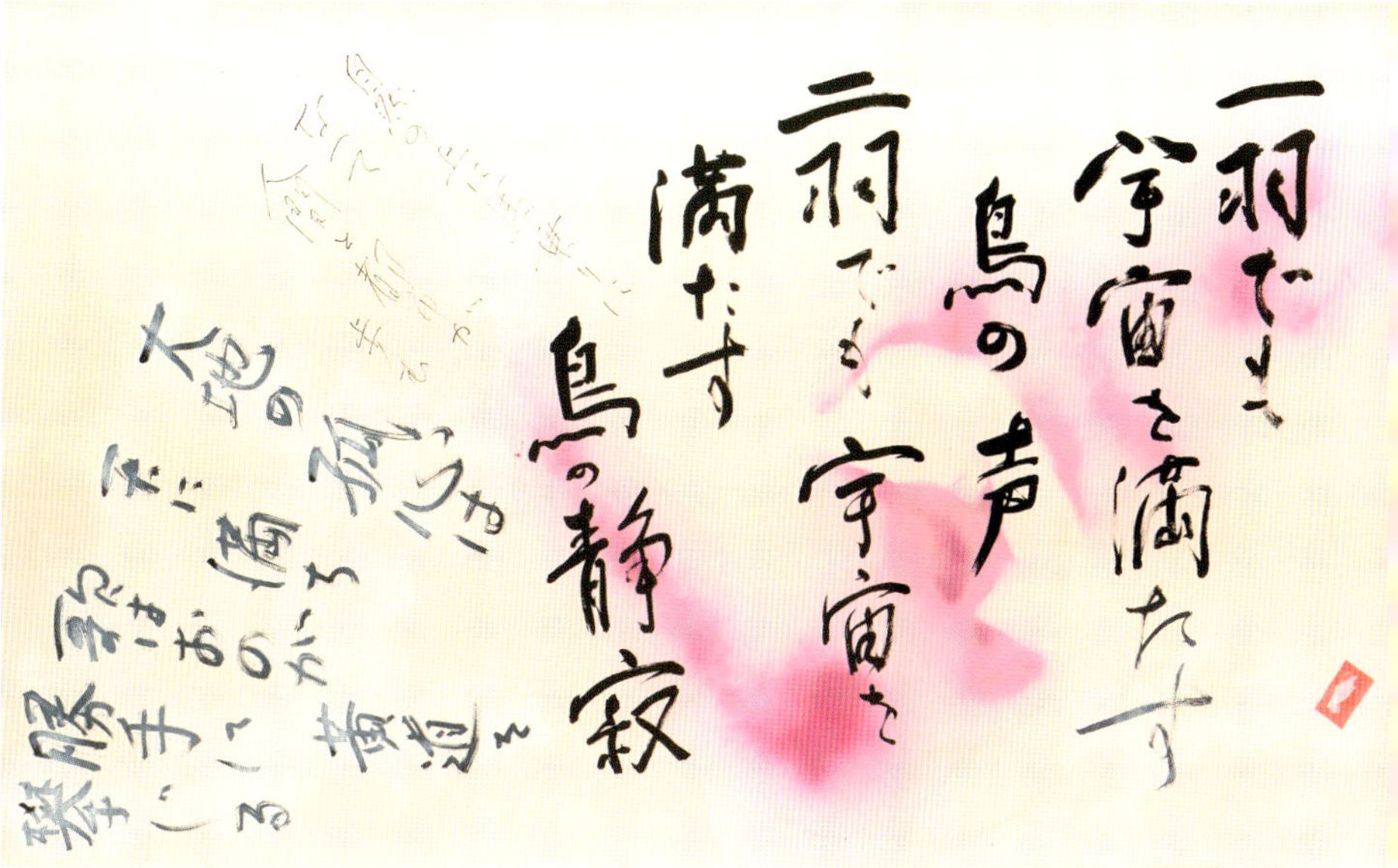

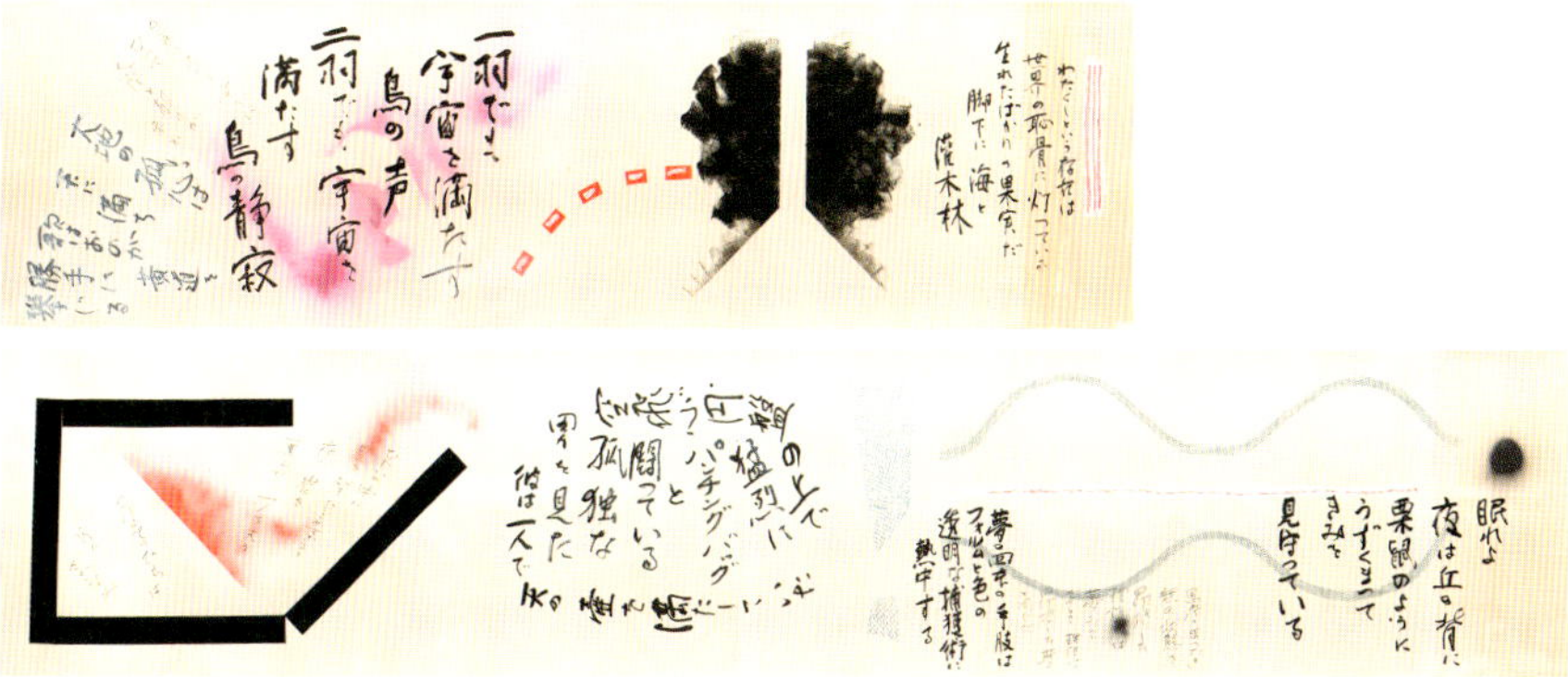

大岡書　菅井汲《くみ》画「一時間半の遭遇」 1983年11月27日　西武美術館で開催された「菅井汲展——疾走する絵画、明快さの彼方へ」で、会場の床に10mを超える紙を広げて制作した。観衆が見守る中、個性をぶつけ合い、作業に没頭すること1時間半。完成した作品は2分割して、会場に展示された。上の図版は大岡が最初に筆を入れた詩句部分の拡大。＊

左頁：1歳

第一章
生まれ、生きる

わがうた　ここにはじまる―
しれひと　うたをうたへば
まぼろし、　れ
ひそかに　ふ、

われまた　しれひとなるか、
まひるは　ぼしをまさぐり
よはには　うみたたわむれ

第一章　生まれ、生きる

大岡信は戦争の時代に生まれた。満洲事変の年に生をうけ、小学校五年生の時に太平洋戦争が開戦、旧制中学時代は学徒動員のため軍需工場に通う日々を過ごした。しかし中学三年生の夏、「果てしなく続くものと思いこんでいた戦争」が終結する。――すると、はたちで死ななくてもいいのか――大岡の前にそれまで想像できなかった生きるべき将来が拡がる瞬間であった。終戦後まもなく、大岡は中学の友人らと同人誌「鬼の詞《ことば》」を創刊、そこから創作活動に熱中する。

その後、中学校を四年で修了し、飛び級で旧制第一高等学校に進んでからも寮内新聞「向陵時報」に詩を投稿するなど詩作に没頭した。またのちに小説家となる日野啓三や佐野洋といった友人たち、同校教師の寺田透と出会い、親交を深めながら、フランス文学や日本の古典にも親しんだ。

東京大学に進学してからは、日野、佐野に加え、神山圭介、山本思外里《しげり》らとともに、同人誌「現代文学」を創刊。様々な才能をもつ友人たちと切磋琢磨しながら、詩のほかに詩人論、翻訳も発表する。朝鮮戦争が勃発し、学生運動が過熱していた一九五〇年代の社会情勢の中でも、大岡は「詩だけは信じられる」と、自己の詩の世界を深めていった。

よはには
おりなす
かぜたち
のこるは
おりなる
とくとも

まずしきゆめに
うたぐずちり
つちほこりの
ゆめのうす
しれひとな

軍国の田におんまれなすつた

大岡信は一九三一年二月一六日、静岡県田方《たがた》郡三島町（現・三島市）に大岡博、綾子の長男として誕生する。両親ともに小学校の教員であった。また博は窪田空穂に師事し、歌誌「菩提樹」を主宰した歌人でもあり、綾子も歌をたしなんだ。そのため大岡は幼い頃から、家で月に数回開かれる歌会や、父と弟子たちが夜遅くまで校正を行う姿を目にしていた。書棚には多くの歌集や詩集がならび、詩歌に囲まれるようにして成長した。水の豊かな三島の土地で、詩歌とともに過ごした幼少期の経験は、のちの作品に影響を与える。その一方で続く戦争は、大岡の将来に暗い影を落としていた。

父・大岡博（1907–1981）　撮影：門岡安男

大岡博の歌集　左から『渓流』（1952年4月　長谷川書房　装幀：沢柳大五郎）、『南麓』（1963年7月　春秋社）、『童女半跏』（1973年12月　牧羊社）、『春の鷺』（1982年10月　花神社　装幀、編集：大岡信）。『春の鷺』は遺稿集。

「菩提樹」1950年11月　大岡の詩「新装」を掲載。一高生のころから同誌に評論や詩を寄せていた。

NHK静岡放送局で　1938年4月27日　7歳の時、ラジオで「僕の弟」「つみ木」を独唱した。

母・綾子と　千本松原（沼津）で

この本にはこの種の話がいくつもあって、こわくてたまらないが面妖な魅力に満ちていた。（中略）私は自分が書いてきた「現代詩」なるものの原初の出発点には、子供のころに魅了されて読んだこの『印度童話集』の記憶が、深く潜在していたのではないかと、心の奥底で思っている。

――「『誰が鬼に食われたのか』

――印度童話の魅惑」から

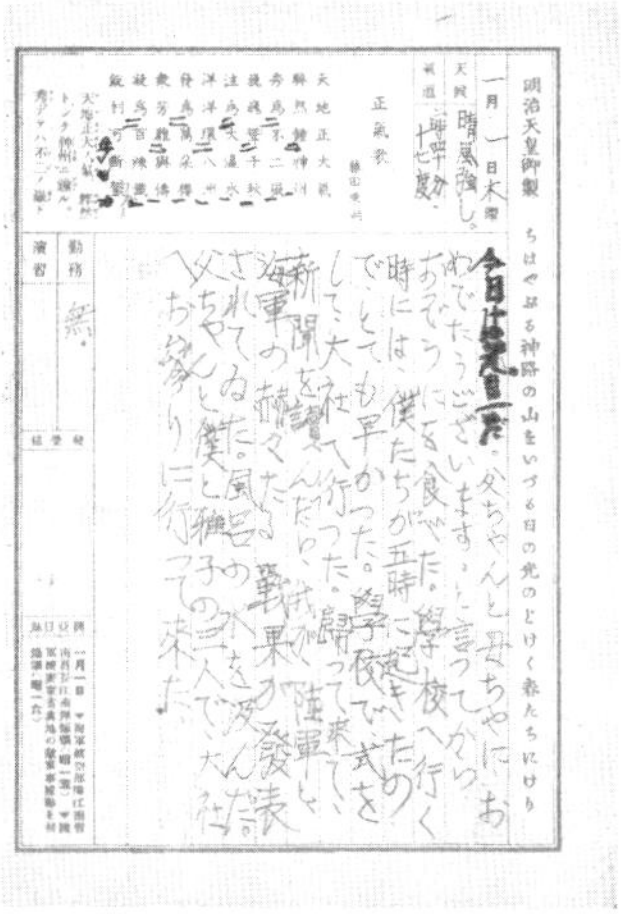

「つはもの日記」　1942年1月1日　陸軍編纂の日記帳。父と妹の雅子《のり》子と初詣に行ったことなどが記されている。＊

高倉輝『印度童話集』（『日本児童文庫』14）　1929年10月　アルス

装幀：恩地孝四郎　口絵挿絵：倉田白羊　旧蔵書。

「鬼の詞《ことば》」

一九四五年八月、終戦。沼津中学校が空襲で瓦礫の山と化したため、近くの旧軍需工場で授業が再開された。十分な環境とはいえないなかで、生徒たちはサークル活動に熱中する。大岡も同級生の太田裕雄《ひろお》、重田徳《あつし》、山本有幸《ゆうこう》、若手教師の茨木清とともに、一九四六年二月、同人誌「鬼の詞」を創刊した。用紙は軍需工場の日報の裏を利用し、字や絵がうまい重田がガリ版を切ったという。大岡は最初に短歌を、後に詩や散文も発表した。翌年に大岡と重田が中学四年で旧制第一高等学校に合格、上京。その後も発行は続いたが、同年十一月、全八号で終刊となった。

戦争の終結は、今まで考えることもできなかった別の時間の開始だった。

——『詩への架橋』から

「鬼の詞」同人たちと　沼津中学校の前で　前列左から大岡、3人目・茨木。2列目左から太田、山本、重田。

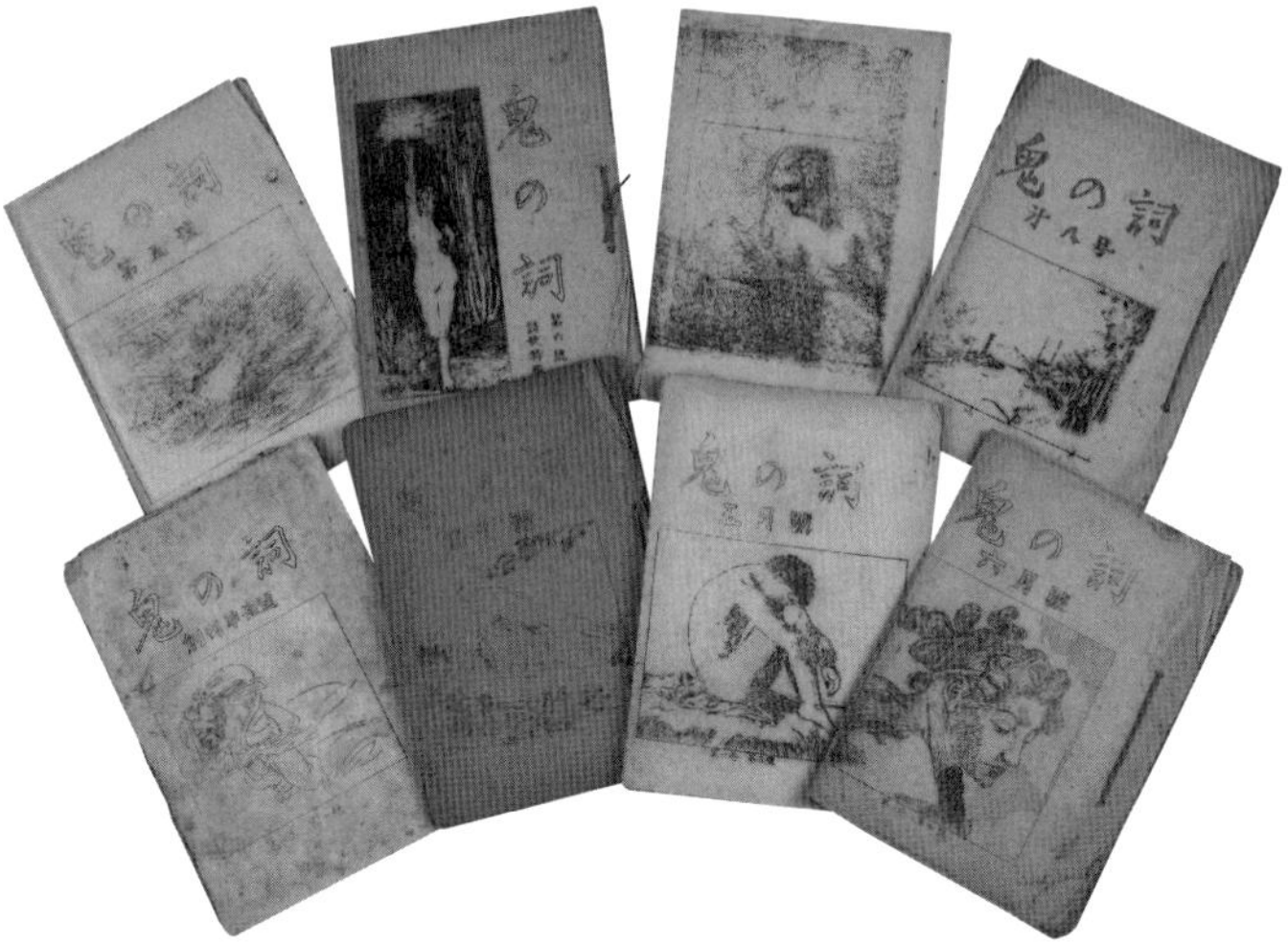

「鬼の詞」 1946年2月–1947年11月　全8冊　大岡は創刊準備号とした第1巻第1号に短歌を発表した。＊

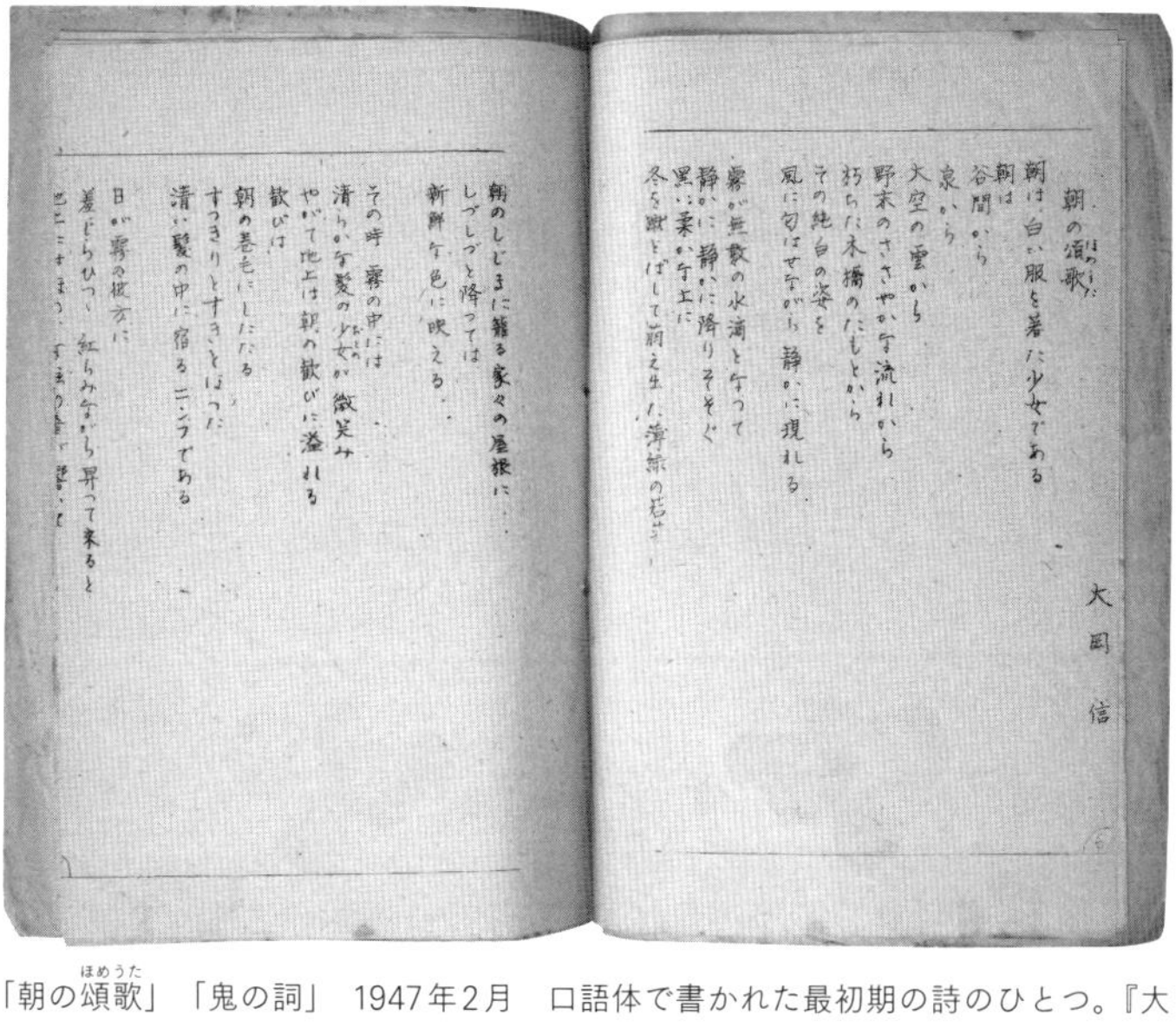

「朝の頌歌《ほめうた》」「鬼の詞」 1947年2月　口語体で書かれた最初期の詩のひとつ。『大岡信著作集』第3巻（1977年9月　青土社）に収録され、のちに合唱曲にもなった。＊

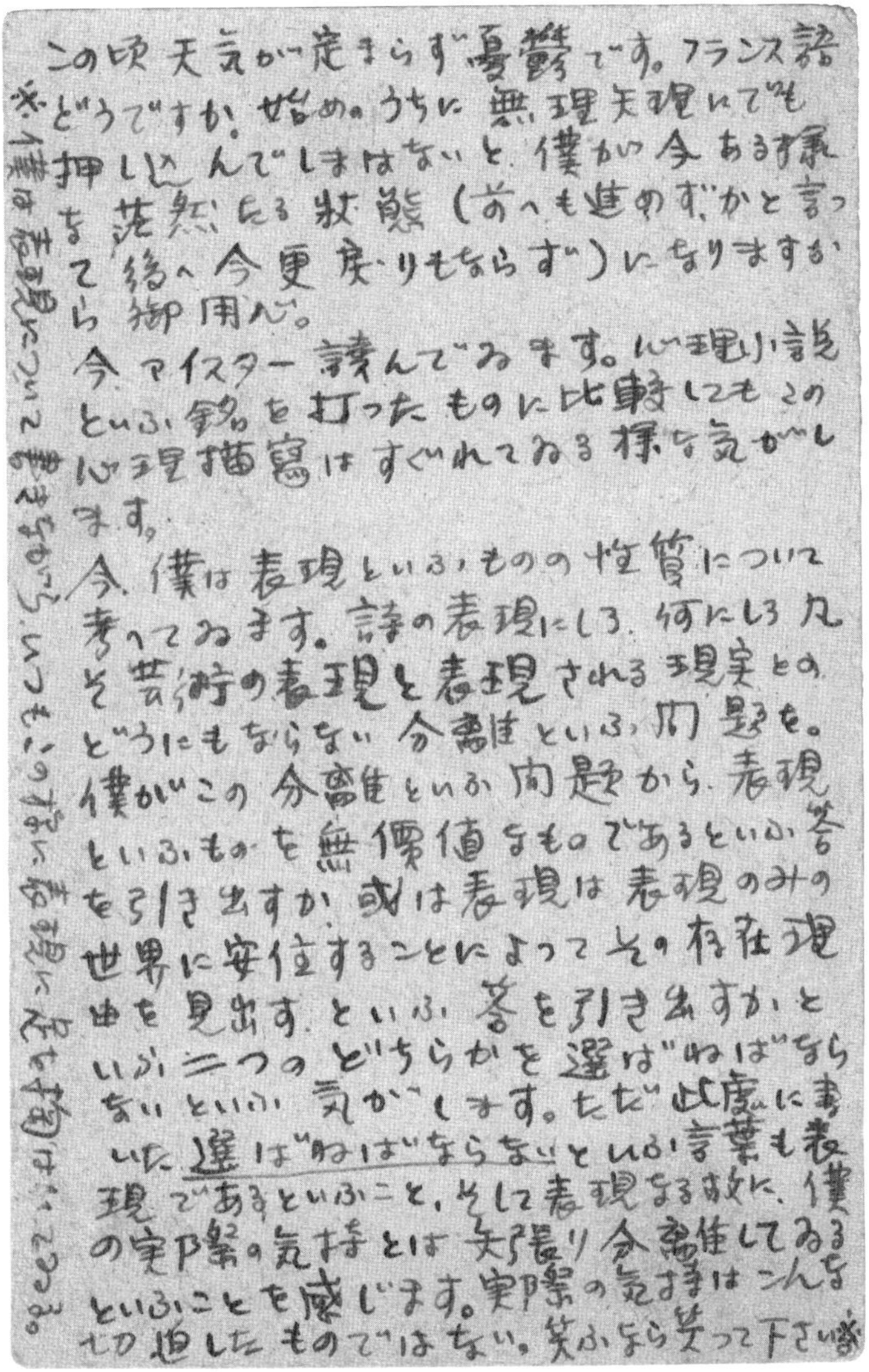
この頃天気が定まらず憂鬱です。フランス語はどうですか！ 始めのうちに無理矢理にでも押し込んでしまはないと、僕が今ある様な茫然たる状態（前へも進めず、かと言って後へ今更戻りもならず）になりますから御用心。
今、マイスター読んでゐます。心理小説といふ銘を打ったものに比較してもこの心理描寫はすぐれてゐる様な気がします。
今、僕は表現といふものの性質について考へてゐます。詩の表現にしろ、何にしろ凡そ芸術の表現と表現される現実とのどうにもならない分離といふ問題を。僕がこの分離といふ問題から、表現といふものを無價値なものであるといふ答を引き出すか、或は表現は表現のみの世界に安住することによってその存在理由を見出す、といふ答を引き出すかといふ二つのどちらかを選ばねばならないといふ気がします。ただ此處に書いた選ばねばならないといふ言葉も表現であるといふこと、そして表現なる故に、僕の実際の気持とは矢張り分離してゐるといふことを感じます。実際の気持はこんな切迫したものではない。笑ふなら笑って下さい。
※僕は表現について書きながら、いつもこの様に表現に足を掬はれてゐる。

太田裕雄あてはがき　1948年5月5日　親友の太田へ「表現」に対する悩みを書き送る。

わがうた　ここにはじまる——

一高時代、大岡は寮内新聞「向陵時報」に詩を投稿したことがきっかけとなり、上級生の日野啓三や村松剛と知り合う。同級生には佐野洋や稲葉三千男がいた。またフランス語の新任教員だった寺田透との出会いは、のちの詩作や翻訳に大きな影響を与えるものとなる。

一九五〇年、東京大学文学部国文学科に入学。友人たちと同人誌「現代文学」を創刊する。ほとんどの同人が詩ではなく小説や評論の書き手であったことから、大岡は自分の「詩」を貫きながらも、「それをたえず他の同人たちの眼で相対化してみつめる習慣」を持つことになったという。

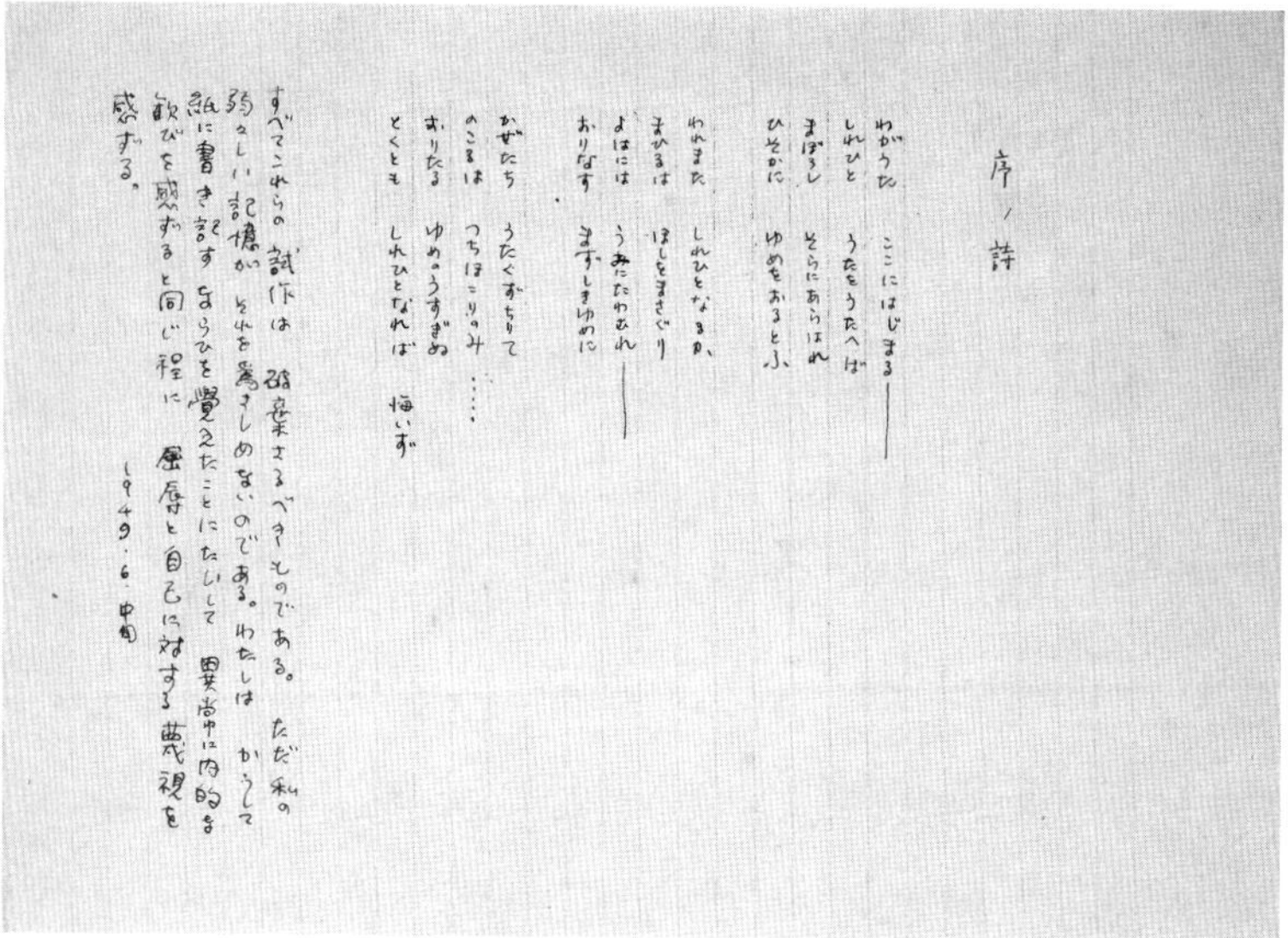
序ノ詩

わがうた　ここにはじまる——
しれひと　うたをうたへば
まぼろし　そらにあらはれ
ひそかに　ゆめをおるとふ

われまた　しれひとなるか、
まひるは　ほしをまさぐり
よはには　うみにたわむれ——
おりなす　まずしきゆめに

かぜたち　うたぐずちりて
のこるは　つちほこりのみ……
おりたる　ゆめのうすぎぬ
とくとも　しれひとなれば　悔いず

すべてこれらの試作は　破棄さるべきものである。ただ私の弱々しい記憶が　それを篤さしめないのである。わたしは　かうして紙に書き記す　ならひを覚えたことにたいして　果尚中に内的な歓びを感ずると同じ程に　屈辱と自己に対する蔑視を感ずる。

1949.6.中旬

「序ノ詩」　一高時代（1947–1950年）の詩稿を収めるノートの冒頭に記された言葉。この時期、詩作で「自分なりにリズムがつかめるよう」になったという。頁の左側には本ノートにまとめられた詩稿に対する大岡の複雑な思いも記されている。＊

一高時代の愛読書　左：佐佐木信綱校訂『新古今和歌集』 1932年4月　岩波書店　右：ボードレール著　山内義雄選『「悪の華」抄』 1948年11月　第三書房　装幀：児島喜久雄
一高の寄宿舎でこの2冊を並べて読んでいた。

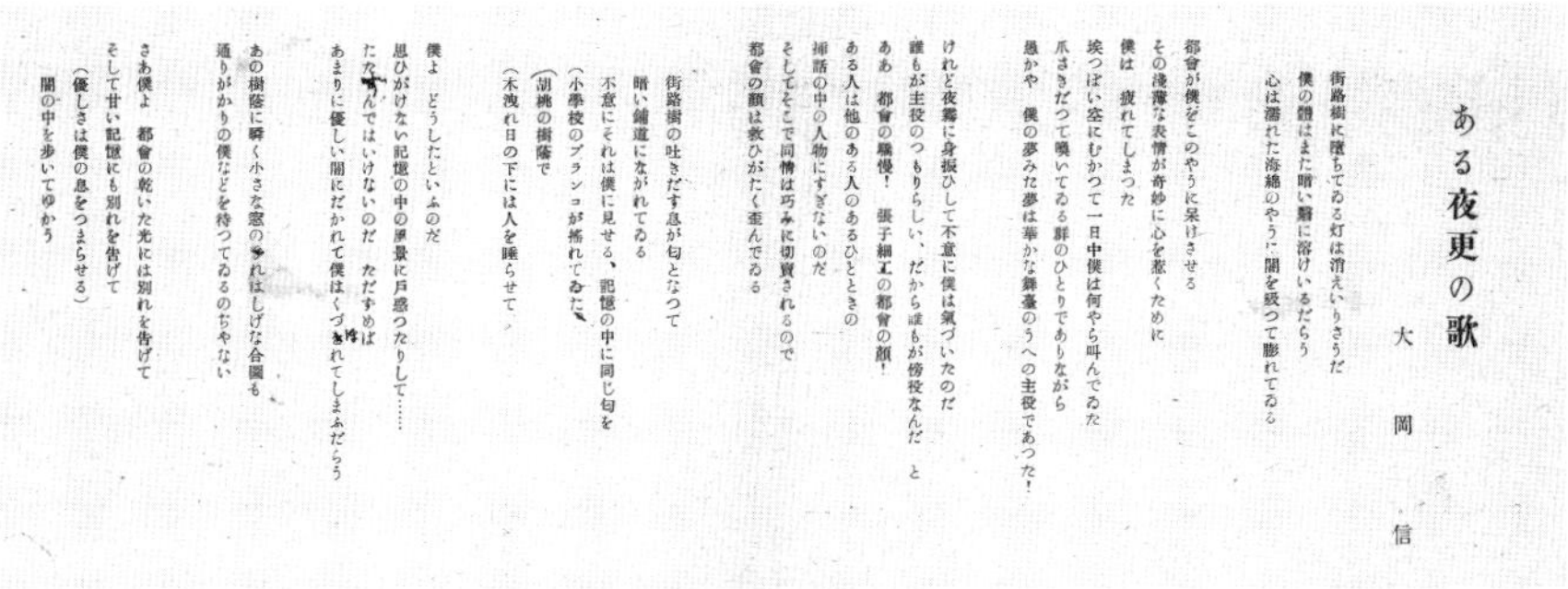

ある夜更の歌

大岡　信

街路樹に墜ちてゐる灯は消えいりさうだ
僕の體はまた暗い翳に溶けいるだらう
心は濡れた海綿のやうに闇を吸つて膨れてゐる

都會が僕をこのやうに呆けさせる
その淺薄な表情が奇妙に心を惹くために
僕は　疲れてしまつた
埃つぽい空にむかつて一日中僕は何やら叫んでゐた
爪さきだつて喚いてゐる群のひとりでありながら
愚かや　僕の夢みた夢は華かな舞臺のうへの主役であつた！

けれど夜露に身振ひして不意に僕は氣づいたのだ
誰もが主役のつもりらしい、だから誰もが傍役なんだ　と
ああ　都會の驕慢！　張子細工の都會の顔！
ある人は他のある人のあるひとときの
挿話の中の人物にすぎないのだ
そしてそこで同情は巧みに切賣されるので
都會の顔は救ひがたく歪んでゐる

街路樹の吐きだす息が匂となつて
暗い鋪道にながれてゐる
不意にそれは僕に見せる、記憶の中に同じ匂を
（小學校のブランコが揺れてゐた
（胡桃の樹蔭で
（木洩れ日の下には人を睡らせて

僕よ　どうしたといふのだ
思ひがけない記憶の中の風景に戸惑つたりして……
たたんではいけないのだ　ただすめば
あまりに優しい闇にだかれて僕はくづされてしまふだらう
あの樹蔭に瞬く小さな窓の[illegible]れはしげな合圖も
通りがかりの僕などを待つてゐるのぢやない

さあ僕よ　都會の乾いた光には別れを告げて
そして甘い記憶にも別れを告げて
（優しさは僕の息をつまらせる）
闇の中を歩いてゆかう

「ある夜更の歌」「向陵時報」 1948年11月30日　同号の編集委員は日野。
この詩がきっかけとなり次の編集委員を大岡が務めることになった。＊

寺田透（1915–1995）　文芸評論家、仏文学者。横浜生まれ。1947年から一高でフランス語を教える。大岡はボードレールを教材に寺田の授業を受けていた。辞書通りの訳を良しとしない寺田の姿勢に「目を開かれる思い」がしたという。1949年には大岡の依頼に応え「向陵時報」に詩「二相系」を寄稿する。大岡は生涯にわたり寺田を師と敬愛した。写真：「現代詩手帖」（1977年6月臨時増刊号）から

「現代文学」

東大の仲間とともに、一九五一年三月から一九五二年七月の間にガリ版刷りで全五号を刊行。大岡は毎号にわたり発表した詩のほかに、創刊号にエリュアールの訳詩を、三号には初の詩人論である「菱山修三論」を発表した。ほかの同人たちも評論や散文、戯曲などを執筆し、互いに鋭く厳しい批評を交わし合った。

「現代文学」同人たちと　後列左から大岡、日野啓三、山本思外里。前列左から佐野洋、神山圭介。

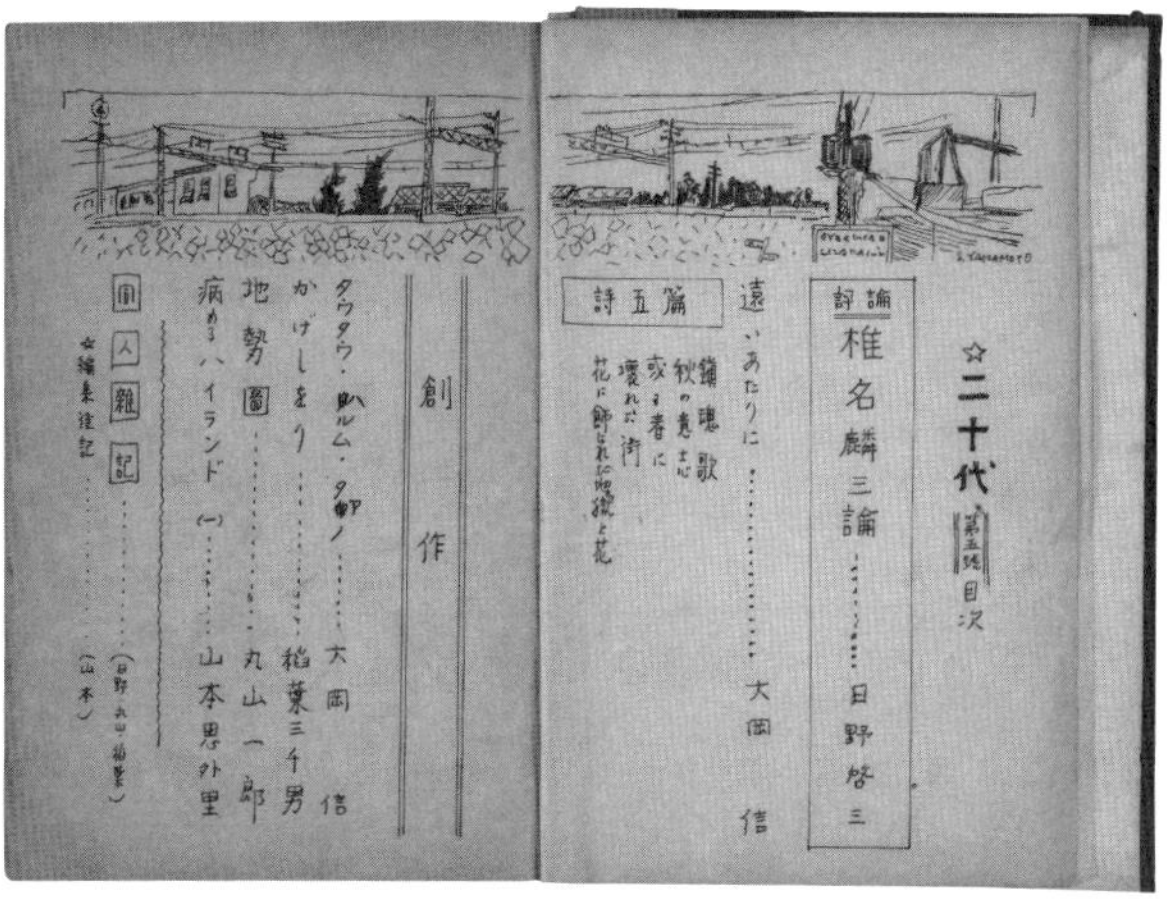

「二十代」第5号目次　1950年　画：山本　「二十代」は「現代文学」の前身となった回覧雑誌。手書きの原稿が製本されている。同年6月に始まり、全5号で終刊。同号に大岡は、詩のほかに小説も発表した。＊

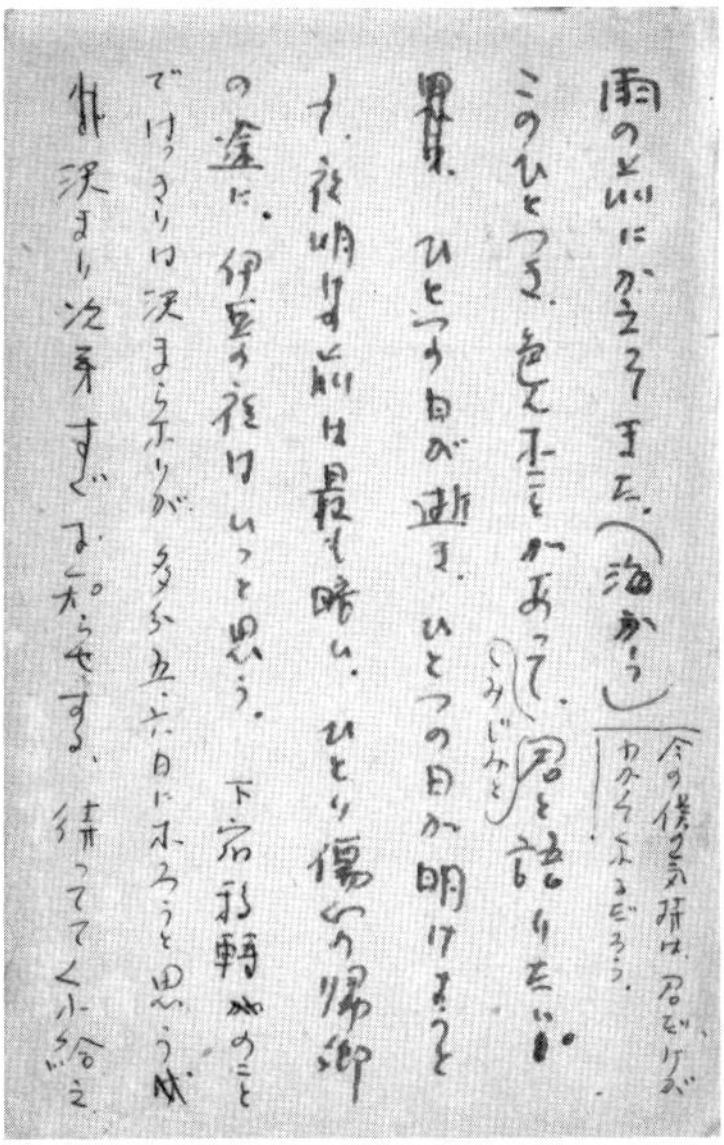
このひとつき、色んな事があって、君と（しみじみと）語りたい。
ひとつの日が逝き、ひとつの日が明けようとする夜明け前は最も暗い。ひとり傷心の帰郷の途に、伊豆の旅はいいと思う。下宿移転のことではっきりは決まらないが、多分五、六日に来ようと思う。決まり次第すぐお知らせする。待っててくれ給え。
今の僕の気持は、君だけがわかってくれるだろう。

日野啓三　大岡あてはがき ［1951年］8月1日　三島に帰郷している大岡に「今の僕の気持は、君だけがわかってくれるだろう」「しみじみと君と語りたい」と記す。日野とは一高、東大、就職先を共にし、「いろんなたくらみの仲間」だったという。＊

ひとつの日が逝き、ひとつの日が明けようとして、夜明けの前は最も暗い。

——日野　大岡あてはがき（左図版）から

私は菱山氏ほど一つの軌道を離れることなく進んだ詩人を知らない。

——「菱山修三論」から

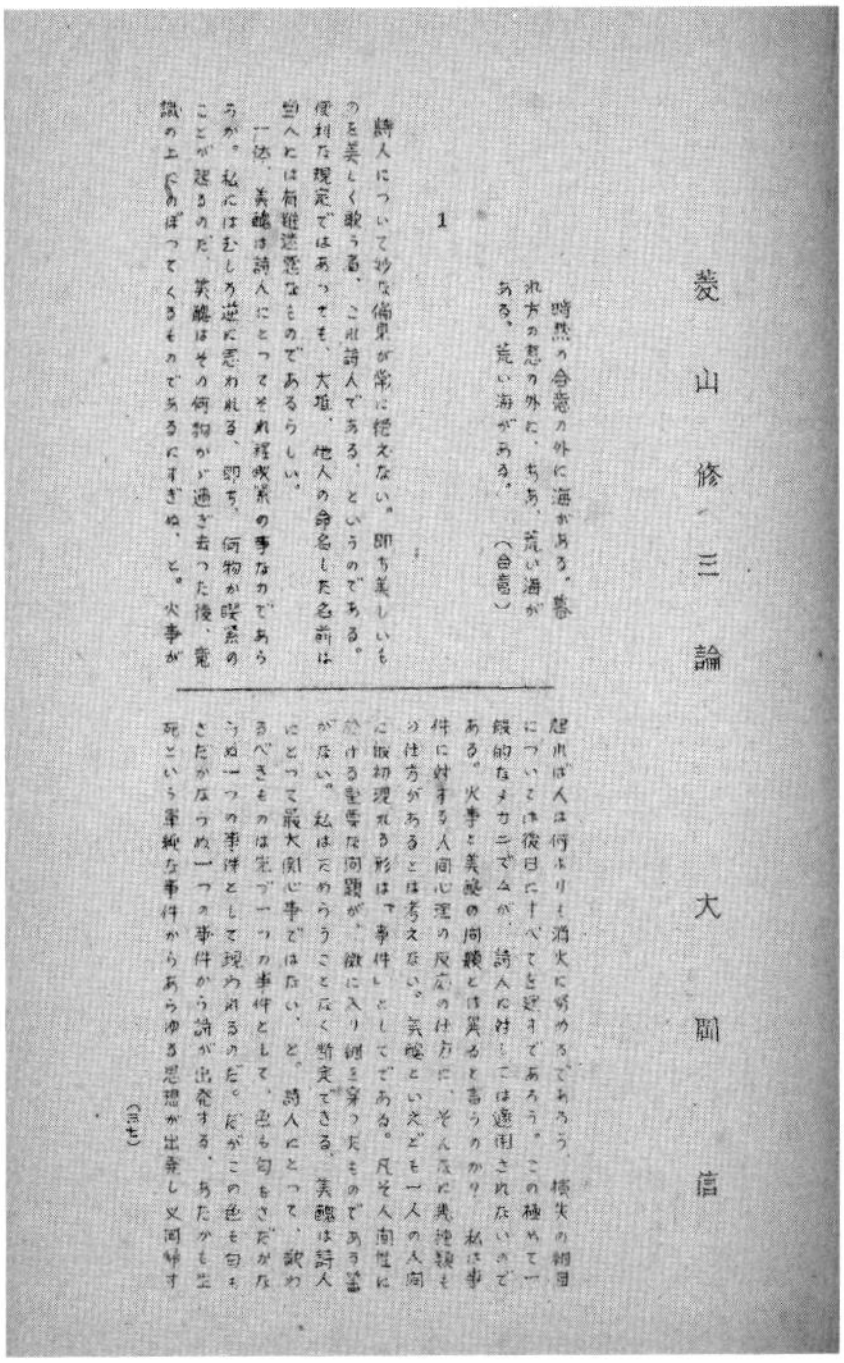
菱山修三論　大岡昇信

時熟の合意の外に海がある。暮れ方の想の外に、ああ、荒い海がある。荒い海がある。（合意）

1

詩人について妙な偏見が常に絶えない。即ち美しいものを美しく歌う者、これ詩人である、というのである。便利な規定ではあっても、大抵、他人の命名した名前は当人には有難迷惑なものであるらしい。

一体、美醜は詩人にとってそれ程喫緊の事なのであろうか。私にはむしろ逆に思われる。即ち、何物かが喫緊のことが起るのだ。美醜はその何物かが過ぎ去った後、意識の上にのぼってくるものであるにすぎぬ、と。火事が起れば人は何よりも消火に努めるであろう。損失の補償については後日にすべてを廻すであろう。この極めて一般的なメカニズムが、詩人に対しては適用されないのである。火事と美醜の問題とは異ると言うのか？　私は事件に対する人間心理の反応の仕方に、そんなに異種類もの仕方があるとは考えない。美醜といえども一人の人間に最初現れる形は「事件」としてである。凡そ人間性に於ける重要な問題が、微に入り細を穿ったものである筈がない。私はためらうことなく断定できる。美醜は詩人にとって最大関心事ではない、と。詩人にとって、読めるべきものは先ず一つの事件として、色も匂もさだかならぬ一つの事件として現われるのだ。だがこの色も匂もさだかならぬ一つの事件から詩が出発する。あたかも生死という単純な事件からあらゆる思想が出発し又回帰す

（三七）

「菱山修三論」「現代文学」 1951年11月　一高時代から菱山修三を愛読していた。しかし影響を受けるうちに「息苦しく」なり、「菱山さんの影を僕の中から切り捨てるつもり」で執筆したという。＊

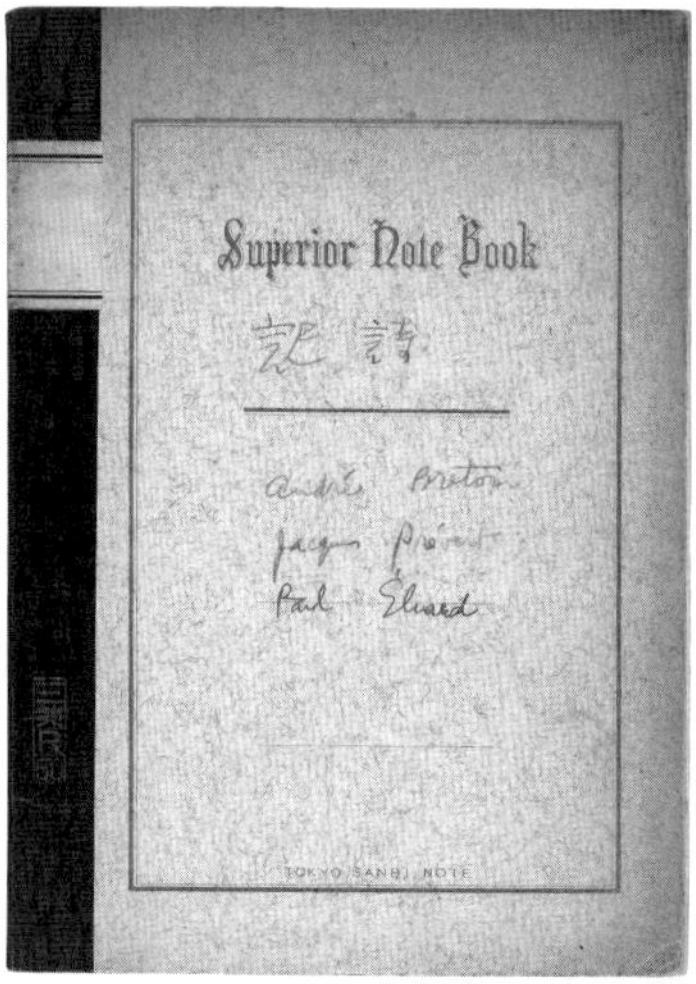

「訳詩」ノート　ブルトン、プレヴェール、
エリュアールの詩を訳したノート。＊

そして空はお前の唇の上にある

Et le ciel est sur tes lèvres.

—'Les Sens'

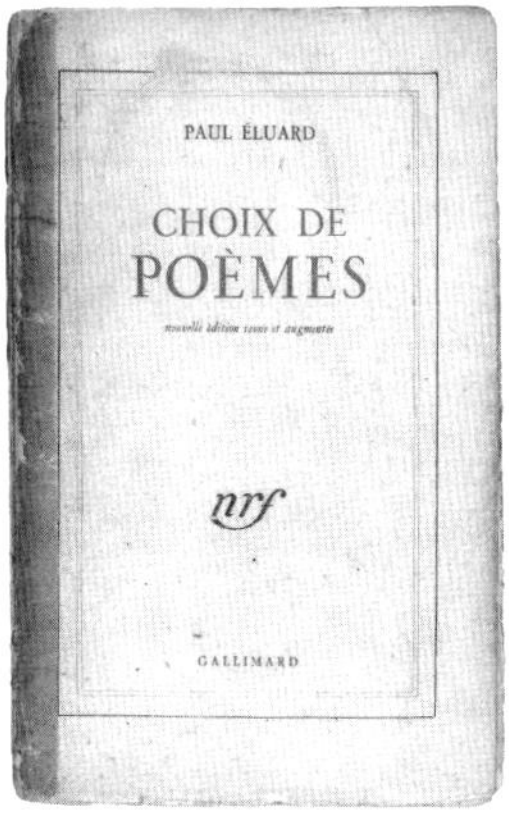

Paul Éluard "Choix de poèmes"　1946 Paris　Gallimard　旧蔵書。収録詩 'Les Sens' の一行に衝撃を受ける。

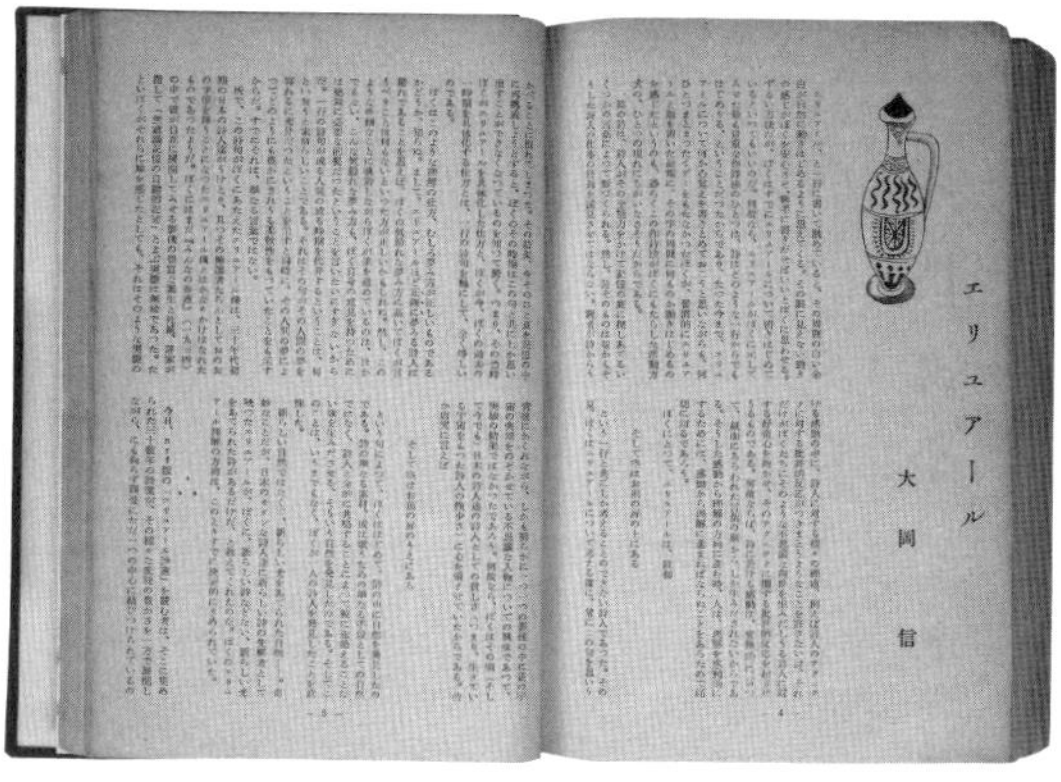

「エリユアール」「赤門文学」　1952年11月　カット：浜田慶子
エリュアールの魅力を周りの友人たちに広めるために執筆したという詩人論。中村真一郎は「文学界」（1953年3月号）誌上でこれを「出色のもの」で「読みながら感動した」と激賞した。＊

卒業論文「夏目漱石論——修善寺吐血以後」（上）と執筆のためのノート（下） 1952年12月提出
「ながいあいだ精神的に沈鬱で動揺していた時期」に漱石の『行人』に関心を持ったことが執筆のきっかけとなった。のちに『大岡信著作集』第4巻（1977年4月 青土社）に初めて収録した際、大岡昇平や小島信夫から「なぜこれを発表しないんだ」と怒られたという。＊

左頁：のち妻となる相澤かね子にもらったマフラーを巻いて

第二章

出で、立つ

第二章　出で、立つ

大岡はまず批評家として注目される。読売新聞社で記者として働くかたわら、一九五三年八月に「現代詩試論」を発表、高く評価される。翌年五月には「戦後詩人論――鮎川信夫ノート――」を発表。これらの批評は「荒地」や「列島」に代表される戦後詩を痛烈に批判したものであり、その明晰な文章は批評家・大岡信の存在を世間に知らしめるものとなった。

詩人としての出発は、一九五四年、書肆ユリイカから刊行された『戦後詩人全集』だった。これをきっかけに、書肆ユリイカの社主・伊達得夫とも知り合う。同じころ、茨木のり子、川崎洋が創刊した詩誌「櫂」の同人たちとの交流も始まり、特に谷川俊太郎とは生涯にわたり深く親交し、互いの詩を高め合う存在となる。一九五六年、飯島耕一、東野芳明、江原順らと「シュルレアリスム研究会」を結成。一九五九年には、飯島、岩田宏、清岡卓行、吉岡実と詩誌「鰐」を創刊する。同年代の詩人や批評家たちに触発されて、詩、詩論、美術批評、児童書や美術書の翻訳などを精力的に発表し、文章表現の幅を広げていく。

そしてこれらの活動を支えたのが妻・かね子だった。その存在は明るくおおらかな大岡の詩の源泉となり、大岡はかね子と二人三脚で、深く、ゆたかに展開する仕事の礎を築いていった。

感受性の祝祭——批評家から詩人へ

一九三〇年前後に生まれた若き詩人たちが詩壇に登場した一九五〇年代を、大岡は「感受性の祝祭の時代」と称した。同人であった「櫂」「鰐」、そのほかに「今日」「氾」などの詩誌に代表されるこの世代は、歴史や政治を主題とする詩ではなく、人間の感受性を表現する方法としての詩をうたった。批評家としてデビューした大岡も、すぐに「感受性の祝祭の時代」を代表する詩人として頭角をあらわしはじめた。

批評、翻訳、シュルレアリスム、美術、こうした要素すべてが大岡の詩を形作り、日本現代詩を代表する詩人として、生涯で二〇冊以上の詩集を刊行した。

読売新聞社記者のころ　1953年入社。外報部で外電を翻訳する仕事の合間に、フランス語や英語の文学書をデスクで読んでいたという。退社する1963年までの10年間、同部署に在籍した。

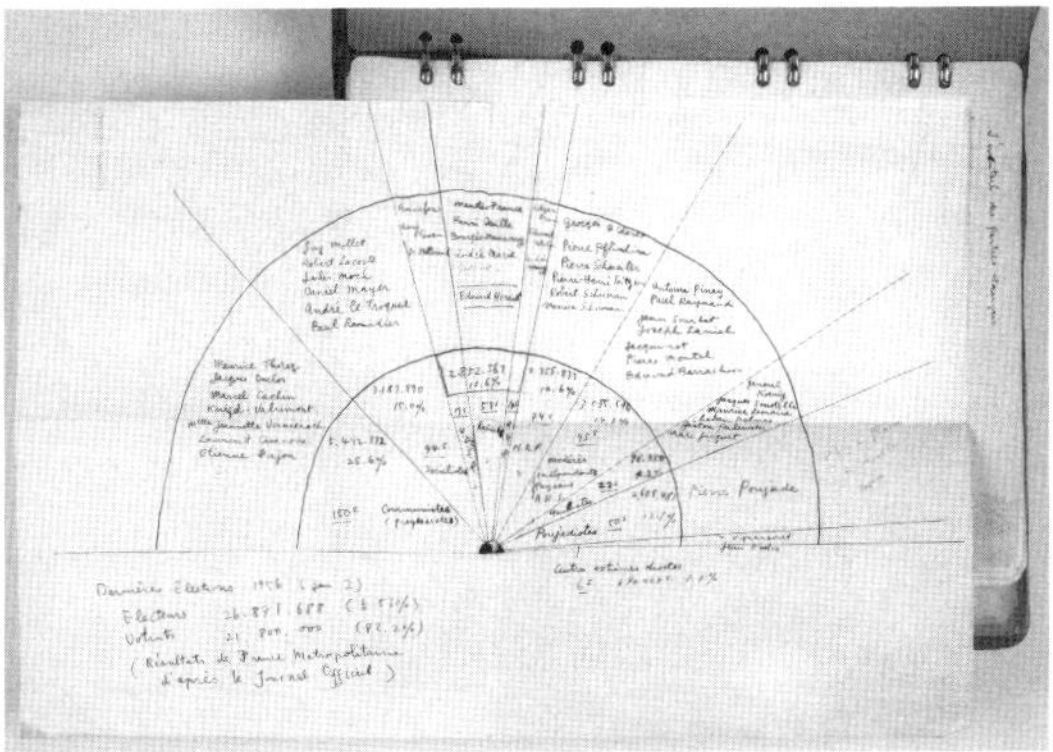

記者時代のノート　1956年1月2日に行われたフランス国民議会選挙について記す。＊

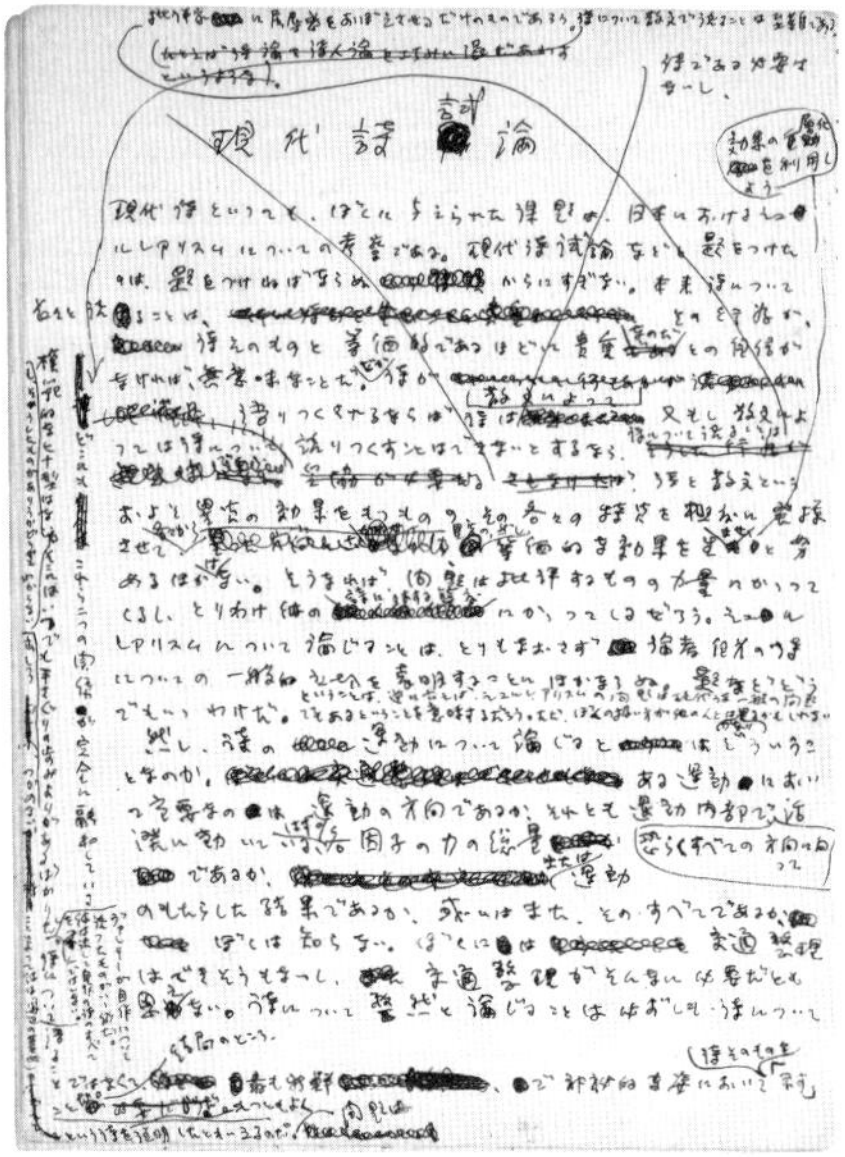

「現代詩試論」草稿　「詩学」1953年8月号に掲載　中村真一郎の「エリュアール」についての評論を読んだ、「詩学」編集者の嵯峨信之が依頼。当時は大学ノートに下書きをしてから原稿用紙に清書をしていた。＊

『現代詩試論』1955年6月　書肆ユリイカ　表紙はピカソ画「牧神」から。表題作ほか6編を収録した初の詩論集。

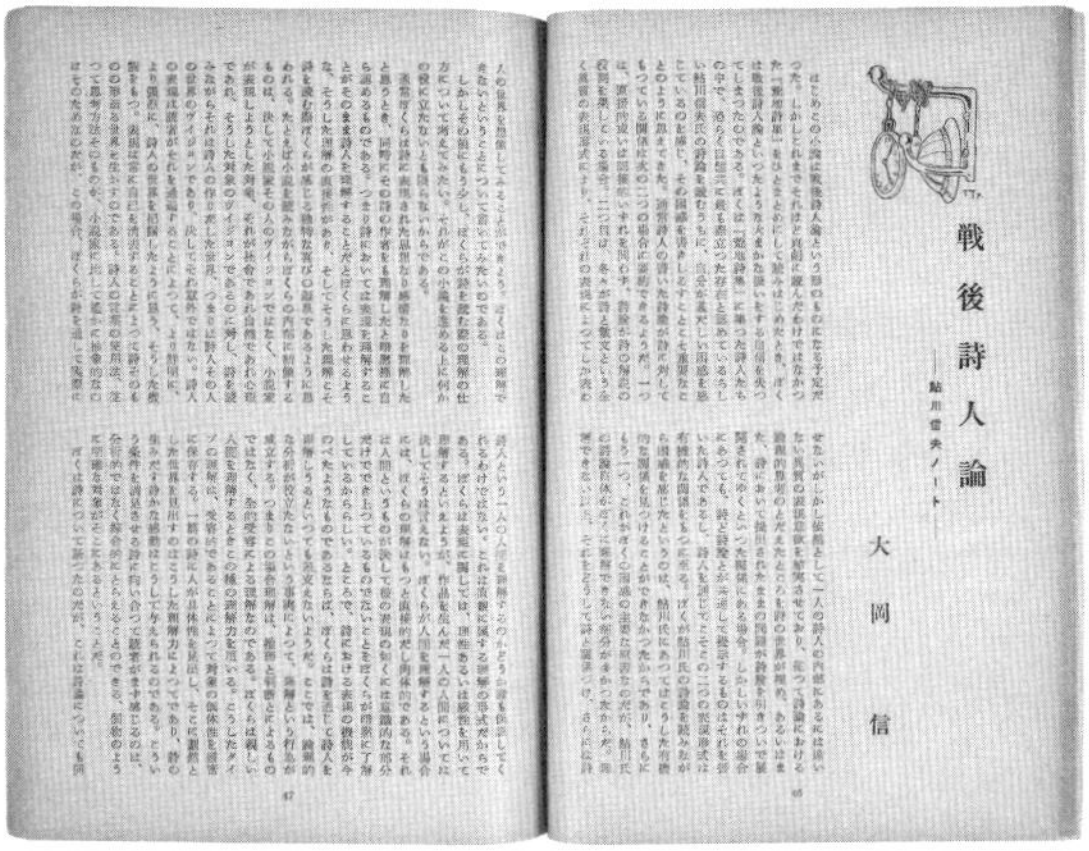

「戦後詩人論——鮎川信夫ノート——」「詩学」　1954年5月　「現代詩試論」の評判が良く、嵯峨が続けて依頼した。以降「詩学」を中心として断続的に詩論を発表するようになる。

書肆ユリイカ

書肆ユリイカ社主・伊達得夫は前田出版社在籍中の一九四七年五月、原口統三『二十歳のエチュード』の刊行を手がける。これをきっかけに翌年独立、社を興すと、詩書の出版を次々と行った。一九五六年には詩誌「ユリイカ」を創刊。同誌は大岡、飯島耕一、清岡卓行、中村稔といった、若き詩人たちの発表の場となった。伊達は無名の詩人を発掘し、世に送り出したが、一九六一年、四〇歳の若さで死去。現代詩の出発を支えた書肆ユリイカも解散する。

「ユリイカ」創刊号　1956年10月
社名でもある「ユリイカ」はポーの同名の著作から。伊達が稲垣足穂との会話をきっかけに命名した。

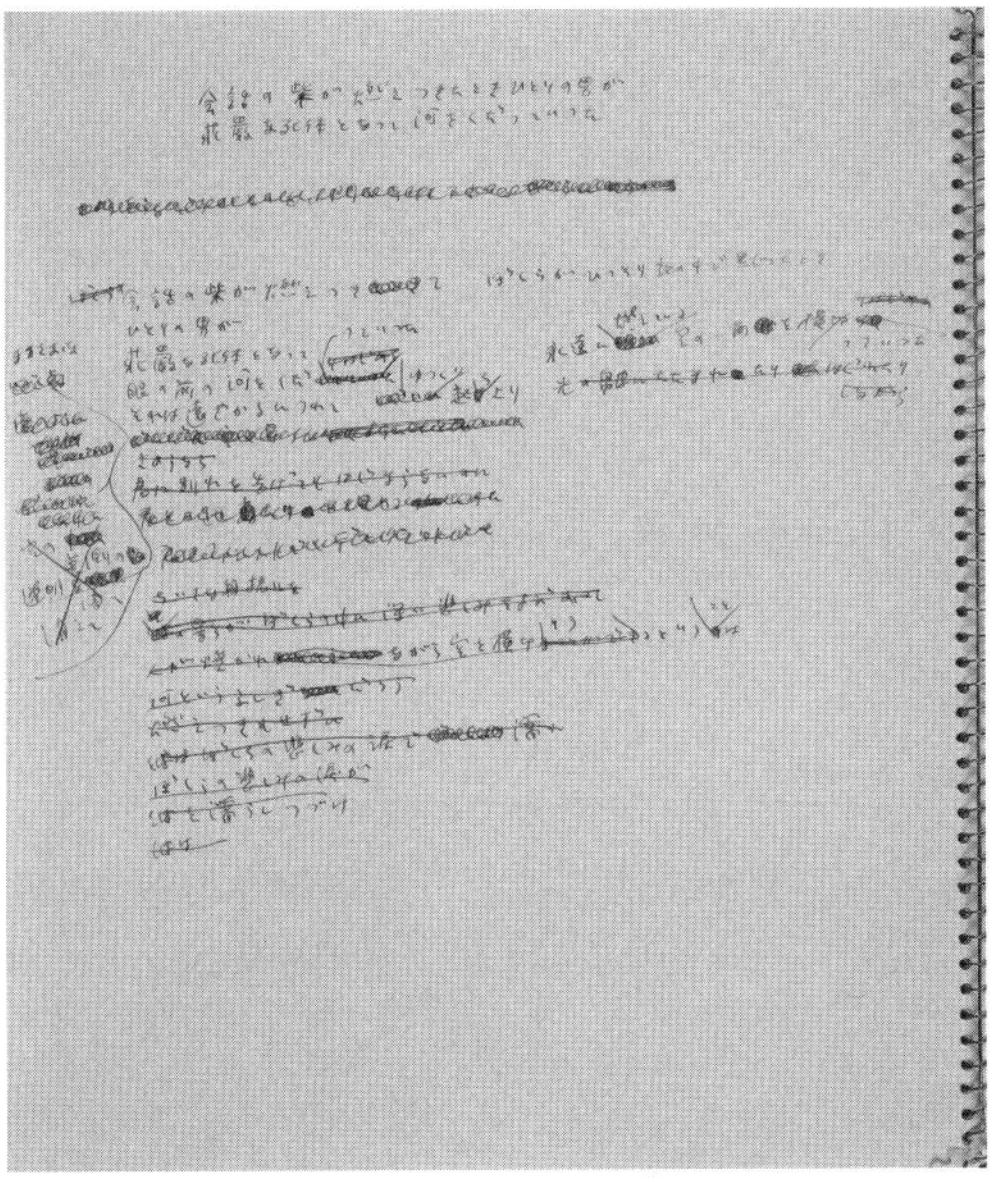

「会話の柴が燃えつきて」詩稿　「三田文学」1961年4月号に掲載　急逝した伊達に向けた詩。大岡にとって伊達は「現代詩というものへの最初の、そして決定的な導き手であり、相識った最初の出版人であり、兄貴分」であった。＊

那珂太郎　大岡あてはがき　1954年3月30日　「現代詩試論」や詩作品を読み、「敬服してゐます」と記す。那珂は大岡を伊達に推薦し、大岡の詩が『戦後詩人全集』に掲載されることとなった。＊

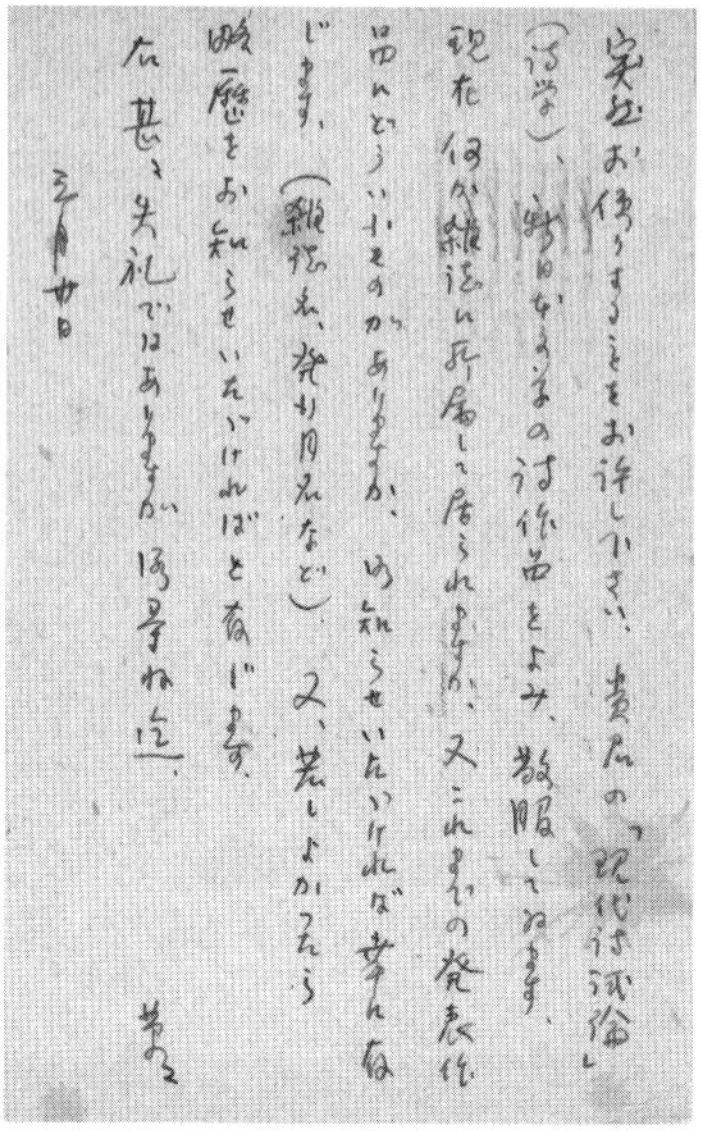
突然お便りすることをお許し下さい。貴君の「現代詩試論」（詩学）、最近なる多くの詩作品をよみ、敬服してゐます、現在何か雑誌に所属して居られますか、又これまでの発表作品はどういふものがありますか、お知らせいただければ幸甚に存じます（雑誌名、発行月名など）又、若しよかったら略歴をお知らせいただければと存じます。甚だ失礼ではありますが御尋ね迄。
三月卅日
那珂

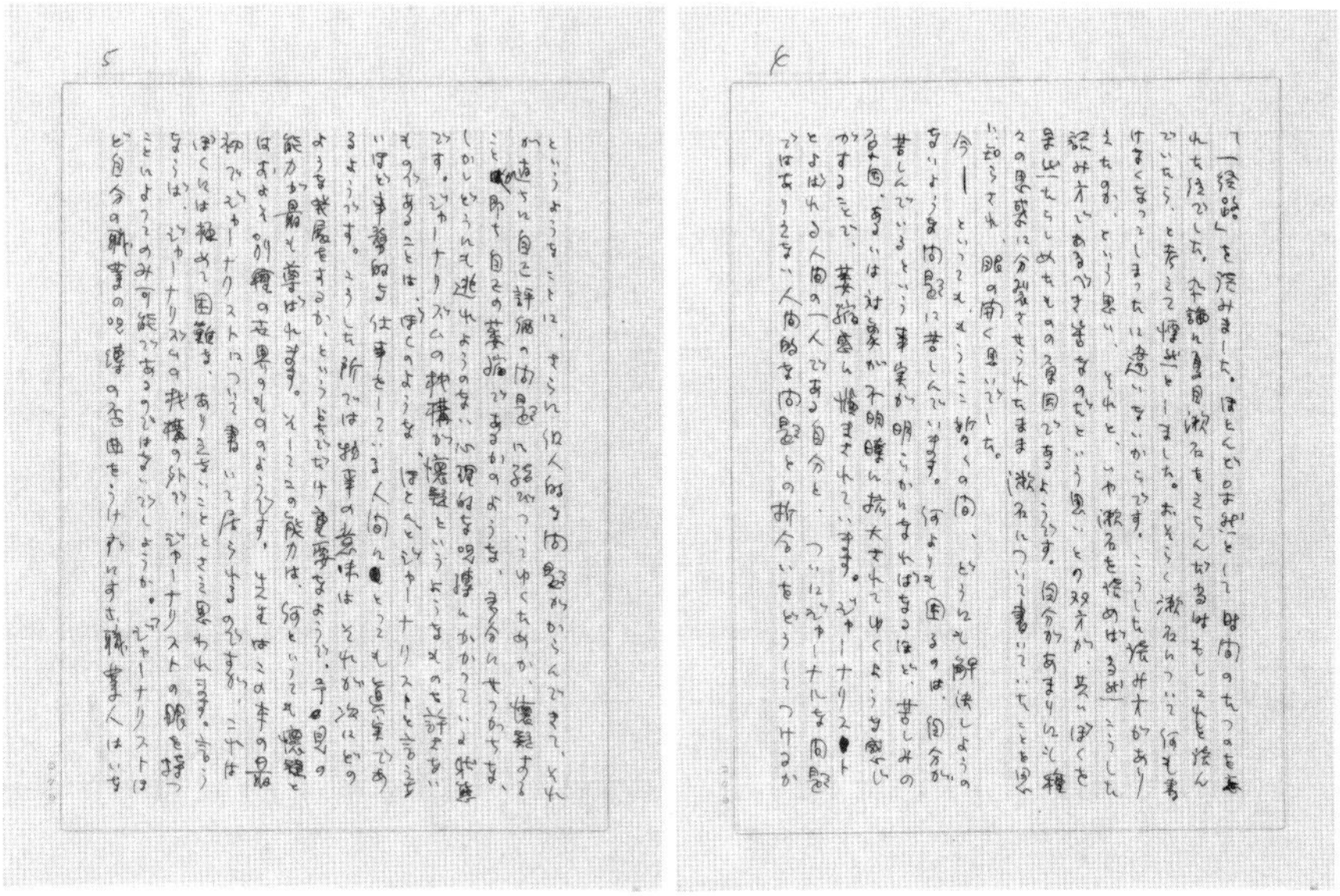
寺田透あて書簡（部分）　1954年6月2日　寺田から送られた『現代日本作家研究』（同年5月　未来社）の受贈礼状。感想を述べるなかで、「ジャーナリスト」である自分と「ジャーナルな問題ではありえない人間的な問題」との折り合いをどうつけるかに悩んでいると記す。当館蔵・寺田透文庫

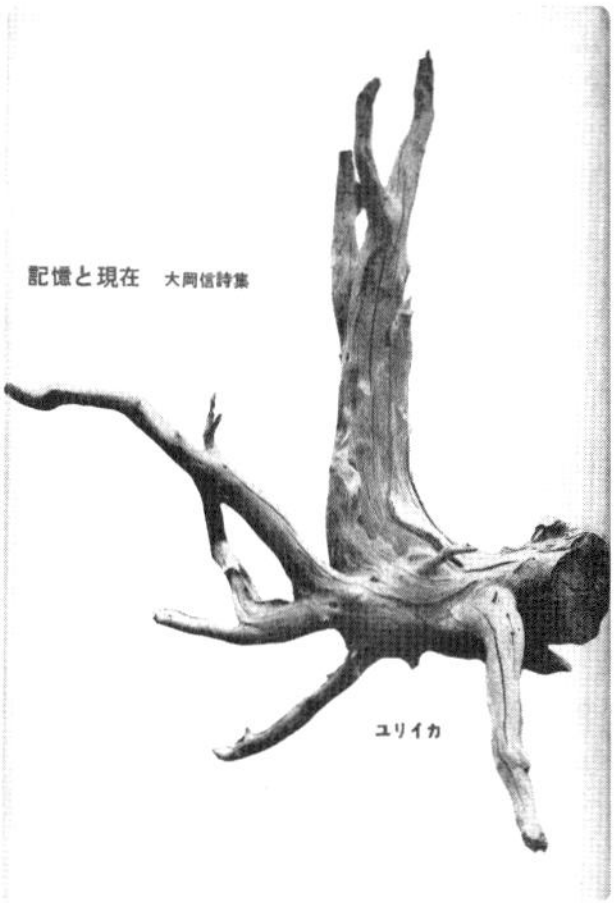

『記憶と現在』 1956年7月　書肆ユリイカ　装幀：長谷川周子　第1詩集。「青春」、「春のために」など42編を収録する。

『戦後詩人全集』第1巻　1954年9月　書肆ユリイカ

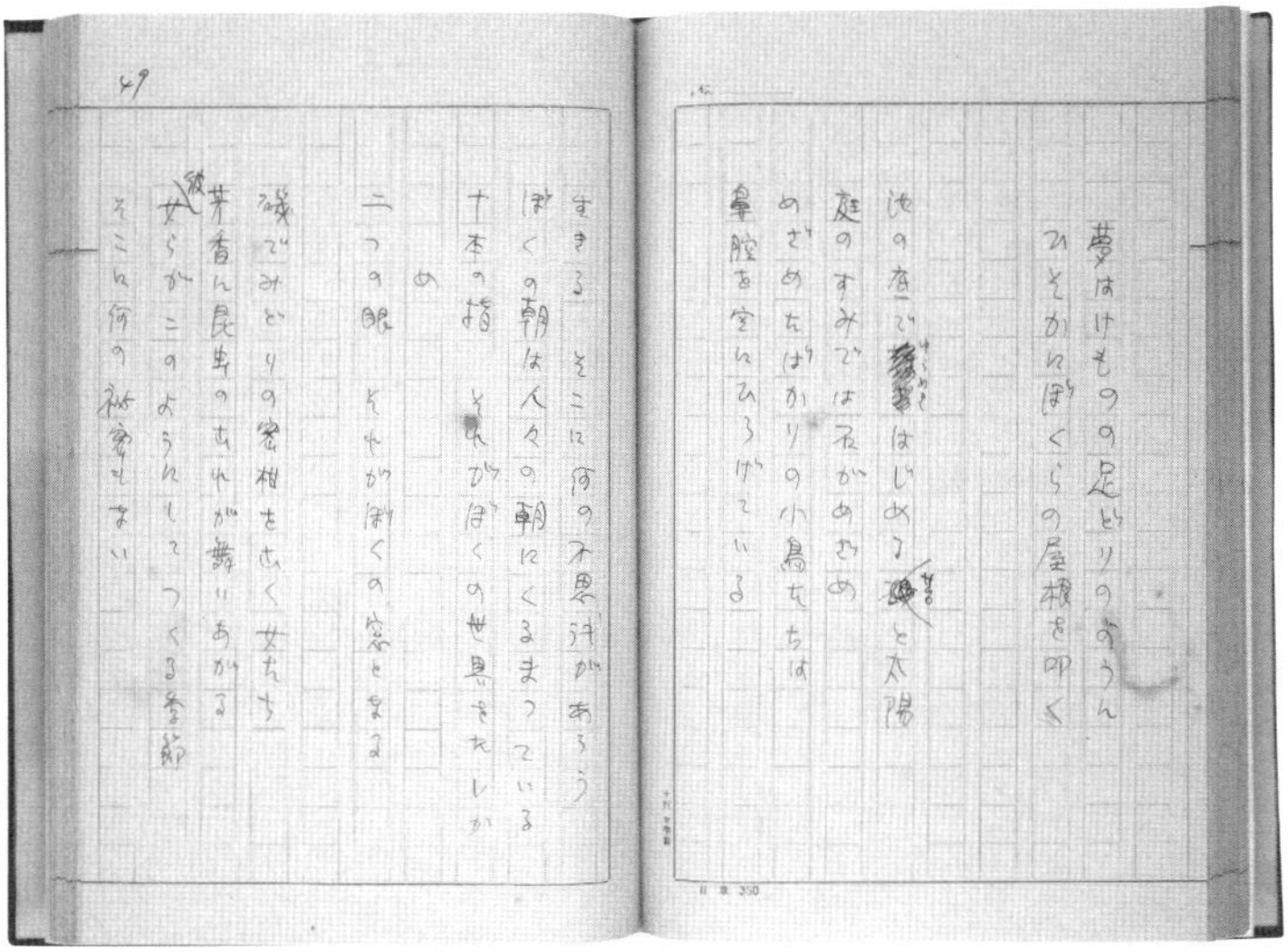

「夢はけものの足どりのようにひそかにぼくらの屋根を叩く」詩稿　「三田文学」1955年11月号に掲載　エリュアールの影響を受け、単純なイメージで詩作したという。平易な言葉でつくられた詩が持つ、力強さを追求した。＊

「櫂」同人たちと　左から谷川俊太郎、大岡、川崎洋、水尾比呂志、茨木のり子、友竹辰。共通のイデオロギーを持たず、同人それぞれが自由な詩作活動を展開した「櫂」は若い世代の共感を呼んだ。

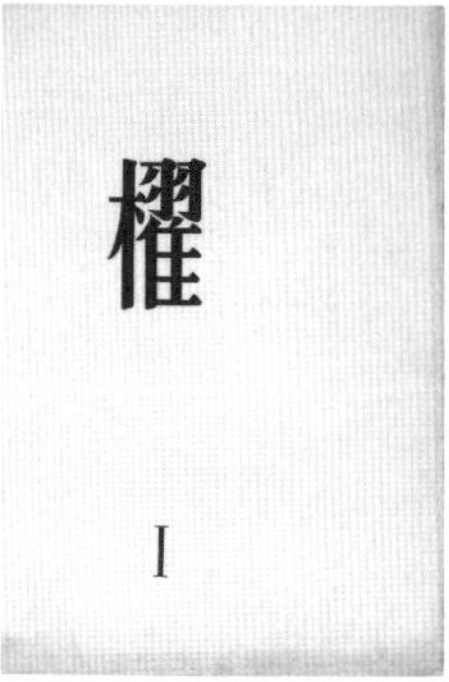

「櫂」創刊号　1953年5月

……それぞれのものとしてしか存在し得ない作品、しかもそれが、お互にうなずける創造であるような、そんな作品を示し合つていきたいというのです。

——川崎「創刊に際して」から

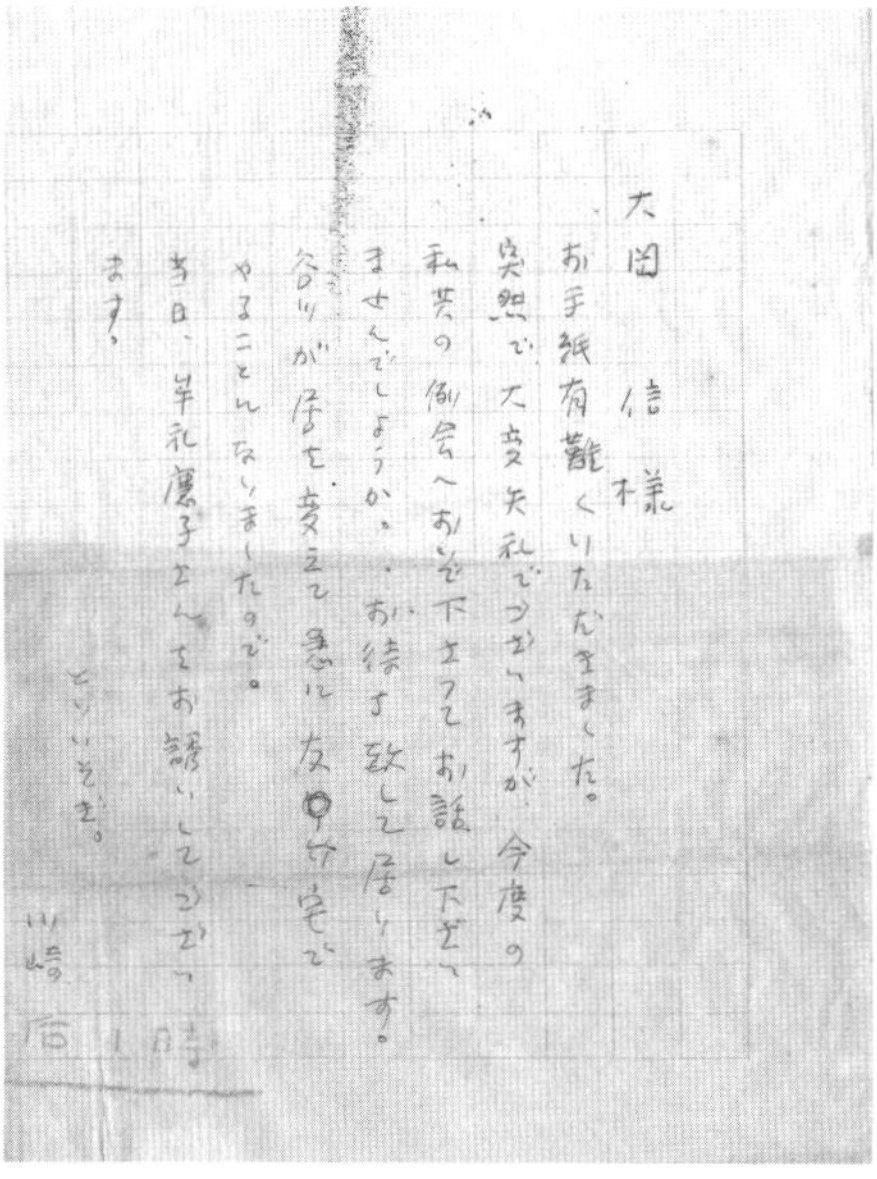
大岡信様
お手紙有難くいただきました。
突然で大変失礼でございますが、今度の
私共の例会へおいで下さってお話し下さい
ませんでしょうか。お待ち致して居ります。
谷ッが居を変えて急に友竹宅で
やることになりましたので。
当日、茨木のり子さんをお誘いしてございます。
とりいそぎ。
川崎
后1時

川崎　大岡あて書簡　1954年4月12日消印
大岡を初めて「櫂」の例会に誘う。その後、9月発行の第8号から参加した大岡は「詩と詩論の両面で多くの期待を寄せる」同人として迎えられた。＊

クローズアップ　詩友・谷川俊太郎

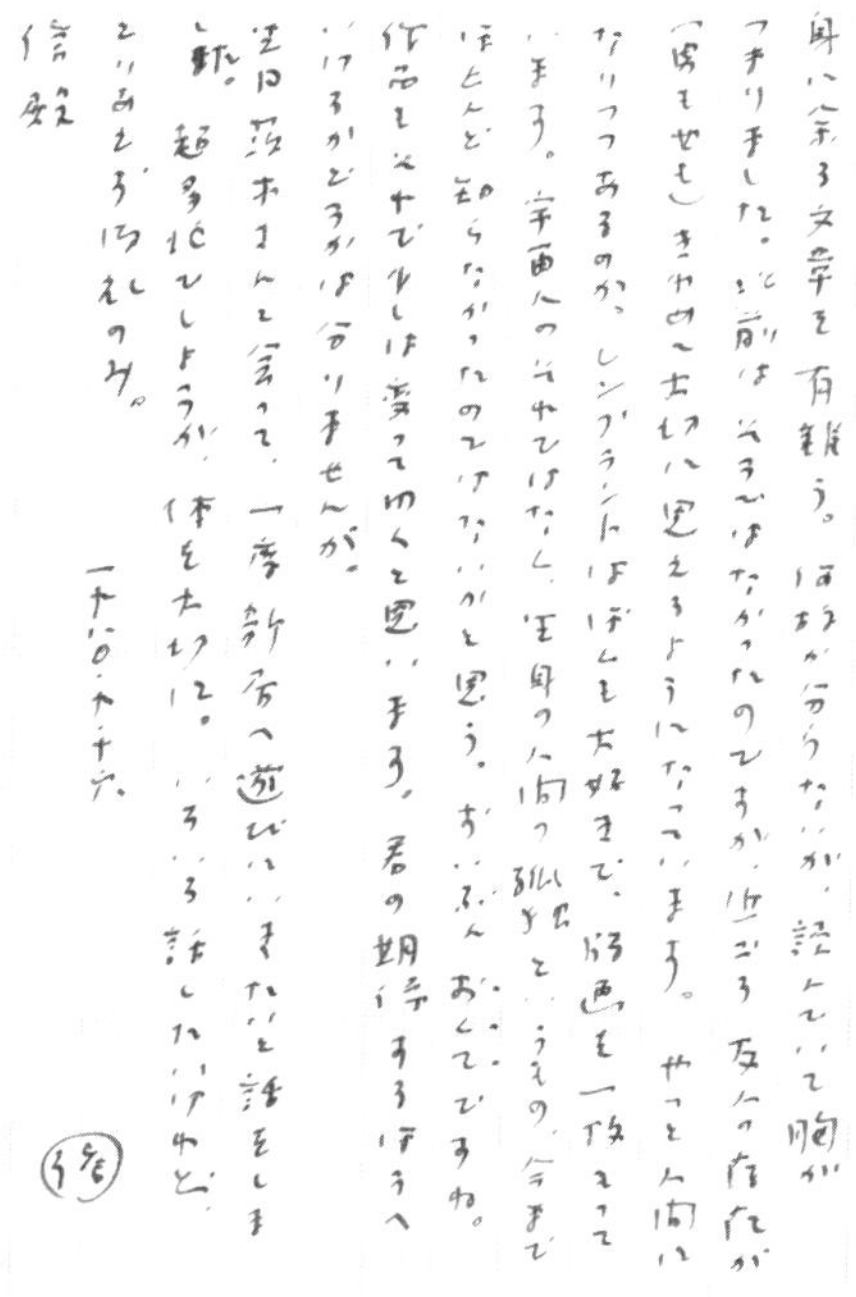
身に余る文章を有難う。何故か分らないが、読んでいて胸がつまりました。以前はそうではなかったのですが、近ごろ友人の存在が（男も女も）きわめて大切に思えるようになっています。やっと人間になりつつあるのか、レンブラントはぼくも大好きで、銅版画を一枚もっています。宇宙人のせいではなく、生身の人間の孤独を、…その、今までほとんど知らなかったのではないかと思う。ずいぶんおくてですね。作品もそれで少しは変ってゆくと思います。君の期待するほうへいけるかどうかは分りませんが。
生[illegible]さんと会って、一度新居へ遊びにいきたいと話をしました。超多忙でしょうが、体を大切に。いろいろ話したいけれど、とりあえずお礼のみ。

一九八〇・九・十六
信兄
俊

谷川　大岡あて書簡　1980年9月16日　「国文学　解釈と教材の研究」同年10月号に掲載された「谷川俊太郎論——芝生に立つフェルメール」への礼状と推定される。「友人の存在が（男も女も）きわめて大切に思えるようになっています」と大岡に書き送る。＊

谷川（左）と　1977年　軽井沢プリンスホテルで　ここで行われた対談は「エナジー対話」（同年9月号）に掲載。大岡と谷川は長年にわたり、座談会や対談を行った。谷川が「一番深いところで繋がっている」と語る、二人の交流は、生涯続いた。

シュルレアリスム研究会

大学時代からの友人である飯島耕一、東野芳明に江原順を加えた四人で始めた勉強会が、一九五六年、「美術批評」誌上で討論形式の研究会に発展した。村松剛、菅野昭正、清岡卓行、針生一郎、中原祐介らを迎え、詩、美術の双方向からシュルレアリスムに対する検討が行われた。これをきっかけに大岡は美術評論にも着手する。

東野（右）と　1960年4月　出光興産社長・出光佐三の招待で安部公房、飯島、江原、瀧口修造、伊達得夫、東野らと九州を訪ねた。

瀧口「リバティ・パスポート」1963年、パリ青年ビエンナーレに参加するため、初めて渡仏する大岡へ、瀧口が贈った旅のはなむけとしての私製パスポート。瀧口とは研究会を通して知り合った。＊

シュウルレアリスムの研究グルウプについて

これはシュウルレアリスムの問題を中心にした、ささやかな勉強会、研究会にすぎません。戦前、所謂「詩と詩論」の時代に滔々と日本の芸術界を風靡したシュウルレアリスムは、結局ハイカラ趣味のモダニスムという形であえかな最後をとげたようです。少くともそこには、当時の日本の現実との関聯におけるシュウルレアリスムの深い検討や受け入れが殆んどなかったといってよいでしょう。

戦後十年、ぼくらはいま、この運動が二十世紀芸術の根底に打ちこんだ斧の痕の重みにいまさらながらおどろいています。そして、現在のぼくらの芸術上の問題がすべてこの運動の残したさまざまの問題に分ちがたくつながっていることをあらためて知るのです。今日のような事態こそ、シュウルレアリスムをもう一度徹底的に勉強しなおし、検討してゆく必要のある時であり、そこから、生半可な理解や知識を基にした放談に解消しがちな芸術の問題を、新しく未来にむけて発展させてゆくことが出来るのではないでしょうか。つま先立って、いくらわめいたところで、日本の芸術界の顕迷さはなかなか揺ぐものではありません。今や宣伝の時代でなく、腰をじっくりすえ、深めてゆく時です。

いや、「宣伝」はよしましょう。グルウプのメンバーは最初から固定せず、自然に同じ意慾の人たちが結びついてゆくのをまちたいと思います。いろいろと不備や欠点も多いでしょうが、多くの方の御批判と御助言を期待しています。

なお研究方式は、課題に対する二人のレポーターの報告及びそれについての討論、霊媒、夢、精神病、のコラージュ・オヴジエ制作等々実地の具体的資料を基にした研究、評論、詩集、宣言等テキストの講読等の諸形式でやる予定です。尚、第二回研究会の課題は「シュウルレアリスムとサンボリスム」の予定です。　（東野記）

東野「シュウルレアリスムの研究グルウプについて」「美術批評」1956年6月　研究会の報告は「美術批評」に5回、同誌廃刊後は「みづゑ」に4回掲載された。

飯島（左）、清岡（右）と　1965年11月28日　京都大学で　学園祭の催しとして、飯島、清岡、渡辺武信と4人で現代詩をめぐる座談会を行った。撮影：石田寿夫

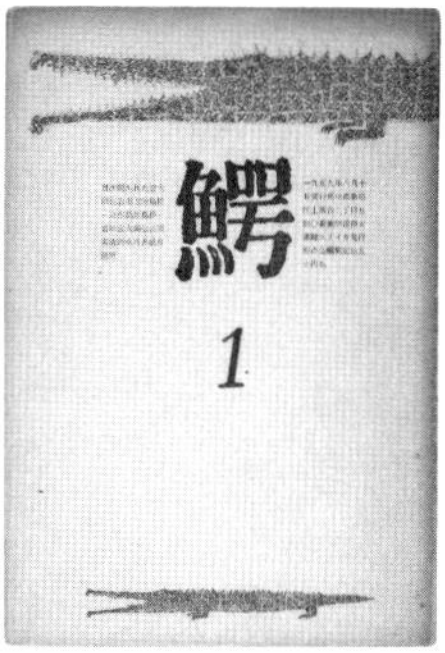

「鰐」創刊号　1959年8月　表紙：真鍋博　詩誌「今日」から派生し、飯島耕一、岩田宏、清岡卓行、吉岡実と5人で創刊。

シュルレアリスム研究会、「鰐」の時期は、僕なりに一所懸命詩を変えることも考えたし、少くとも言葉の質感とか詩の作り方、構成の仕方を何とか変えてみようとした時期です。

――「異物を抱え込んだ詩」から

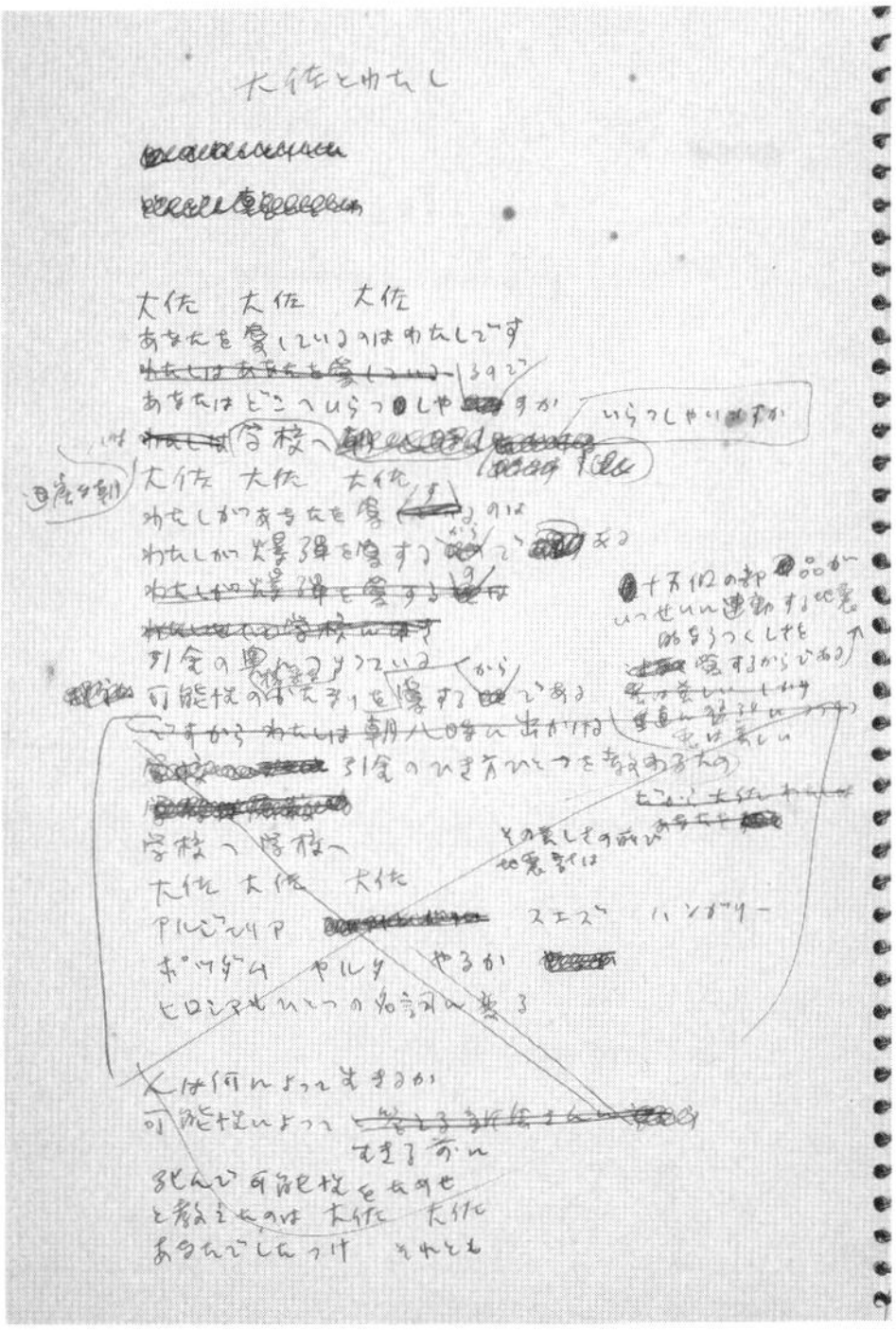

「大佐とわたし」詩稿　「鰐」1960年3月号に掲載　＊

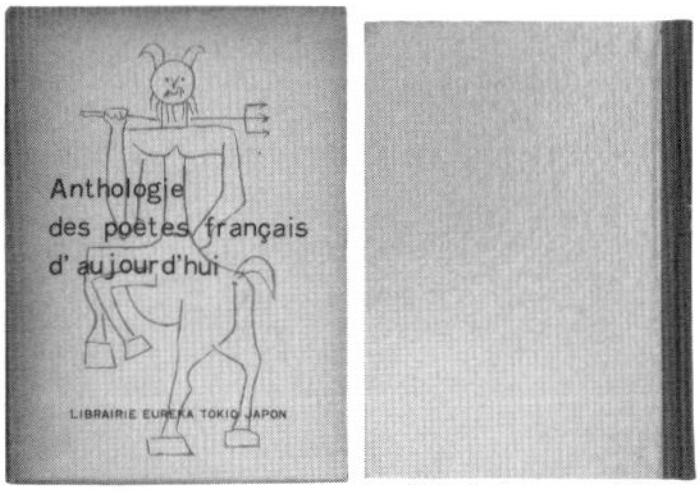

『現代フランス詩人集』第1冊　1955年12月　書肆ユリイカ　大岡にとって最初の翻訳書。エリュアールの訳詩と「ポール・エリュアール論」を収録。訳、執筆者はほかに飯島耕一、小海永二ら。

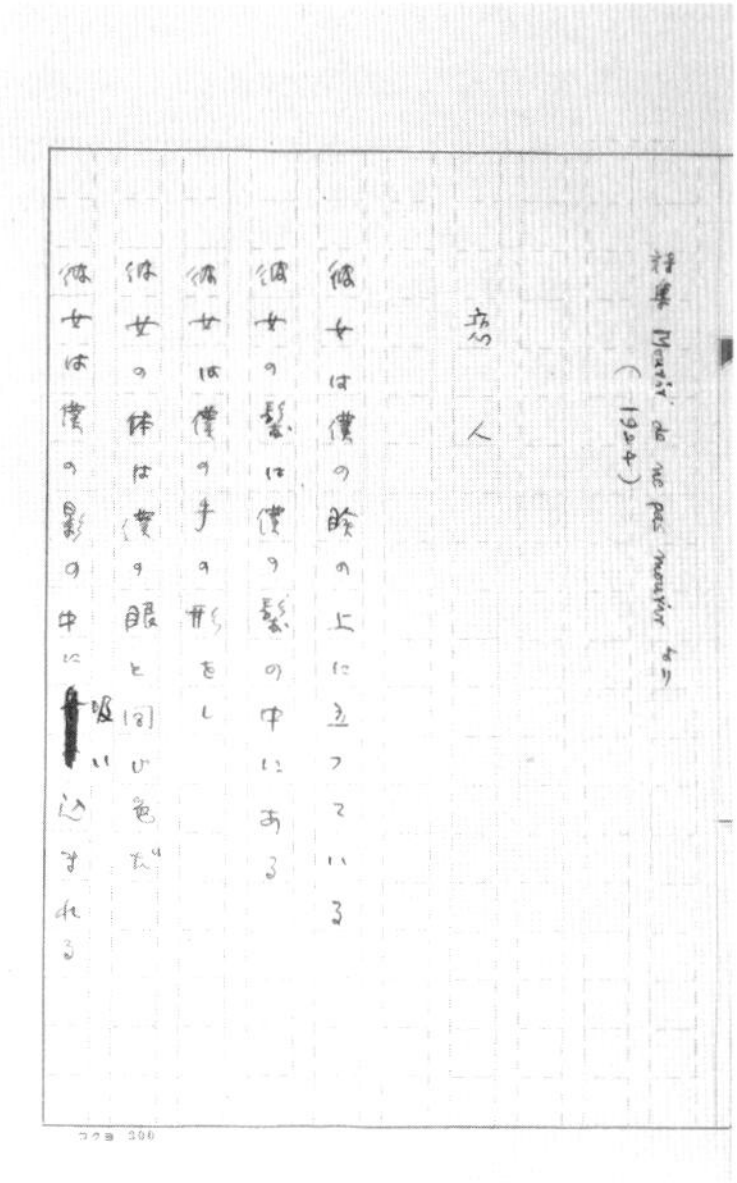
詩集 Mourir de ne pas mourir より
(1924)

恋人

彼女は僕の瞼の上に立っている
彼女の髪は僕の髪の中にある
彼女は僕の手の形をし
彼女の体は僕の眼と同じ色だ
彼女は僕の影の中に吸い込まれる

「恋人」訳詩稿　エリュアール'L'amoureuse'を翻訳。のちに改稿し、『世界文学全集』別巻1（1969年5月　河出書房新社）に収録された。＊

ファーブル『昆虫記』(『少年少女世界の文学』別巻2)　1967年8月　河出書房　装幀：沢田弘　さし絵：太田大八、中谷千代子　本書刊行以降、大岡訳の『昆虫記』は版を重ね、読み継がれていった。

ブリヨン『抽象芸術』　1959年5月　紀伊国屋書店　表紙はシュネーデル画「コンポジション87B」から。瀧口修造、東野芳明との共訳。前半を大岡、後半を東野が訳し、瀧口が補筆した。

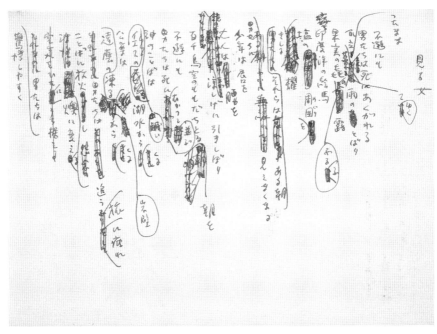

「見る女」詩稿　「雁 映像＋定型詩」1972年1月号に「見る女――わがexorcisme」として掲載。1970年の三島由紀夫の死を題材とし、改稿ののち詩集『悲歌と祝祷』に「死と微笑　市ヶ谷擾乱拾遺」として収録した。大岡の作品の中では数少ない社会的事件を扱った詩。＊

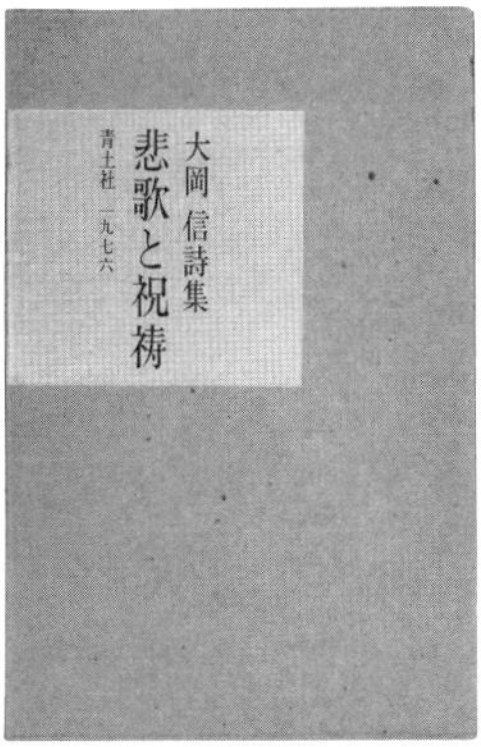

『悲歌と祝祷』 1976年11月　青土社　装幀：大岡　表紙作品：サム・フランシス“Drawing for Ooka”　この詩集以降、詩の表記を歴史的仮名遣いに統一する。

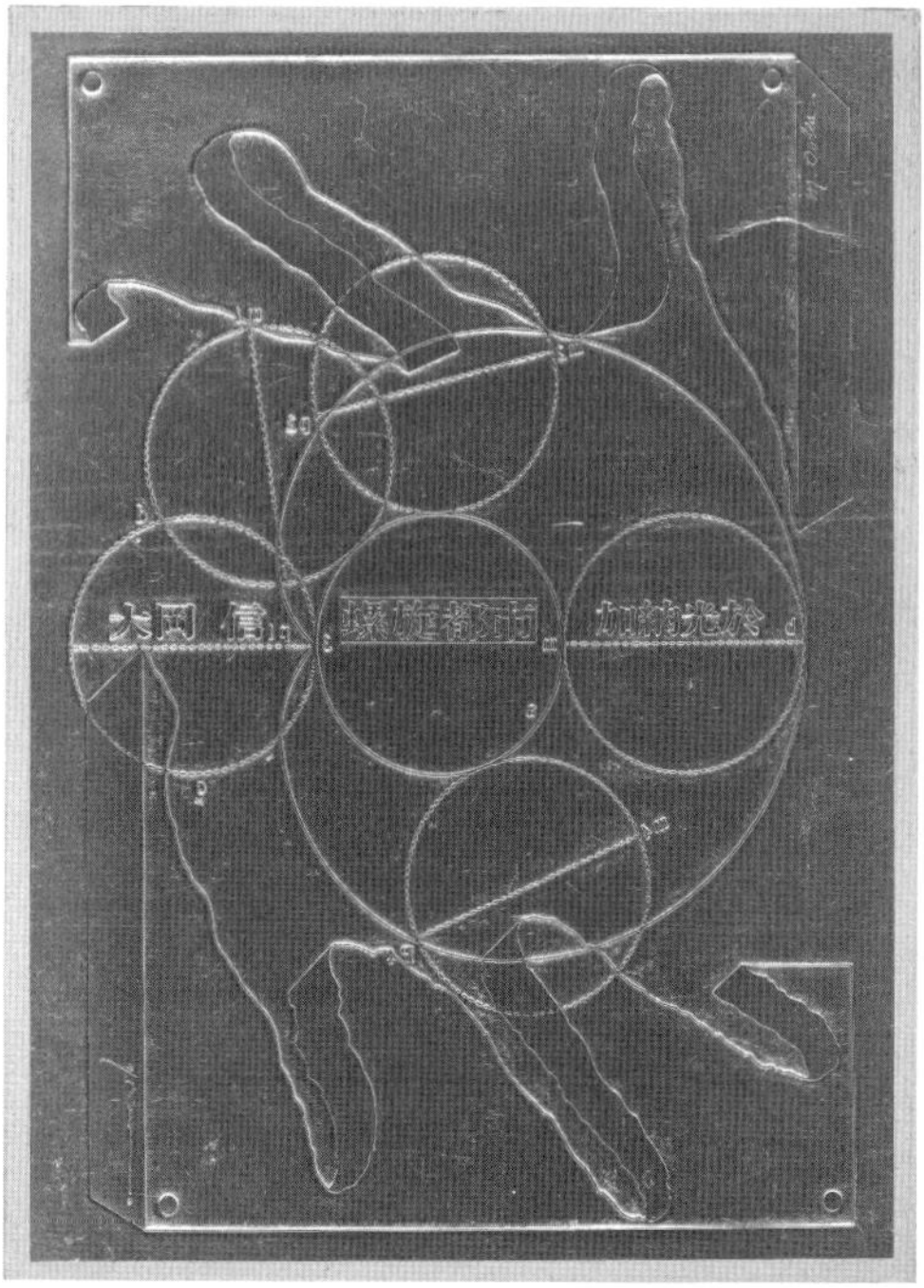

大岡詩　加納光於画『螺旋都市』 1972年5月　私家版　装幀：加納　大岡と加納が共同で制作した詩画集。＊

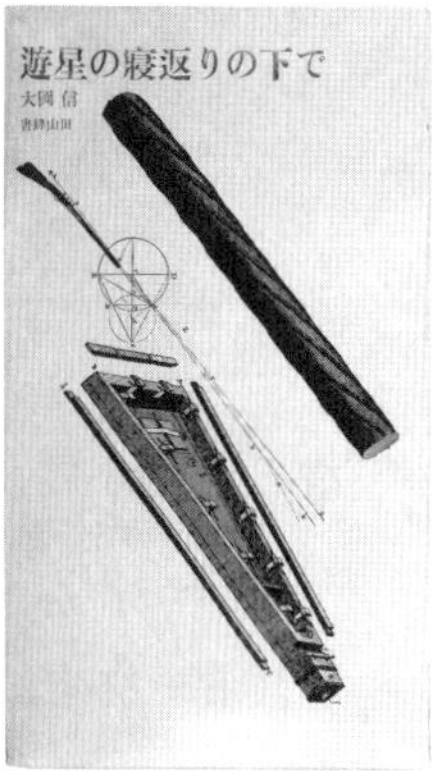

『遊星の寝返りの下で』 1975年7月　書肆山田　装本：加納　限定1000部刊行。内25部は加納作のオブジェ《索具・方晶引力》の中に収めて販売された。

右：『水府　みえないまち』 1981年7月　思潮社　装幀：吉岡実　左：『草府にて』 1984年10月　思潮社　詩集刊行を通して、自身の詩が「箴言《しんげん》」と「うた」のテーマに絞られてきているとの実感を語る。

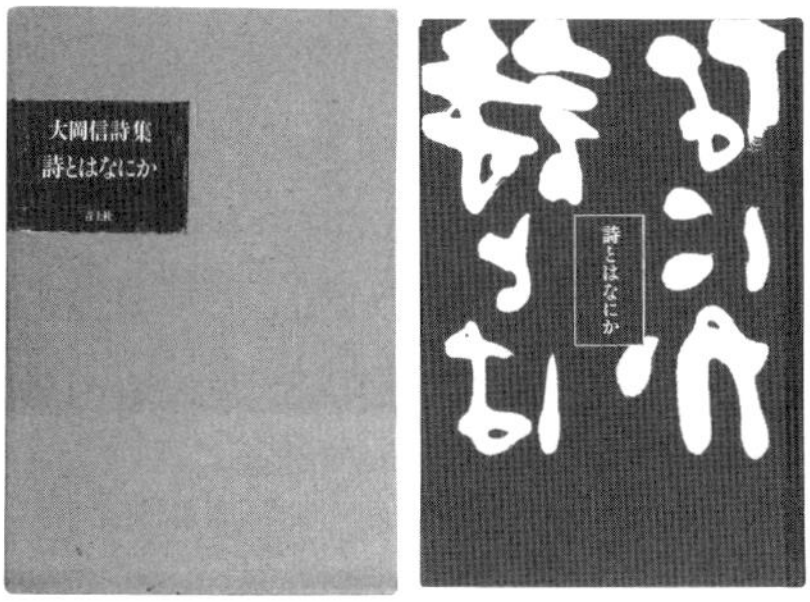

『詩とはなにか』 1985年10月　青土社　装幀：閑崎ひで女　題字：大岡　表題作は「ユリイカ」で1年にわたって連載した詩作品。以前から「詩とはなにか」という題で詩を書くことに興味があったという。

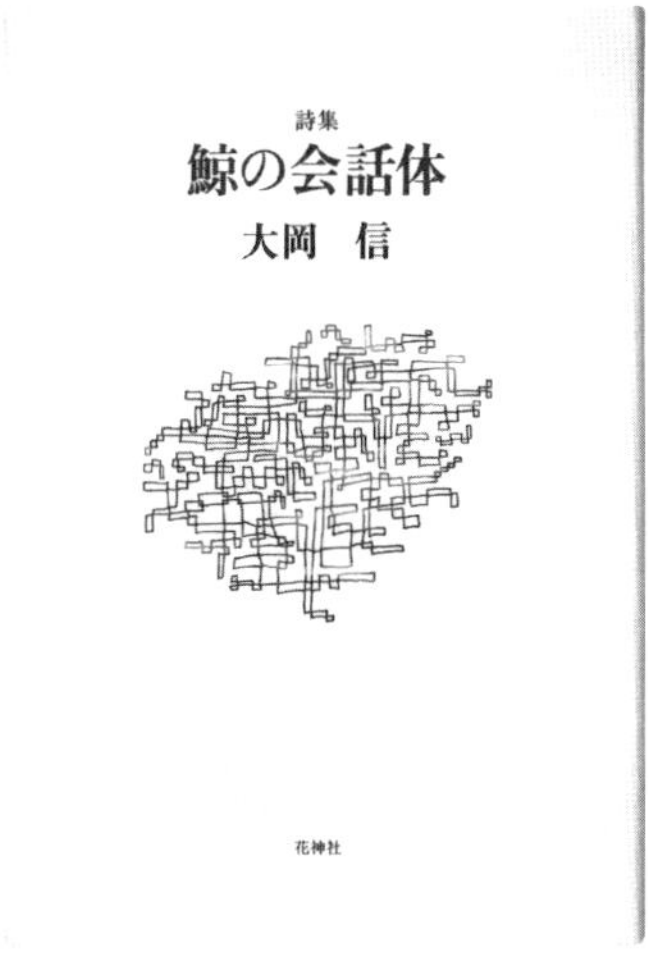

小さなことを
大きく映す　眼
大きなことを
小さく発する　唇
――「詩とはなにか　6」

『鯨の会話体』 2008年4月　花神社　装丁：熊谷博人　再録詩集以外では大岡最後の詩集となった。

大岡かね子＝深瀬サキとともに

一九四七年、大岡は親友の太田裕雄を通じて相澤かね子と出会う。一九五〇年、半年ほど関西に居を移していたかね子が沼津に戻ってきたとき再会し、交際が始まった。二年後、大岡は恋愛詩「春のために」を執筆する。以前の大岡のメランコリックな詩風は一変し、あたたかでみずみずしい感性が発露した本作は詩作上の大きな転機となった。

一九五七年、二人は結婚。新聞記者として働きながら執筆活動を続ける大岡をかね子は献身的に支え、一九七二年、劇作家・深瀬サキとしてデビューしたのちも、秘書として大岡の多岐にわたる仕事のサポートをした。大岡の膨大な仕事の陰には常にかね子の存在があった。

深瀬サキ『思い出の則天武后』1993年3月　講談社　装画、装幀：宇佐美爽子　「ユリイカ」1972年1月号に発表した最初の戯曲「妃殿下」を含む6編を収録した戯曲集。

大岡かね子（筆名・深瀬サキ）　劇作家。1930年、沼津市生まれ。1988年、「平将門　寛朝大僧正　坂東修羅縁起譚《あずまのしゅらえんぎばなし》」が12代目・市川團十郎自主公演として上演される。ほかにラジオドラマ「堀川の姫」、大岡との再話「にほんむかしばなしシリーズ」など。

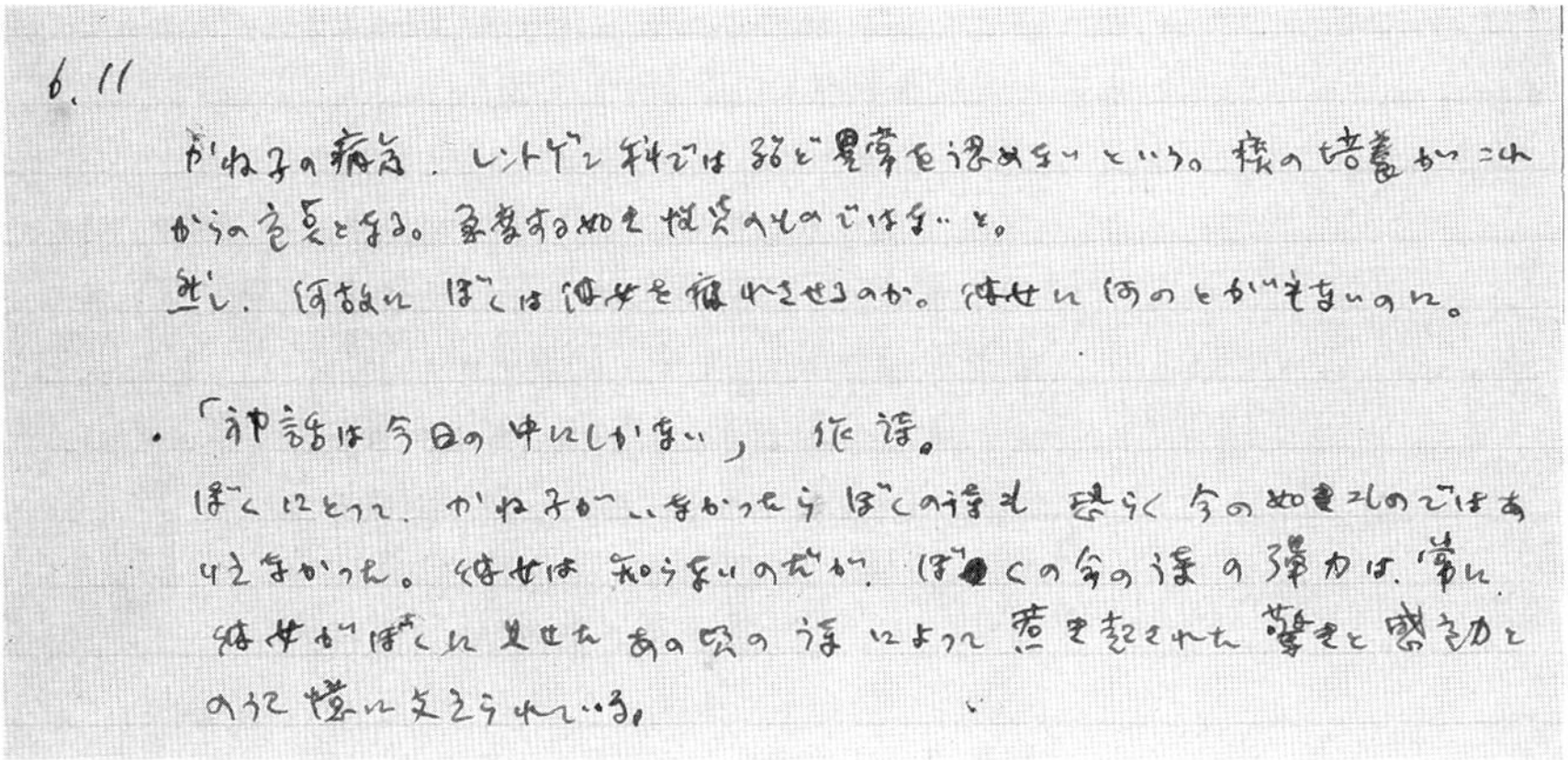

6.11

かね子の病気。レントゲン科では殆ど異常を認めないという。痰の培養がこれからの主眼となる。憂慮する如き性質のものではないと。

然し、何故にぼくは彼女を病わさせるのか。彼女には何のとがもないのに。

・「神話は今日の中にしかない」作詩。

ぼくにとって、かね子がいなかったらぼくの詩も恐らく今の如きものではありえなかった。彼女は知らないのだが、ぼくの今の詩の弾力は、常に、彼女がぼくに見せたあの頃の詩によって惹き起された驚きと感動との記憶に支えられている。

「JORNAL1952」 1952年6月11日（部分） 同年4月–1956年1月の日記から。大岡は以前より、かね子の詩の添削を行っており、「ぼくの今の詩の弾力は、常に、彼女がぼくに見せたあの頃の詩によって惹《ひ》き起された驚きと感動との記憶に支えられている」と記す。当時、かね子が結核を発病し、失意の底にあった大岡は「神話は今日の中にしかない」「生きる」などかね子への想いをモチーフにした詩を執筆した。＊

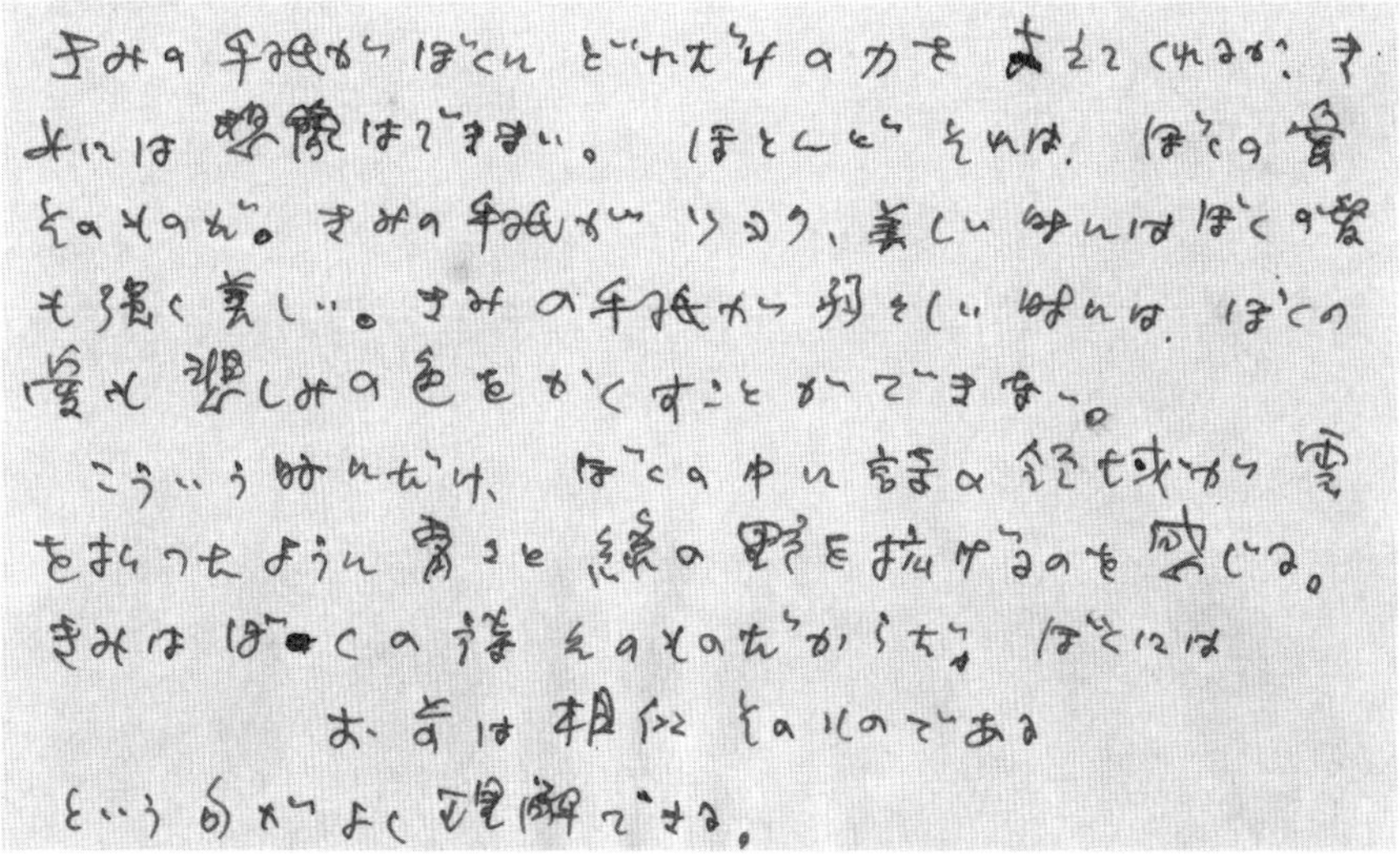

きみの手紙がぼくにどれだけの力を与えてくれるか、きみには想像はできまい。ほとんどそれは、ぼくの詩そのものだ。きみの手紙がりりしく、美しい時はぼくの詩も強く美しい。きみの手紙が弱々しい時は、ぼくの詩も悲しみの色をかくすことができない。

こういう時にだけ、ぼくの中に言葉の全域から雲をはらったような青さと緑の野を拡げるのを感じる。

きみはぼくの詩そのものだからだ。ぼくには

お前は相似そのものである

という句がよく理解できる。

相澤かね子あて書簡（部分） 1953年8月31日 「きみの手紙がぼくにどれだけの力を与えてくれるか、きみには想像はできまい」「きみはぼくの詩そのものだからだ」と記す。大岡とかね子は手紙のやりとりを重ね、かね子からの手紙が詩作の原動力になっていた。

寺田透画「静物」 1959年7月　油彩　寺田から結婚祝いとして贈られた。＊

結婚写真　1957年4月24日　新郎側の仲人は窪田空穂夫妻、新婦側は椎名麟三夫妻。撮影：石川周子

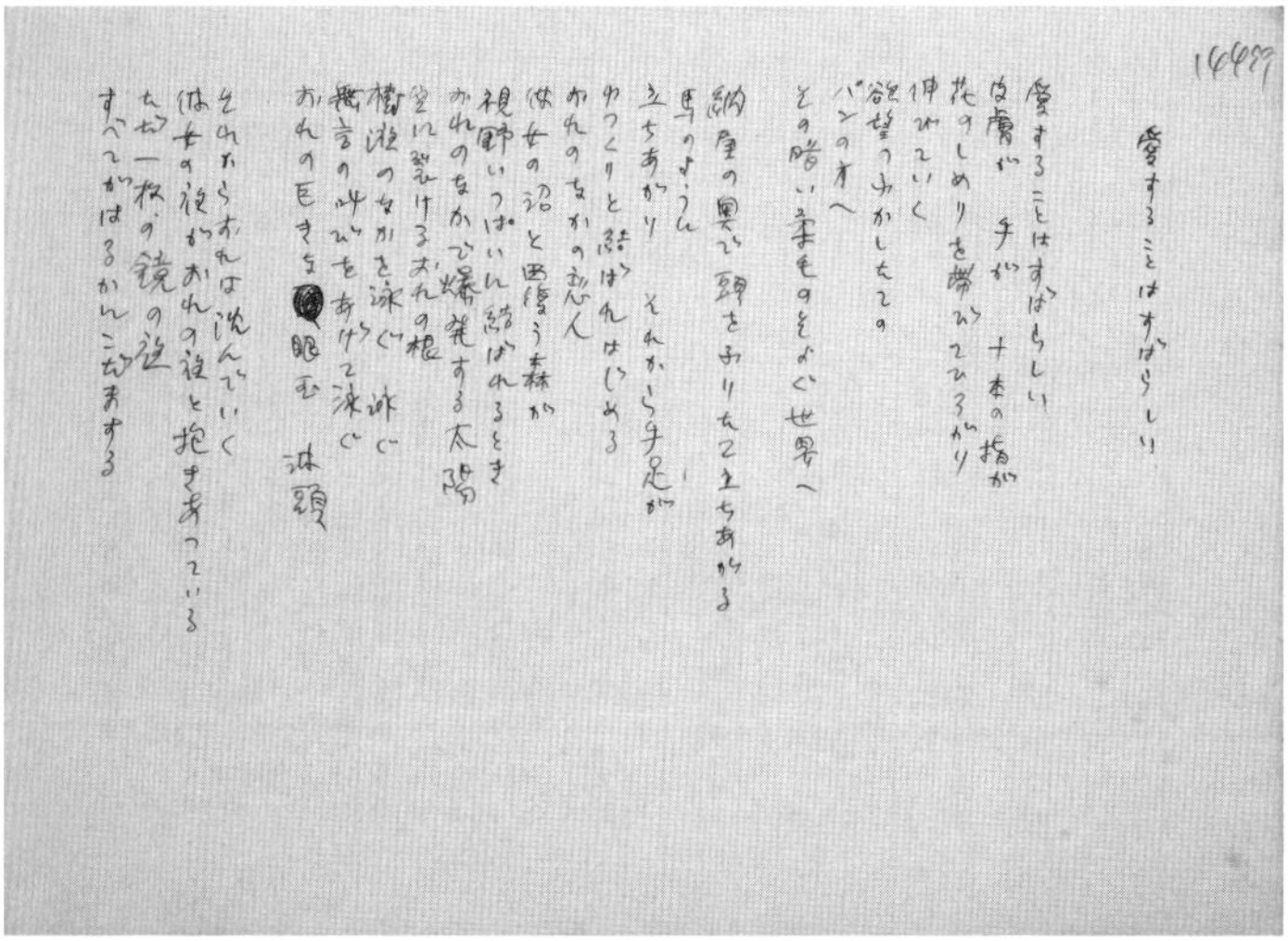

愛することはすばらしい！

愛することはすばらしい
皮膚が　手が　十本の指が
花のしめりを帯びてひろがり
伸びていく
欲望のみがきたての
パンの方へ
その暗い柔毛のそよぐ世界へ
納屋の奥で頭をふりたてて立ちあがる
馬のように
立ちあがり　それから手足が
ゆっくりと結ばれはじめる
おれのなかの恋人
彼女の沼と匂う森が
視野いっぱいに結ばれるとき
おれのなかで爆発する太陽
空に裂けるおれの根
樹液のながれを泳ぐ　泳ぐ
無言の叫びをあげて泳ぐ
おれの巨きな眼玉　沐頭
それからおれは沈んでいく
彼女の夜がおれの夜と抱きあっている
ただ一枚の鏡の夜
すべてがはるかにこだまする

「愛することはすばらしい」詩稿　1958年1月23日執筆　「半世界」同年4月号に掲載　結婚前後の1956–1959年までの詩を記したノートから。ノートに記された詩の多くは『大岡信詩集』（1968年2月　思潮社）収録にあたり「転調するラヴ・ソング」の章題のもとにまとめられた。＊

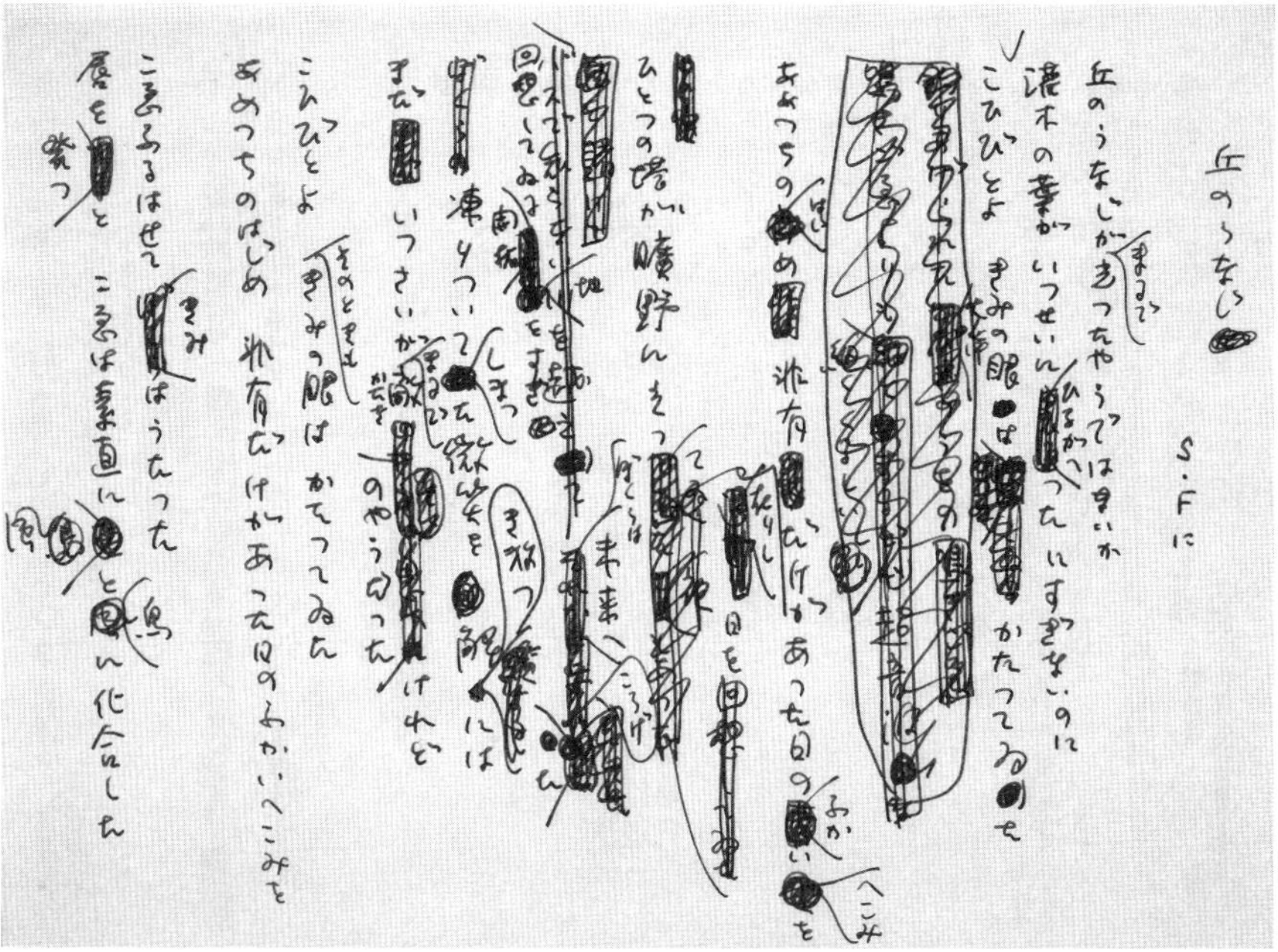

「丘のうなじ」詩稿　「文芸展望」1976年1月号に掲載　「S・F」は深瀬サキ。この詩を書いたとき、「最初の詩集『記憶と現在』の世界から二十年を経て、自分が再び、いわば螺旋状の回転運動をしながら、この第一詩集の世界と共通の軌道へ乗入れようとしていることを感じた」と語る。詩集『春　少女に』の冒頭に掲げられた。＊

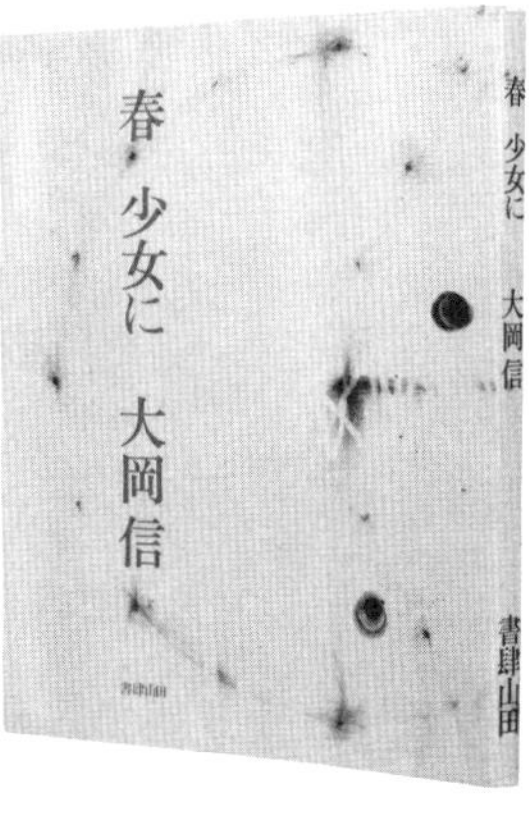

『春　少女に』 1978年12月　書肆山田
装画：中西夏之　献辞は「深瀬サキに」。

春　少女に

ごらん　火を腹にためて山が歓喜のうなりをあげ
数億のドラムをどつとたたくとき　人は蒼ざめ逃げまどふ

でも知つておきたまへ　春の齢《よはひ》の頂きにきみを押しあげる力こそ
氾濫する秋の川を動かして人の堤をうち砕く力なのだ

蟻地獄　髪切虫の卵どもを春まで地下で眠らせる力が
細いくだのてつぺんに秋の果実を押しあげるのだ

ぼくは西の古い都で噴水をいくつもめぐり
ドームの下で見た　神聖な名にかざられた人々の姿

迫害と殺戮のながいながい血の夜のあとで
聖なる名の人々はしんかんと大いなる無に帰してゐた

それでも壁に絵はあつた　聖別された苦しみのかたみとして
大なるものは苦もなく小でありうると誇るかのやうに

ぼくは殉教できるほど　まつすぐつましく生きてゐない
ひえびえとする臓腑の冬によみがへるのはそのこと

火を腹にためて人が憎悪のうなりをあげ
数個の火玉をうちあげただけで　蒼ざめるだらう　ぼくは

でもきみは知つてゐてくれ　秋の川を動かして人の堤をうち砕く力こそ
春の齢《よはひ》の頂きにきみを置いた力なのだ

『春　少女に』（一九七八年一二月　書肆山田）

クローズアップ「春のために」

「春のために」を執筆した一九五二年三月、当時沼津を離れて東京で生活していたかね子に結核の疑いが生じる。かね子の複雑な家庭事情から、両親が二人の恋愛に反対していたこともあり、大岡は当時を「心は暗く閉ざされて、すっぱいような苦いような味のする神経衰弱の薬などを飲んで、眼ばかり光らせていることの方が多かった」と回想する。一方で大岡は覚書のなかで、「春のために」はこうした苦しい現実に対しての「意識的挑戦と無視」であり「あらかじめうたわれた自讃の歌」だったと記す。現実とは裏腹に、明るくみずみずしい感性でうたわれた「春のために」は大岡の代表詩として読み継がれている。

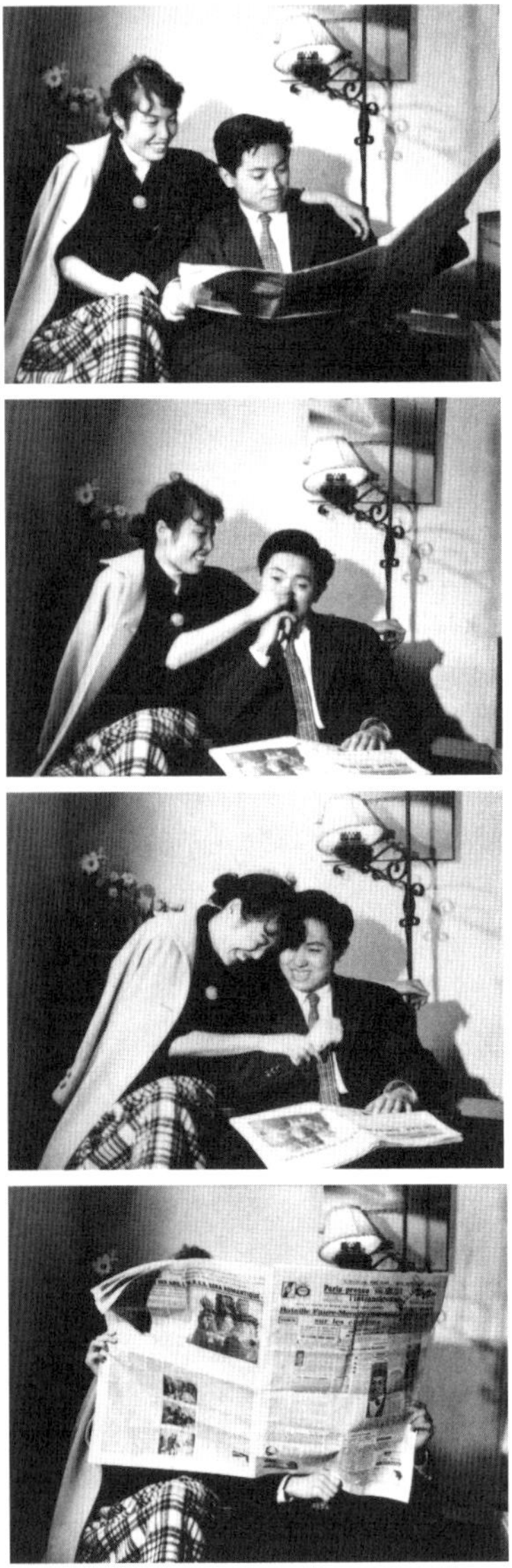

撮影：石川周子

左頁：「春のために」覚書（複写） 1979年10月 「海と果実」は初出誌掲載時の題。執筆の動機とともに、エリュアールの影響や詩作の転機となった作品であることを書き記した部分。本資料は知人の鶴岡善久にあてたと思われるもの。＊

ます。「海と果実」という詩が、「二人だけの
完璧な宇宙」のイメジを敢て高く掲げ
ようとしているのは、そういう外的条件への
意識的挑戦と無視、二人の勝利(?)への
あらかじめうたわれた自讃の歌だったため
かとも思われます。
一、私は偶然キャスリーン・レインの「ブレイク
論」(すぐれた大部のもの、たぶん原型をな
したと思われる小冊子)、イヴリン・ウォーの
小説、D・H・ロレンスの書簡集などの英国
文学やポール・ヴァレリーの散文などを
読んでいますが、二月十六日の誕生日に、恋人
からの贈物として、私が前から欲しかったけれど
高くて仲々手が出なかったエリュアールと
エルンストの詩画集『八つの見える詩・視
覚の内面』を贈られたことも日記からわかり
ます。エリュアールはずいぶん私にとって、中学・
旧制高校時代のリルケ(これは訳書での
み読んだ)に代って好ましい詩人の筆頭に
なっていました。その理由は、ほとんど一つしか

⑦

なくて、それは彼の愛の詩が、いたく気に入っ
ていたからです。彼の詩では、男と女が愛し合
うことを通じて一個の宇宙を創造するという
思想の具現化がありました。少なくともそう
私は思い、そこに自分自身の場合を重ね合
わせたわけです。
一、私におけるエリュアールの「影響」は、実をいえば
その点に尽きるといってもいいかもしれません。
一、「海と果実」は、その最も明らかな現れといえ
るようです。私の詩は、これがきっかけになって
変ったと自ら感じています。十代の詩集
『記憶と現在』の中で「薔薇のためし」のあと
に置いている何篇かの作(「神話は今日の中
にしかない」「生きる」「可愛想な隣人たち」
「夢はけものの足どりのように」それをかんばくらの
「屋根を叩く」「地下水のように」「詩人の
死」(エリュアール追悼詩)など)は、その変化の中で書かれた
ものと思われます。その変化のさなか、エリュ
アールの死が伝えられたのでした。
一、「翼あれ 風 おおわが歌」のような、もうすこし

⑧

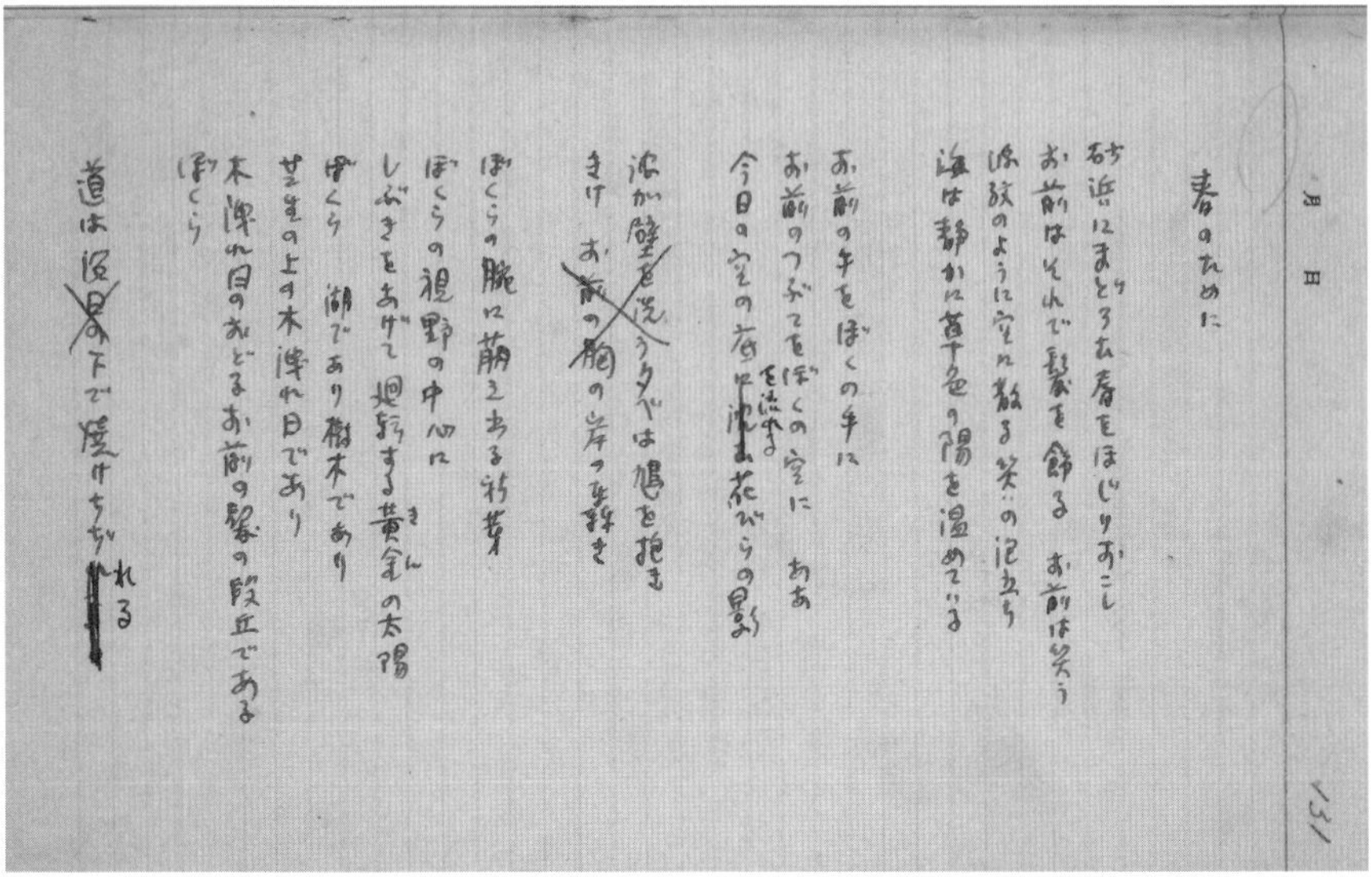

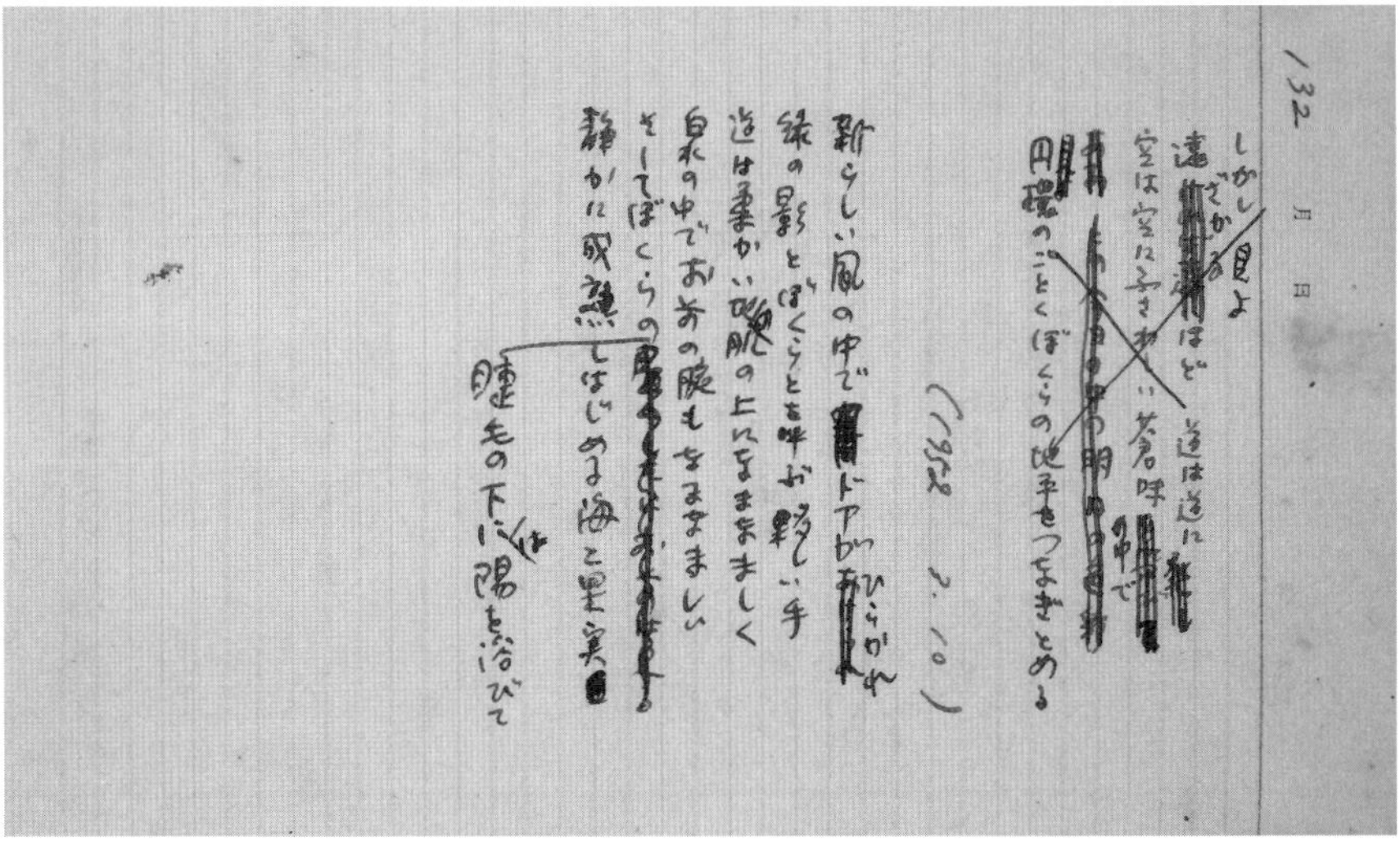

「春のために」詩稿　「東大文学集団」に「海と果実」の題で掲載された。
一高時代より使用していた詩稿ノートから。＊

海と果実

大岡信

砂浜にまどろむ春をほじりおこし
お前はそれで髪を飾る　お前は笑う
波紋のように空に散る笑いの泡立ち
海は静かに草色の陽を温めている

お前の手をぼくの手に
お前のつぶてをぼくの空に　ああ
今日の空の底を流れる花びらの影

ぼくらの腕に萌えでる新芽
ぼくらの視野の中心に
しぶきをあげて回転する黄金の太陽
ぼくら　湖であり樹木であり
芝生の上の木洩れ日であり
木洩れ日のおどるお前の髪の段丘である
ぼくら

新らしい風の中でドアがひらかれ
緑の影とぼくらとを呼ぶ夥しい手
道は柔かい地の肌の上になまなましく
泉の中でお前の腕もなまなましい
そしてぼくらの睫毛の下には陽を浴びて
静かに成熟しはじめる海と果実

「海と果実」「東大文学集団」1952年5月23日　『戦後詩人全集』第1巻（1954年）以降の詩集では、最終連「泉の中でお前の腕もなまなましい」を「泉の中でおまえの腕は輝いている」などに改稿して収録した。＊

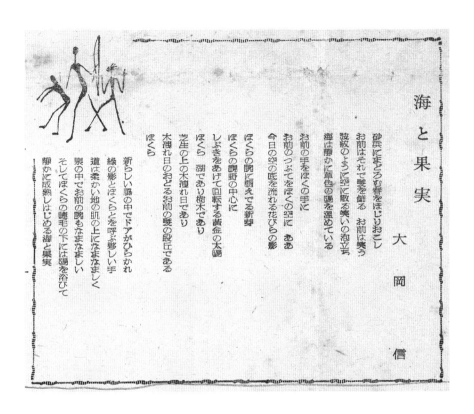

春のために

砂浜にまどろむ春を掘りおこし
おまえはそれで髪を飾る　おまえは笑う
波紋のように空に散る笑いの泡立ち
海は静かに草色の陽を温めている

おまえの手をぼくの手に
おまえのつぶてをぼくの空に　ああ
今日の空の底を流れる花びらの影

ぼくらの腕に萌え出《で》る新芽
ぼくらの視野の中心に
しぶきをあげて廻転する金の太陽

ぼくら　湖であり樹木であり
芝生の上の木洩れ日であり
木洩れ日のおどるおまえの髪の段丘である
ぼくら

新らしい風の中でドアが開かれ
緑の影とぼくらとを呼ぶ夥しい手

道は柔らかい地の肌の上になまなましく
泉の中でおまえの腕は輝いている
そしてぼくらの睫毛の下には陽を浴びて
静かに成熟しはじめる
海と果実

『記憶と現在』（一九五六年七月　書肆ユリイカ）

左頁：西ベルリンで連詩制作　1987年11月　手前の後ろ姿・大岡、時計回りに谷川俊太郎、福沢啓臣（翻訳者）、エドゥアルト・クロッペンシュタイン（翻訳者）、オスカー・パスティオール、H・C・アルトマン。のちに『ファザーネン通りの縄ばしご』（1989年3月　岩波書店）としてまとめられた。

第三章
和し、合す

第三章　和し、合す

大岡は、ただひとり孤独に創作するのを当然としてきた明治以降の日本文学のありかたに疑念を抱いていた。知識としては脳裡にあった連句を実体験したり、幼いころから身近にあった短歌結社の役割を再考したりすることで、「うたげ」について思考を深めていった。「うたげ」とは他者と創作を通じて協調し、感興をともにする境地。近現代文学に欠けているものとして、大岡はこれを重んじた。その前提としての「孤心」——ひとり黙考し至る境地——なくして「うたげ」は成立しないとも考えた。

一九六〇年ころ、ラジオ放送の場で詩人、作家との共同制作が盛んに行われたのを皮切りに、言葉と映像、美術、音楽……様々な「うたげ」が生み出された。それぞれが磨いてきた個性、表現をぶつけ合いながら、全体の調和を目指す。「孤心」をうちに携えたもの同士が共同制作＝「うたげ」で、「和し」、「合す」ことで、新たな創造へとつながることを大岡は驚きとともに体感する。

また、オクタビオ・パスら四人の詩人が四カ国語で詩を連ね『Renga』（一九七一　Gallimard）を出版するなど、海外の詩人たちの間でも「もののあはれ」に代表される日本古来の感覚への関心が高まっていた。こうした背景もあり、英語、フランス語が堪能な大岡は国際的な「うたげ」の場でも中心的存在となり、日本詩歌の紹介に力を尽くした。

戯曲、シナリオ

大岡は質の違う複数の声を自分の声として発する意識で執筆したという「声のパノラマ」を『櫂詩劇作品集』に寄せた。その後、草月アートセンター企画による実験的な演劇、映画などの催しに通い、他ジャンルの同世代の芸術家と交流することで大いに刺激を受け、機関誌「ＳＡＣ」に演劇映画批評を寄稿し、ＮＬＴ（草月実験劇場）で上演する戯曲の翻訳も手がけている。一九六四年、ラジオドラマ「墓碑銘」ではじめて台詞を意識して書く。大岡自身の詩の一節をシナリオに取り込んだり、戯曲のテーマを詩に昇華させたりと、詩と戯曲、シナリオは相互に密接に響き合っていく。

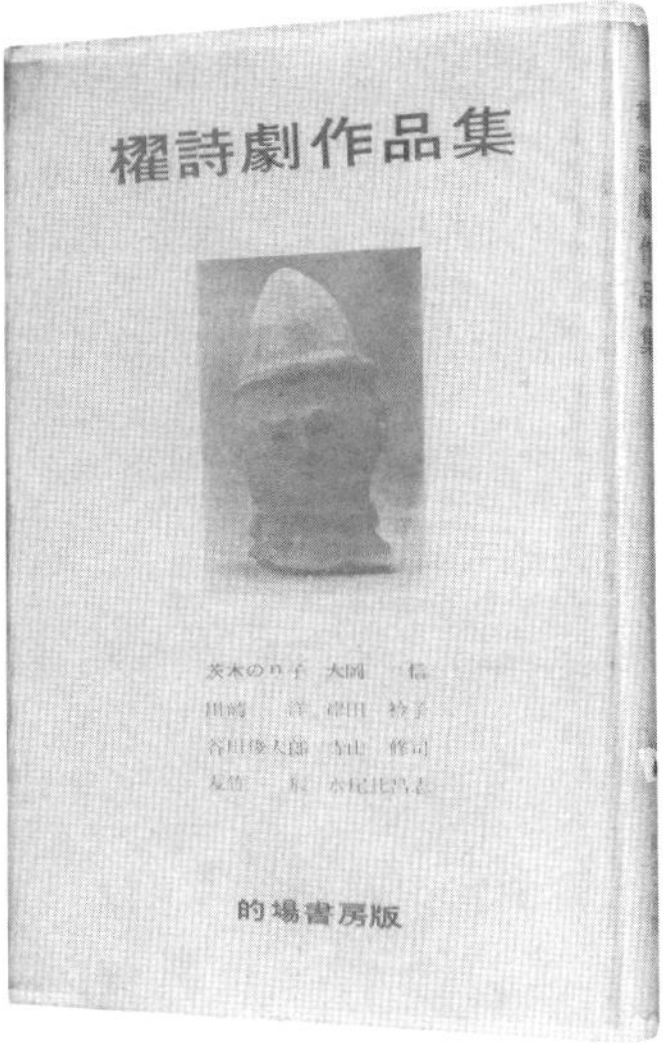

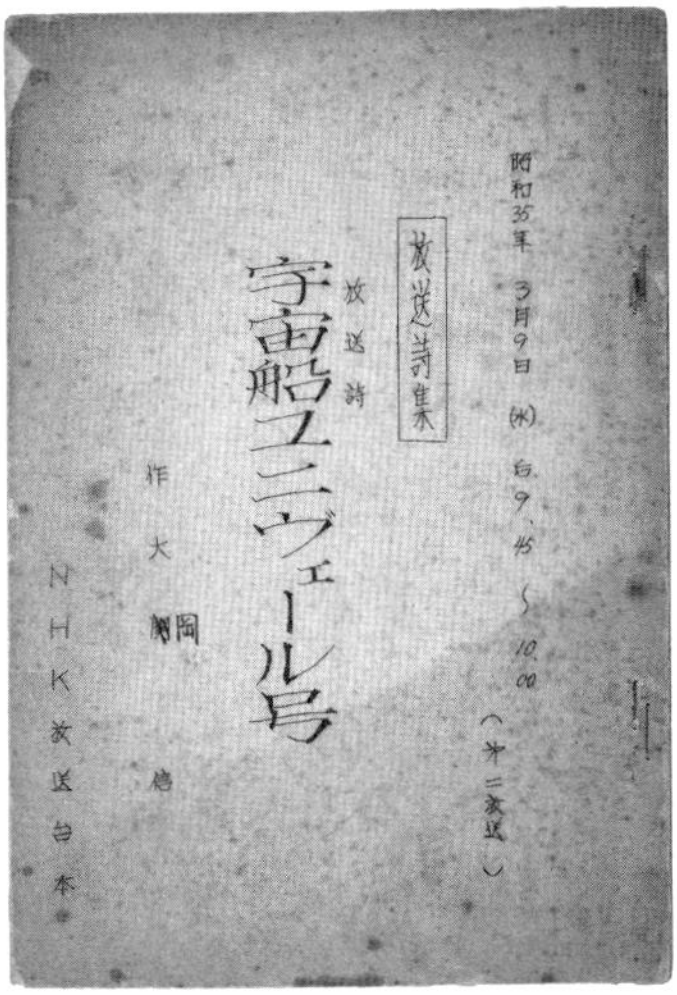

上：『櫂詩劇作品集』 1957年9月　的場書房　装幀立案：谷川俊太郎　「櫂」同人の詩劇への関心が高まるなか、同人に加え寺山修司も参加して刊行した作品集。ここで大岡は詩の断片のコラージュからスタートし、戯曲、シナリオを手がけるようになる。

下：「宇宙船ユニヴェール号」台本　1960年3月9日放送　NHK　現代詩と放送をつなぐきっかけになったラジオ番組「放送詩集」のために執筆した。青年、アナウンサー、少年、女が登場し、消息を絶った宇宙船や、地球、愛について詠う。冒頭は『記憶と現在』収録の詩「うたのように2」。＊

舞台「あだしの」稽古場で　右は演出、主演の小池朝雄。男の裏切りのため落命する女、業を背負ったまま現代を生きる男、その真意を確かめに来る女……。「化野」を大幅に改稿し、より劇的な展開となった。本作は劇団「雲」により1969年7月25日から紀伊國屋ホールで上演された。

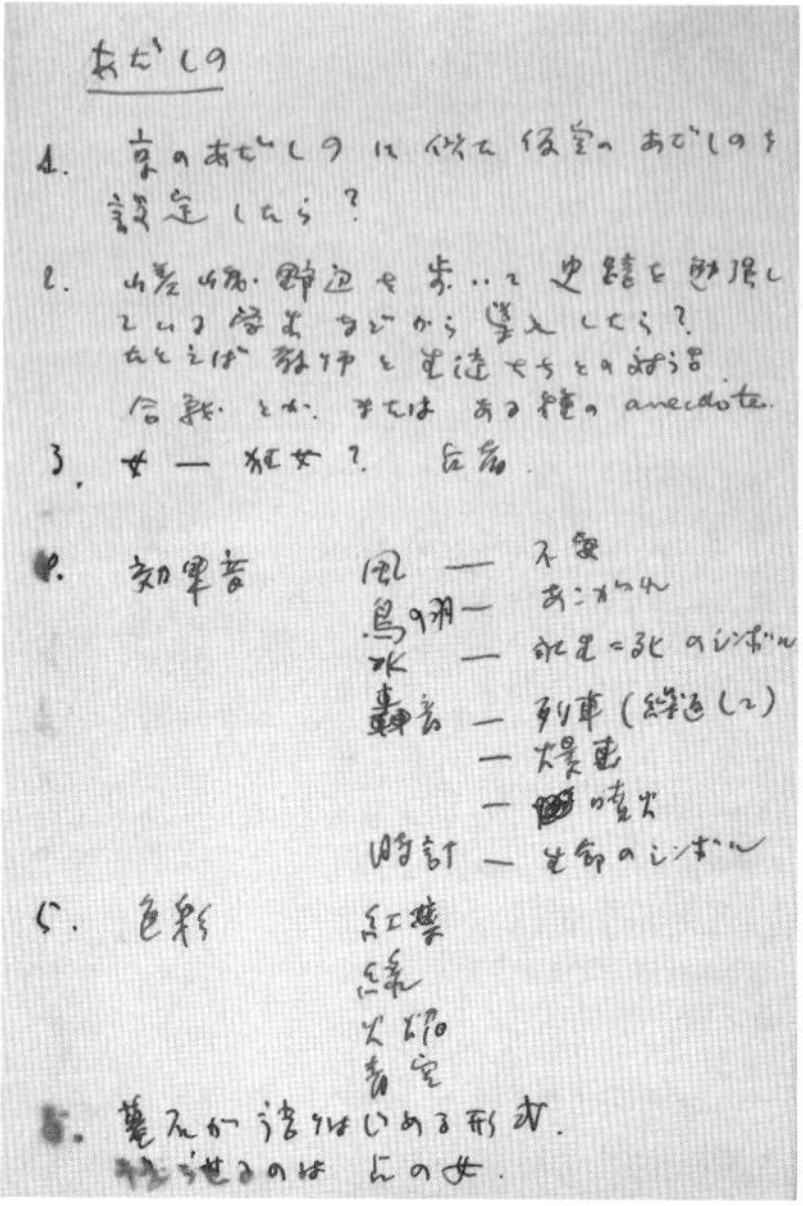

あだしの

3. 女 — 狂女？　合唱

4. 効果音　風 — 不安
鳥の羽 — あこがれ
水 — 永遠のシンボル
轟音 — 列車（疾走して）
— 爆発
— 噴火
時計 — 生命のシンボル

5. 色彩　紅葉
緑
火焔
青空

ラジオドラマ「化野《あだしの》」創作メモ　完成作は1966年10月23日にＮＨＫ「芸術劇場」で放送された。中世、第2次世界大戦中から現代へと転生する男女の対話劇。現実世界から飛躍する能力を追究した本作の当初のテーマは詩「彼女の薫る肉体」に引き継がれてゆく。＊

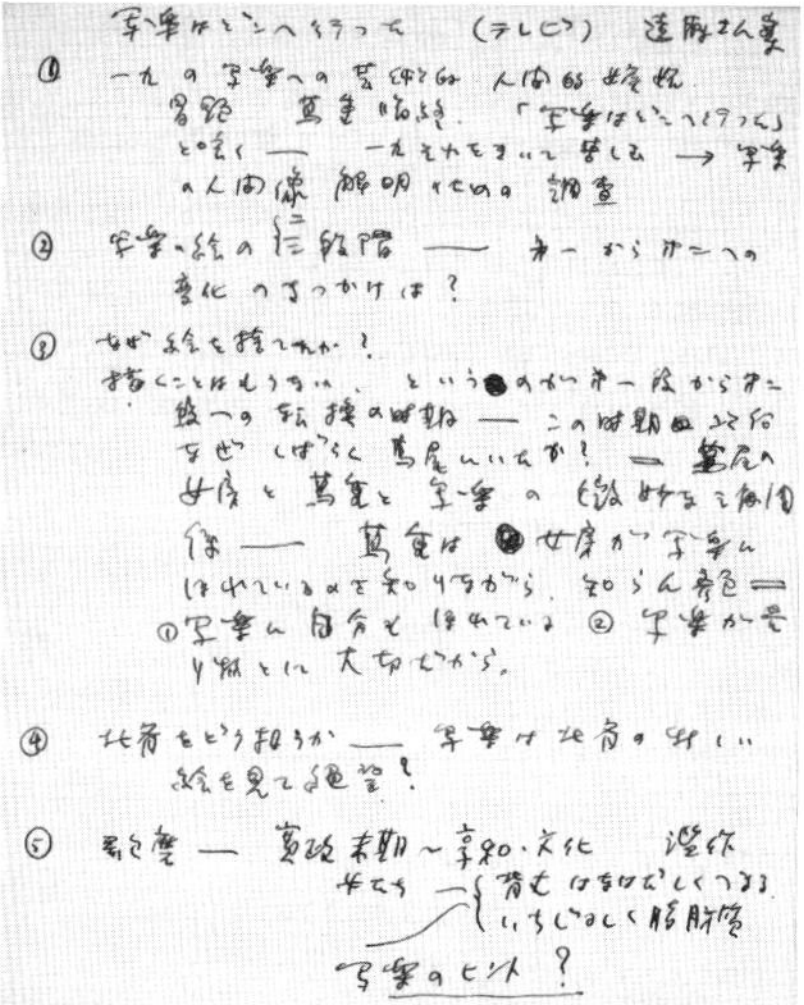

テレビドラマ「写楽はどこへ行った」創作メモ　完成作は1968年8月22日にNHKで放映された。1966年にラジオドラマとして放送された同作を改稿した。個性的な表現で一世を風靡しながらも姿を消してしまった写楽について、版元・蔦屋重三郎が回想の中で語る。＊

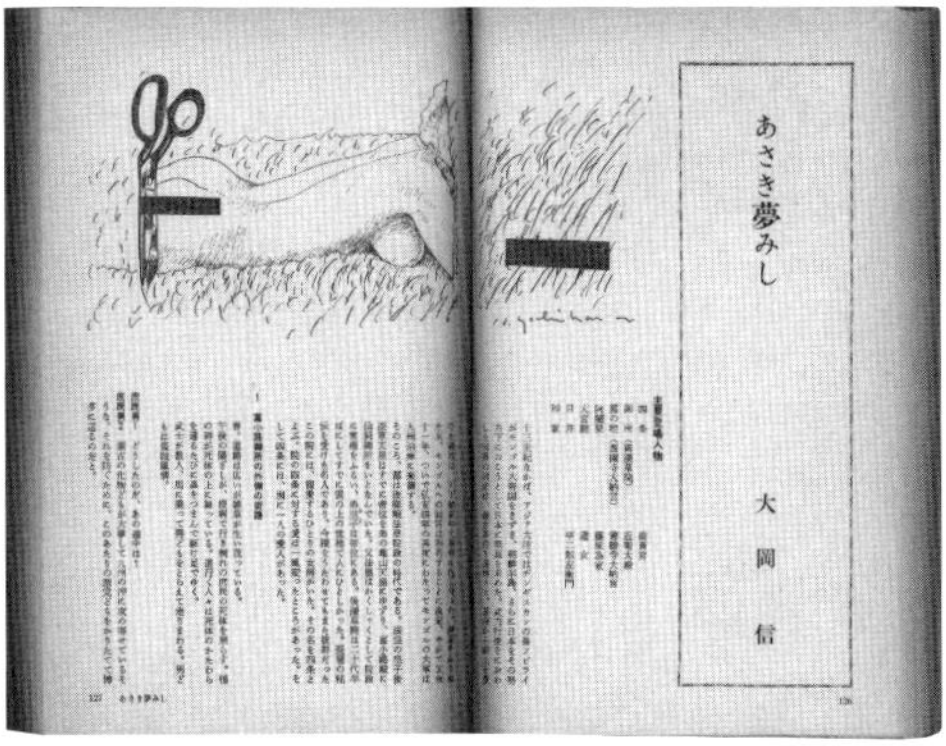

あさき夢みし

大岡信

「あさき夢みし」「文芸」1974年11月　挿絵：吉原英雄　実相寺昭雄に依頼され執筆した映画のための脚本。『とはずがたり』に着想を得た。愛欲無明の世界から自ら歩み出て人生を切り拓いて行く女性・四条を描く。ジャネット八田主演、ＡＴＧ配給で同年に公開された。

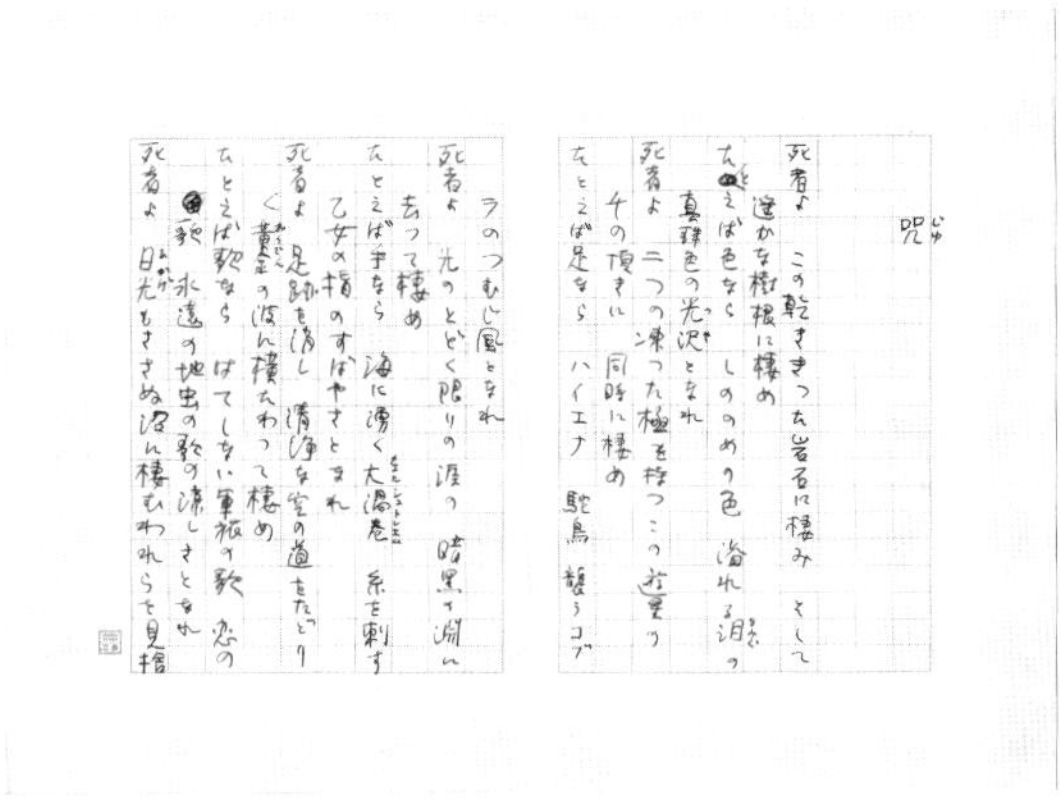

呪

死者よ　この乾ききった岩石に棲み　そして
遥かな樹根に棲め
たとえば色なら　しののめの色　溢れる泪の
真鍮色の光沢となれ
死者よ　二つの凍った極を持つこの惑星の
その傾きに　同時に棲め
たとえば足なら　ハイエナ　駝鳥　襲うコブ
ラのつむじ風となれ
死者よ　光のとどく限りの涯の　暗黒の淵に
去って棲め
たとえば手なら　海に湧く大渦巻　糸を刺す
乙女の指のすばやさとなれ
死者よ　足跡を消し　清浄な空の道をたどり
く黄金の流れ横たわって棲め
たとえば歌なら　はてしない草枕の歌　恋の
歌　永遠の地虫の歌の涼しさとなれ
死者よ　日光もささぬ流れ棲むわれらを見捨

「呪《じゅ》」原稿　早稲田小劇場の舞台「トロイアの女」の冒頭で死者を呼び出す言葉として白石加代子が演じる老婆が語る。演出の鈴木忠志から依頼され、大岡は潤色を担当した。古代ギリシャと現代日本が交錯する物語。1974年12月10日から岩波ホールで上演された。＊

「オペラ　火の遺言」創作ノート　完成作にはない北条政子など実在の人名を記して推敲した跡がある。舞台は中世と現代。それぞれの時代の女性が普遍的な悲しみを語る。「火」はその悲しみを焼き尽くすものとして描かれる。ソプラノ歌手・豊田喜代美の希望により大岡脚本、一柳慧作曲でモノオペラとして1995年11月16日、浜離宮朝日ホールで初演。＊

連句の可能性

連句には長句（五、七、五）と短句（七、七）を交互につなぎ三句で完成する「三つもの」、三六句で巻き上げとなる「歌仙《かせん》」、一〇〇句を連ねる「百韻」などがある。捌《さば》き手を宗匠《そうしょう》、補佐兼記録係を執筆《しゅうひつ》、一座に連なる人びとを連衆《れんじゅ》という。

一九七〇年一〇月、大岡は初めて、歌仙に挑む。安東次男の『与謝蕪村』（一九七〇年八月　筑摩書房）完成記念として、安東の厳しい采配のもと、丸谷才一、川口澄子（筑摩書房）と半年以上かけて歌仙を巻いた。酒肴あり、雑談ありの連句の座を大岡は「玄妙不可思議な苦痛と快楽の混合体」と語り、集団制作にのめり込んでいった。

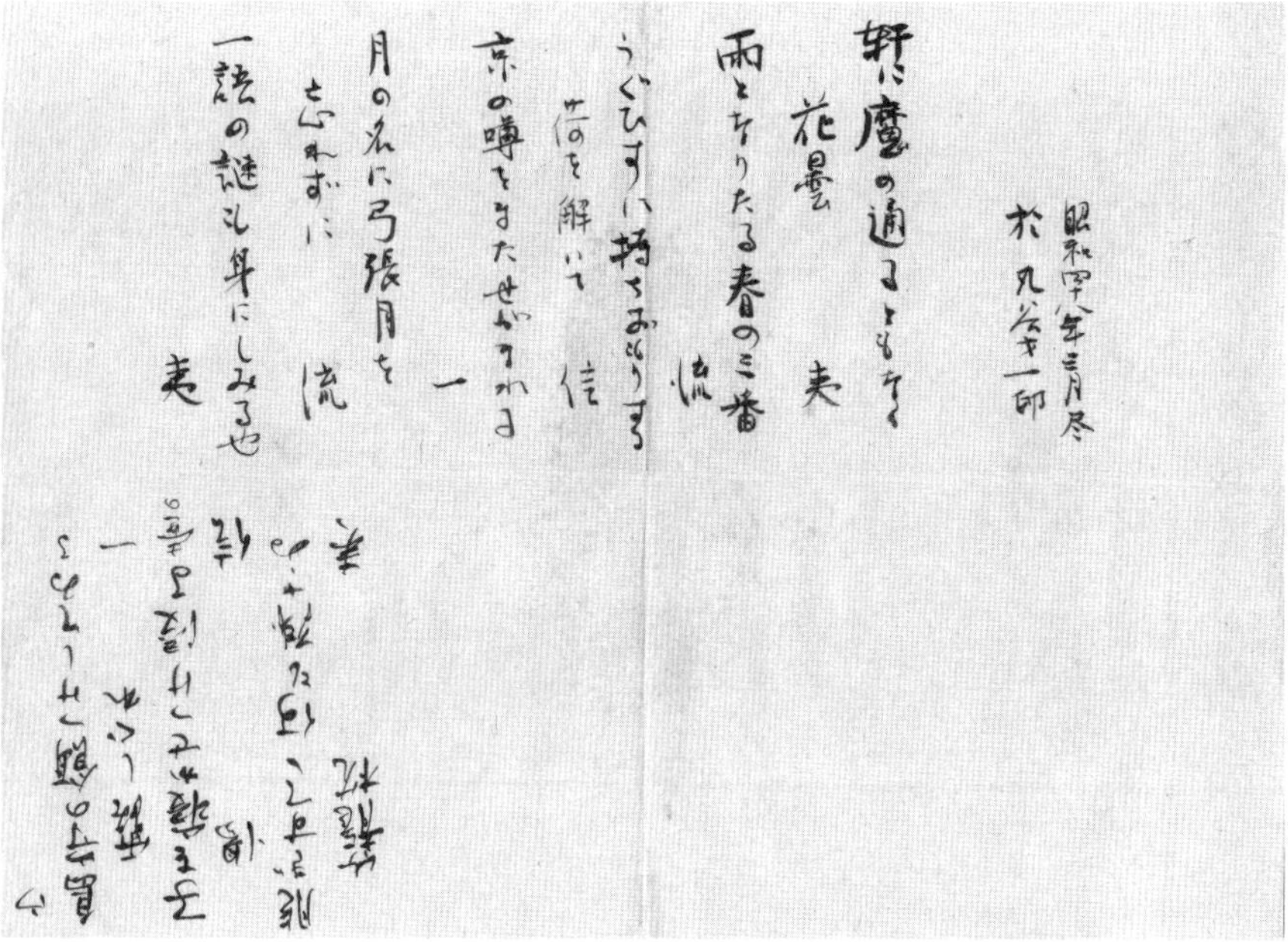

歌仙懐紙　1973年3月31日　丸谷邸で催された歌仙の会の記録。石川淳（夷）が主賓として発句《ほっく》を出し、安東（流）、大岡（信）、丸谷（一）が連なった。半紙2枚を上下二つ折りにし、「初折《しょおり》」（1枚目）の表に6句、裏に12句、「名残《なごり》」（2枚目）の表に12句、裏に6句を記し36句の歌仙一巻となる。このときは半歌仙（18句）に至らず中絶。＊

歌仙の主な決まり

発句　一句目。主賓が当季の季語を詠み込んで作る。

脇句　二句目。主催者が挨拶を返すように同季、体言止めでつける。

第三　三句目。局面を転じて続ける。四句目以降「平句《ひらく》」。

揚句《あげく》　三六句目。めでたく穏やかに結ぶ。

定座《じょうざ》　花の句を二回、月の句を三回、所定の位置に出す。

恋の句　七句目以降で二句続ける。

打越《うちこし》　前々句のこと。前句だけに応じ、打越と想を離す。

定刻についてみると、流火山房主人こと安東さんはすでに早くに到着、いざカワイガッテやろうず、とばかり、われわれを待ち構えている。

もちろん、目ざすは三十六句の歌仙一巻である。しかし、たかが三十六句と思ったら大変な思い上りというもので……ということを、十二時間後に私は身にしみて思い知らされたのだった。

――「連句の楽しさ」から

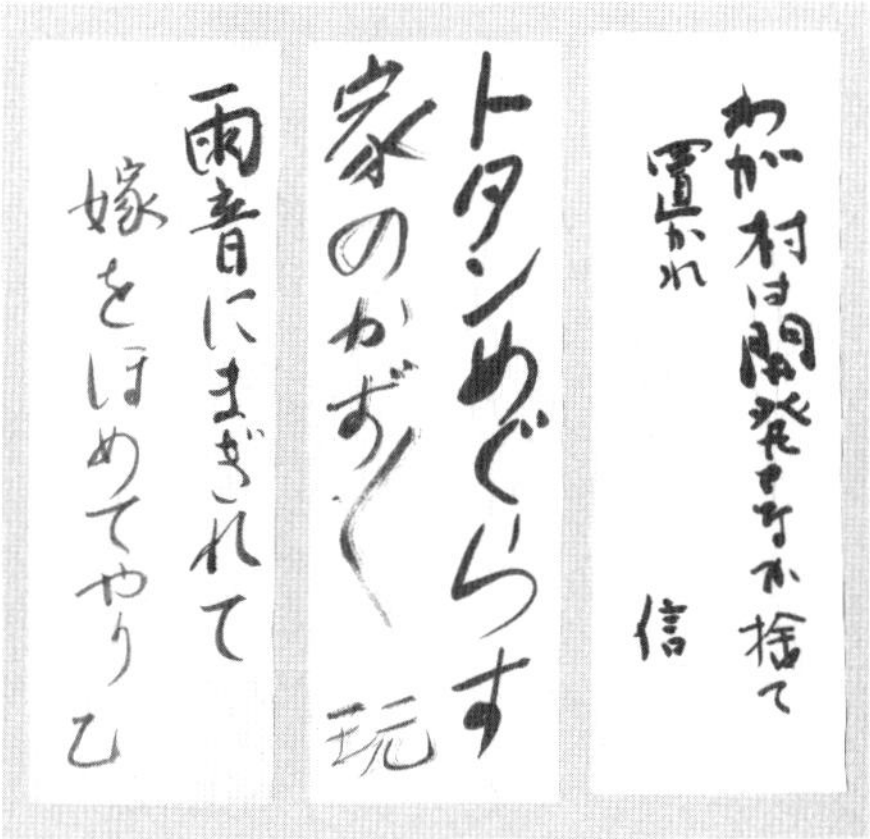

上：山中温泉・かよう亭で　1988年10月　芭蕉の山中温泉滞在300年を記念して大岡（中央）が宗匠を務め、丸谷（左）、井上ひさし（右）を連衆に催された連句会。「文学界」1989年1月号に「菊のやどの巻」として掲載。写真提供：文藝春秋

下：歌仙「夜釣の巻」短冊　大岡（信）、丸谷（玩）、岡野弘彦（乙）で巻いた歌仙の初折の裏の3句にあたるもの。「図書」2002年2月号に掲載。誌面では大岡の句は「開発なかば」に改め、丸谷の句は「かずかず」と表記されている。＊

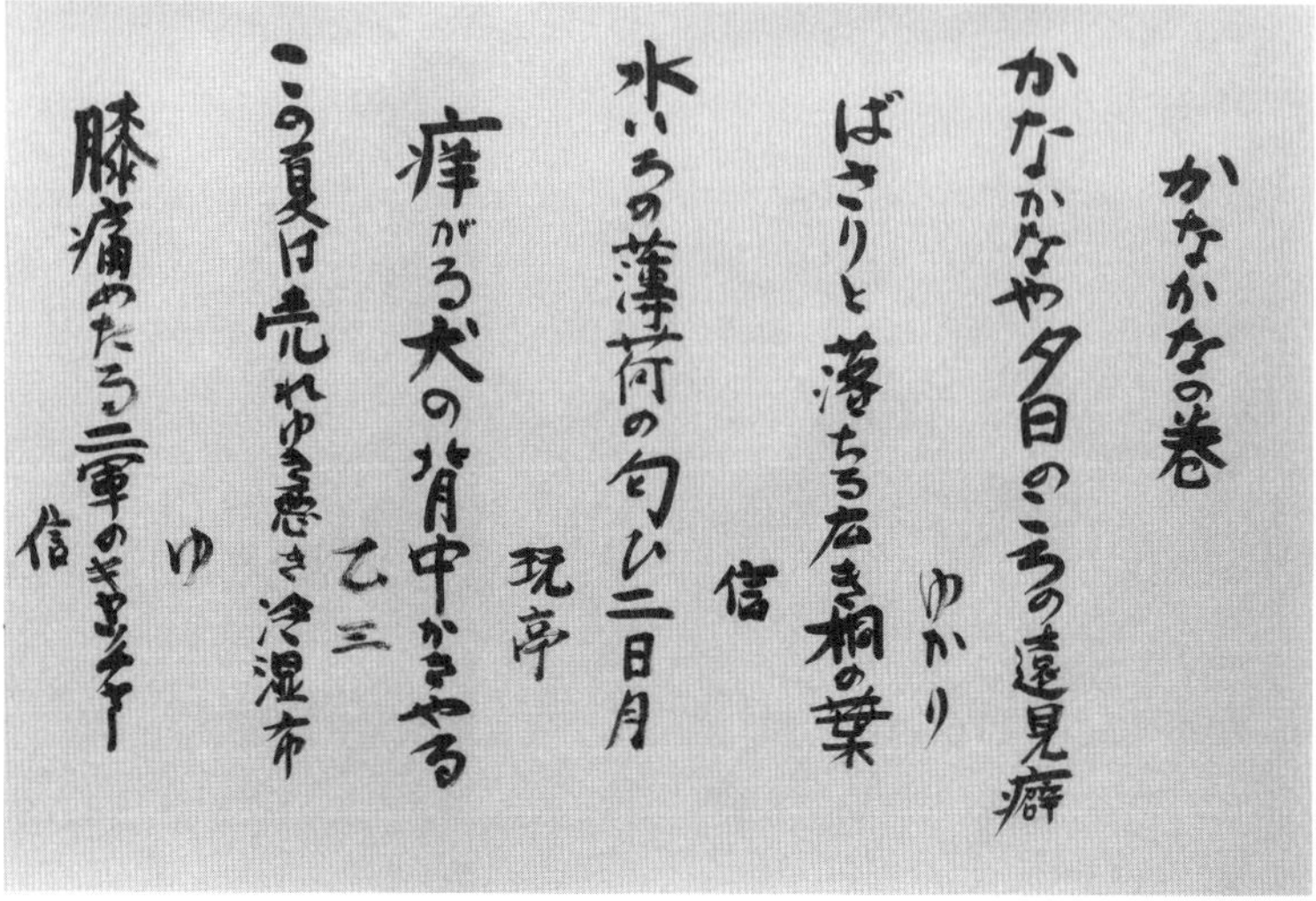

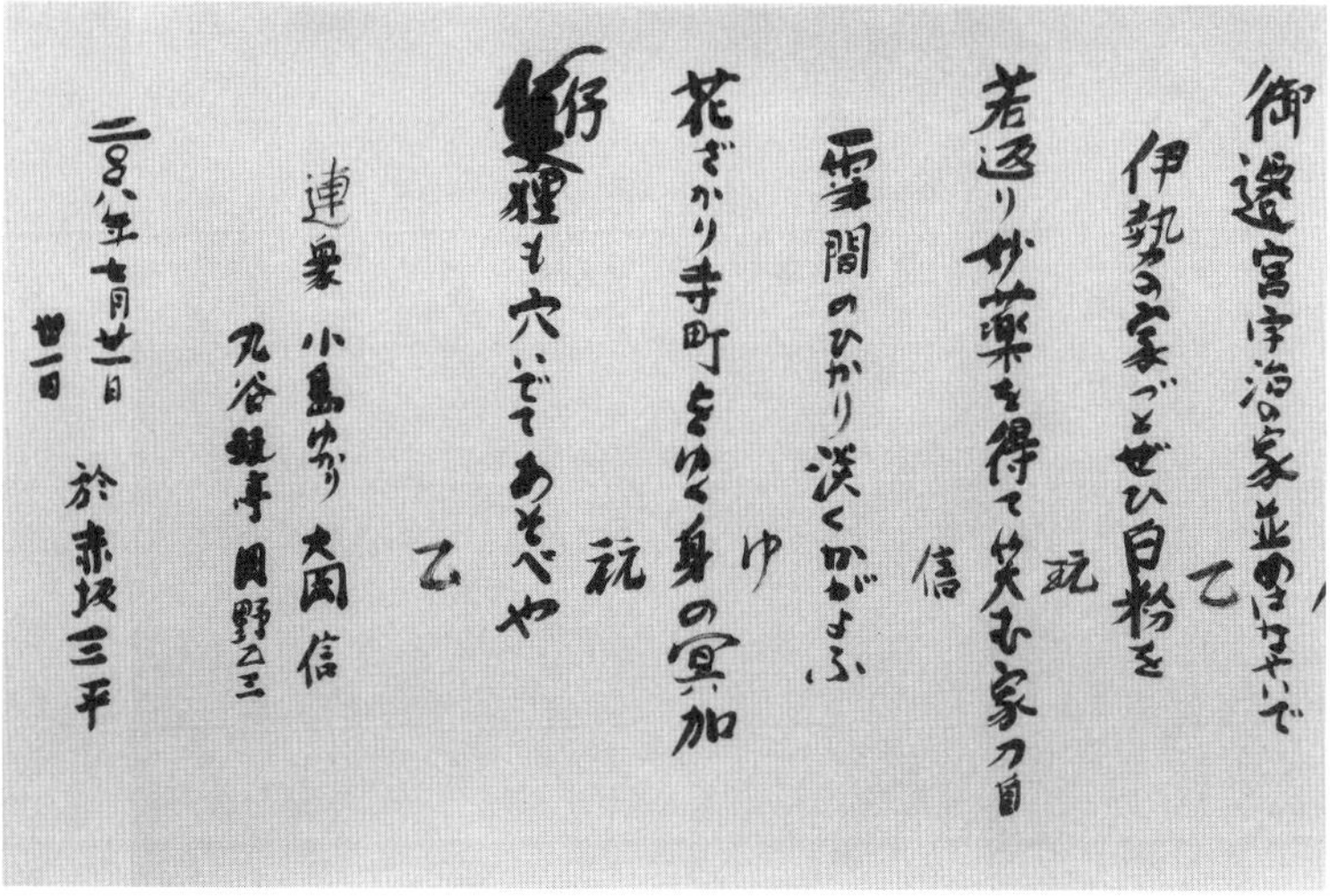

大岡書「かなかなの巻」 2008年7月21、31日 小島ゆかり、丸谷（玩亭）、岡野（乙三）と赤坂の料亭・三平で催した連句の会の成果を大書したもの。約5mの巻物のうち、上は初折の表六句、下は名残の裏六句に当たる部分。＊

連句年表

○数字は月

一九七〇（昭45）39歳 ⑩安東次男、丸谷才一、川口澄子と初めての連句会。

一九七二（昭47）41歳 ⑥安東、丸谷、加藤楸邨・知世子夫妻、川口と連句会。

一九七三（昭48）42歳 ③安東、丸谷、石川淳と連句会。

一九七四（昭49）43歳 ③石川、安東、大岡、丸谷「新酒の巻」（「図書」）。⑫安東、丸谷、大岡「鳥の道の巻」「だらだら坂の巻」（「ユリイカ」臨時増刊号）。

一九八一（昭56）50歳 ②石川、丸谷、安東、大岡『歌仙』（青土社）。

一九八三（昭58）52歳 ⑨大岡、丸谷、石川、杉本秀太郎「雨の枝の巻」（「ユリイカ」）。⑪石川、井上ひさし、大岡、杉本、野坂昭如、丸谷、結城昌治『酔ひどれ歌仙』（青土社）。

一九八五（昭60）54歳 ①石川、丸谷、杉本、大岡「初霞の巻」（「すばる」）。⑫石川、丸谷、大岡、杉本「紅葉の巻」（「すばる」）。

一九八六（昭61）55歳 ⑫石川、丸谷、大岡「夕紅葉の巻」（「すばる」）。

一九八八（昭63）57歳 ⑦石川、丸谷、大岡「日永の巻」（「すばる」）。石川、丸谷、杉本、大岡『浅酌歌仙』（集英社）。⑩山中温泉で井上、丸谷と連句会。翌年①「おくのほそ道」三〇〇年記念歌仙「菊のやどの巻」として「文学界」に掲載。

一九九〇（平2）59歳 ②大岡、丸谷、高橋治「大魚の巻」（「文学界」）。⑧丸谷、大岡、高橋「加賀暖簾の巻」（「文学界」）。

一九九一（平3）60歳 ⑤井上、大岡、丸谷「ぶり茶飯の巻」（「文学界」）。⑪丸谷、井上、高橋、大岡『とくとく歌仙』（文藝春秋）。

一九九三（平5）62歳 ②大岡「古今秀吟拝借歌仙」（「新潮」）。

一九九四（平6）63歳 ①丸谷、大岡、井上「武蔵ぶりの巻」（「文学界」）。

一九九九（平11）68歳 ⑪丸谷、大岡、岡野弘彦「花の大路の巻」（「すばる」）。

二〇〇〇（平12）69歳 ⑨大岡、岡野、丸谷「鞍馬天狗の巻」（「図書」）。

二〇〇一（平13）70歳 ⑥岡野、丸谷、大岡「葛のはなの巻」（「すばる」）。

二〇〇二（平14）71歳 ①岡野、大岡、丸谷「二度の雪の巻」（「すばる」）。②大岡、岡野、丸谷「夜釣の巻」（「図書」）。⑩丸谷、岡野、大岡「こんにやくの巻」（「すばる」）。

二〇〇三（平15）72歳 ①大岡、岡野、丸谷「ＹＳ機の巻」（「図書」）。⑨大岡、岡野、丸谷「ぽつねんとの巻」（「図書」）。

二〇〇四（平16）73歳 ①大岡、丸谷、岡野「果樹園の巻」（「すばる」）。③大岡、岡野、丸谷「大注連の巻」（「図書」）。

二〇〇五（平17）74歳 ⑪長谷川櫂と連句。③大岡、岡野、丸谷「焔星の巻」（「図書」）。⑥大岡、岡野、丸谷「夏芝居の巻」（「すばる」）。⑫丸谷、岡野、大岡『すばる歌仙』（集英社）。

二〇〇六（平18）75歳 ⑥大岡、岡野、丸谷「海月の巻」（「図書」）。⑪岡野、丸谷、大岡「颱風の巻」（「すばる」）。

二〇〇七（平19）76歳 ⑩講演「ことばをつなぐ楽しみ～大岡信・長谷川櫂と連句を巻こう～」。

二〇〇八（平20）77歳 ①大岡、岡野、丸谷「まつしぐらの巻」（「図書」）。③大岡、岡野、丸谷『歌仙の愉しみ』（岩波書店）。⑤丸谷、大岡、岡野「春着くらべの巻」（「すばる」）。⑦小島ゆかり、大岡、岡野、丸谷「茄子漬の巻」（「図書」）。岡野、丸谷、小島と「かなかなの巻」を制作。⑨大岡、岡野、丸谷「鮎の宿の巻」（「すばる」）。⑩講演「歌仙をたのしむ」で「かなかなの巻」の付けすじについて岡野、丸谷、小島と語り合う。

二〇〇九（平21）78歳 ①丸谷、大岡、岡野「案山子の巻」（「図書」）。

「櫂」連詩、国際連詩へ

大岡が参加している連句に関心を抱いた「櫂」同人は、一九七一年に連詩の試みを開始し、共同制作の可能性を探っていった。

一九八一年、トマス・フィッツシモンズと英語で連詩を綴る体験をきっかけに、大岡は内外問わず多くの詩祭、フォーラムに参加した。連詩の捌き手を務める一方、日本の古典詩歌について講義するなど海外への日本文学の紹介にも尽力した。

一九九六年、マケドニア（現・北マケドニア）のストルーガ詩祭で金冠賞を受賞し、二〇〇四年にはフランスからレジオン・ドヌール勲章を授与されるなど国際的な詩人として評価されている。

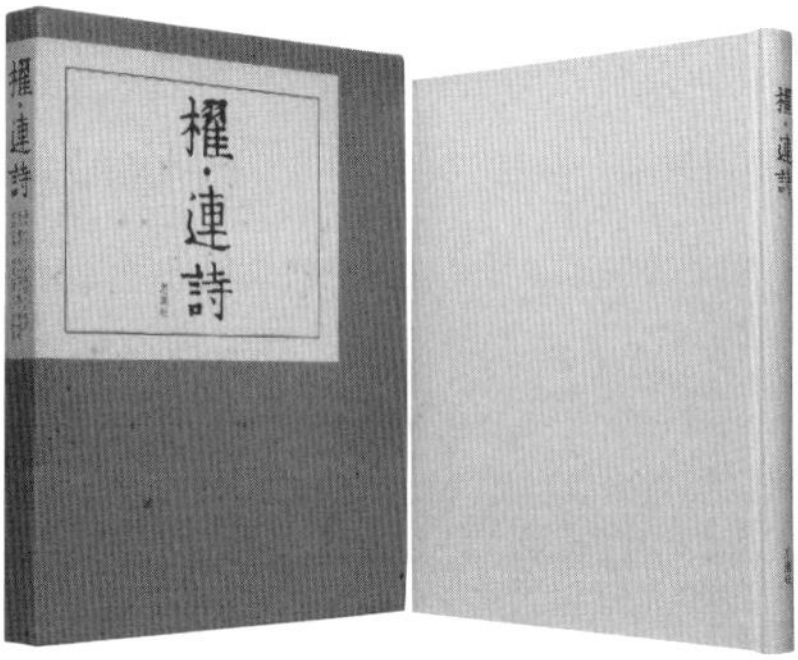

『櫂・連詩』 1979年6月　思潮社　「櫂」同人で巻いた11回の連詩を収録。連句の経験者である大岡に捌き手を委ね、調布のそば店・深水庵を中心に同人宅や、葉山、伊豆などで回を重ねていった。連句のように詠み込む語の決まりは設けなかったが、ひとりの詩の行数を決めたり、2組に分け1回の参加人数を減らしたりと形式の面で試行錯誤を繰り返した。

「櫂」同人たちと第1回連詩の会のとき　1971年12月19日　京都・白河院で　左から谷川俊太郎、水尾比呂志、大岡、5人目から岸田衿子、茨木のり子、友竹辰、9人目から川崎洋、和枝。歌仙にならい36編を連ね、翌年12月、「櫂」に「截り墜つ浅葱幕の巻」として掲載。

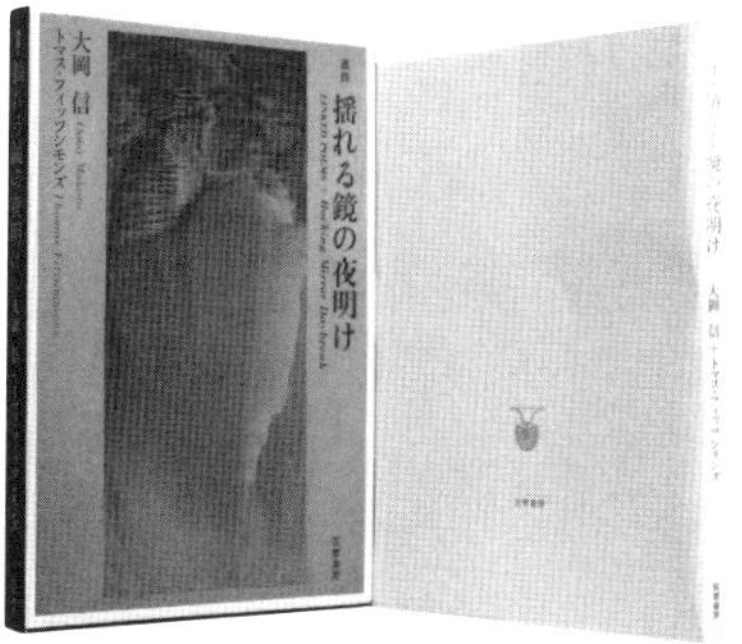

『ヨーロッパで連詩を巻く』 1987年4月 岩波書店
装幀：黒田征太郎 1985年6月、過密スケジュール でパリ、ベルリン、ロッテルダムをめぐった。参加した朗読会、連詩制作や出会った人びとの記録。

大岡、フィッツシモンズ『揺れる鏡の夜明け』 1982年12月 筑摩書房 装幀：加納光於
大岡がアメリカ・ミシガン州のフィッツシモンズ家に滞在した際、歌合や連句、連詩について説明したことをきっかけに、突発的に英語での連詩制作に発展。完成した連詩を英語と日本語で収録した。

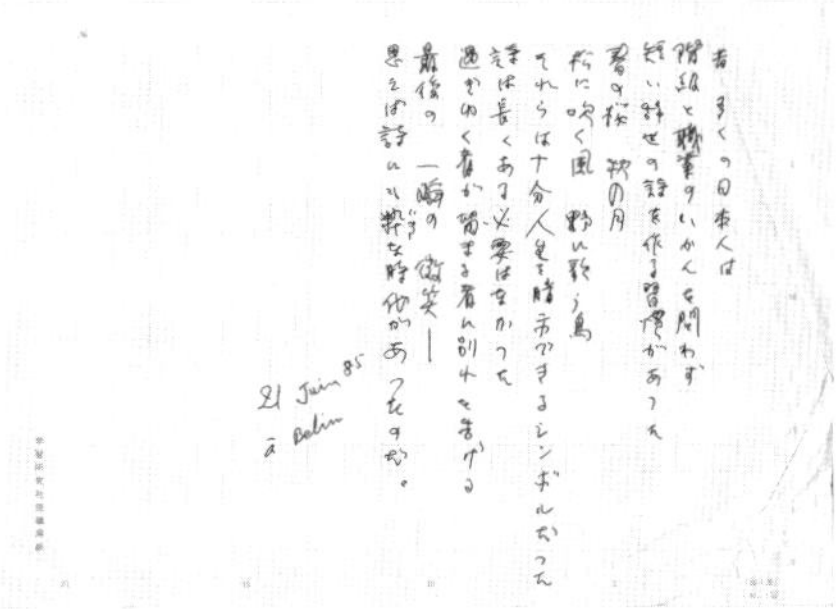
昔 多くの日本人は
階級と職業のいかんを問わず
短い辞世の詩を作る習慣があった
春の桜 秋の月
松に吹く風 野に歌う鳥
それらは十分人生を暗示できるシンボルだった
言葉は長くある必要はなかった
過ぎゆく者が消える前に別れを告げる
最後の 一瞬の微笑—
思えば詩には粋《いき》な時代があったものだ。

21 Juin 85
à Berlin

ヴァンゼーで制作した連詩の原稿 1985年6月21日 23編目の詩。連詩の場だからこそ、単独では創れない日本古典詩歌への讃辞になったという。25編目は全員で共作し、巻き上げた。＊

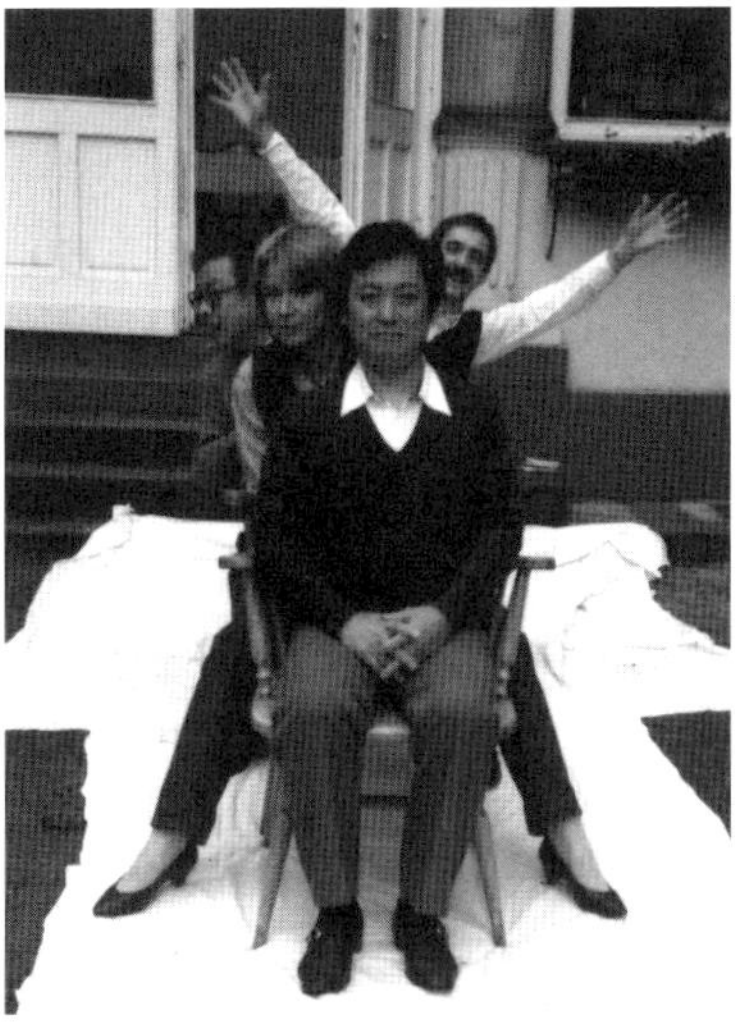

ベルリン・ヴァンゼー湖畔で 前から大岡、カリン・キヴス、川崎洋、グントラム・フェスパー。1985年6月18日から22日にかけて4人で巻いた連詩は『ヴァンゼー連詩』（1987年4月 岩波書店）としてまとめられた。未知の外国人同士、異なる宗教、文化などを確認しながら敬意をはらい、対話を進めることで相互理解を目指した。

海外での足跡から

○数字は月

一九六三（昭和38）32歳
⑩パリ青年ビエンナーレ詩部門に参加、講演。コレクター・山村徳太郎の現代美術作品選定に同行。

一九七六（昭和51）45歳
⑥ロッテルダム国際詩祭に参加。⑪日本作家代表団の一員として中国訪問。

一九七七（昭和52）46歳
①パリのポンピドゥーセンター開館式に出席。⑥⑦早稲田小劇場『トロイアの女』欧州公演に同行。

一九七八（昭和53）47歳
⑨⑩ニューヨークのジャパン・ソサエティの招待でアメリカ各地に滞在。ロサンゼルスにサム・フランシスを訪ねる。

一九七九（昭和54）48歳
⑤アメリカ国会図書館で朗読。同時期に早稲田小劇場「トロイアの女」ニューヨーク公演に同行。

一九八一（昭和56）50歳
③アメリカを経て欧州へ。半年間パリに滞在。⑥ユヴァスキュラで「日本・フィンランド文化交流シンポジウム」に出席。⑨オークランド大学英文学部に客員教授として招かれる（～⑫）。アメリカやカナダの大学で講演と朗読。⑪トマス・フィッツシモンズと英語で連詩制作。

一九八三（昭和58）52歳
⑤ストックホルムで現代文学シンポジウムに出席。パリで日仏翻訳者の会に出席。「日仏の明日を考える会」に出席。シンポジウム「日本語から西欧語への翻訳は、信頼しうる純正なものか」に参加。⑥ストックホルム大学で講演、朗読、討論。デンマークのルイジアナ美術館見学。

一九八五（昭和60）54歳
⑥パリで国際詩・音楽フェスティバル「ポリフォニックス」に参加、朗読。ベルリンで世界文化フェスティバル「ホリツォンテ85」に参加、連詩制作。ロッテルダム国際詩祭に参加、連詩制作、大岡と川崎洋の詩のイメージによる閑崎ひで女の地唄舞を披露。⑦アルケスナンとパリの日仏文化サミットに出席。パリの「詩の家」で朗読、講演。韓国・大邱で講演。

一九八六（昭和61）55歳
①ニューヨークの国際ペン大会に出席。⑥ハンブルグでの国際ペン大会にゲストとして参加、朗読。ロッテルダム国際詩祭で連詩制作（翌年⑥に巻き上げ）。フィンランド・クフモ、フ

トマス・フィッツシモンズ（右）と

ランス・アヴィニョンでの閑崎ひで女の地唄舞公演に同行、講演。デンマークのルイジアナ美術館で、朗読や講演。⑩トロントでの国際作家大会に出席、講演、朗読。⑫パリの「詩の家」で講演。ソルボンヌ大学で講演。ポンピドゥーセンターで連詩制作。

一九八七（昭和62）56歳　⑤パリで「日仏翻訳文学賞」シンポジウムに参加。⑪ベルリン芸術祭で連詩制作。

一九八九（平成元）58歳　⑦ヘルシンキとクフモでの閑崎ひで女らの公演に同行、講演。ヘルシンキで連詩制作。⑨国際ペン・モントリオール大会に出席。

一九九〇（平成2）59歳　⑩フランクフルト・ブックフェアで連詩制作。バルセロナで講演。ベルリン、リヨン、パリでの閑崎ひで女らの地唄舞公演に同行、講演。

一九九一（平成3）60歳　⑥ストックホルムで朗読、講演。フィンランド・ラフティ国際作家会議で連詩制作。ロッテルダム国際詩祭に参加。⑦⑧ハワイ大学サマー・セッションで連詩を制作、講演、朗読。

一九九二（平成4）61歳　⑥北京日本学研究センターの日中国交回復20周年記念シンポジウムに参加、講演。

一九九三（平成5）62歳　④パリでユネスコ主催国際連詩の会に参加。⑥ロッテルダム国際詩祭の国際顧問会議に出席、討議、朗読。チューリッヒで連詩制作。⑨ベルリンの展覧会「日本とヨーロッパ　一五四三―一九二九」開会式典で講演、連詩制作。⑪フランス・ヴァルドマルヌ国際詩人ビエンナーレに参加中、脳梗塞を発症し帰国。

一九九四（平成6）63歳　⑩パリのコレージュ・ド・フランスでフランス語による4回連続講義（翌年10月に1回追加される）。ロンドン大学で英語による講演。フランス・トゥールーズの日本詩歌セミナーで講演。

一九九五（平成7）64歳　③エルサレム国際詩人祭に出席。⑩オスロ大学で英語による講演。

一九九六（平成8）65歳　③日中文化交流協会の派遣で北京、西安、上海訪問。上海では同地で客死した祖父・延時の旧居を訪ねあてる。⑤タイ・プーケットでの「短詩型シンポジウム」に参加。⑥ロッテルダム詩祭に参加。⑧マケドニア・ストルーガ詩祭に参加、金冠賞を受賞。

一九九七（平成9）66歳　⑪理事を務めるパリの日本文化会館図書館オープニングセレモニーに出席。

一九九八（平成10）67歳　⑦フランス・アンティーブでアルトゥング財団を見学。秋に日本で開催される「アルトゥング展」について打合せ。⑫パリの日仏文化会館で訳詩集『Dansl 'Océan du Silence』のサイン会、朗読。

一九九九（平成11）68歳　⑨⑩ベルリン芸術アカデミーで連詩制作。

二〇〇〇（平成12）69歳　③コロンビア大学ほかアメリカ国内の大学で、英語による講演と朗読。⑦オランダ・アムステルフェーンで吉屋敬による大岡の詩をテーマとした詩画展開催。同地で講演。⑩日本・オランダ連詩相互交流の会で連詩制作、朗読。

二〇〇一（平成13）70歳　③台湾で「台北歌壇」と交流会。⑤パリの日本文化会館で講演、出版の打合せ。⑥ハンガリーの日本大使館で講演。

二〇〇三（平成15）72歳　③パリの「詩の家」で朗読。

二〇〇七（平成19）76歳　④スペインのサン・ロレンゾ・デ・エル・エスコリアルで「大岡信へのオマージュ――大築勇吏仁展」開催。同地で講演、朗読。

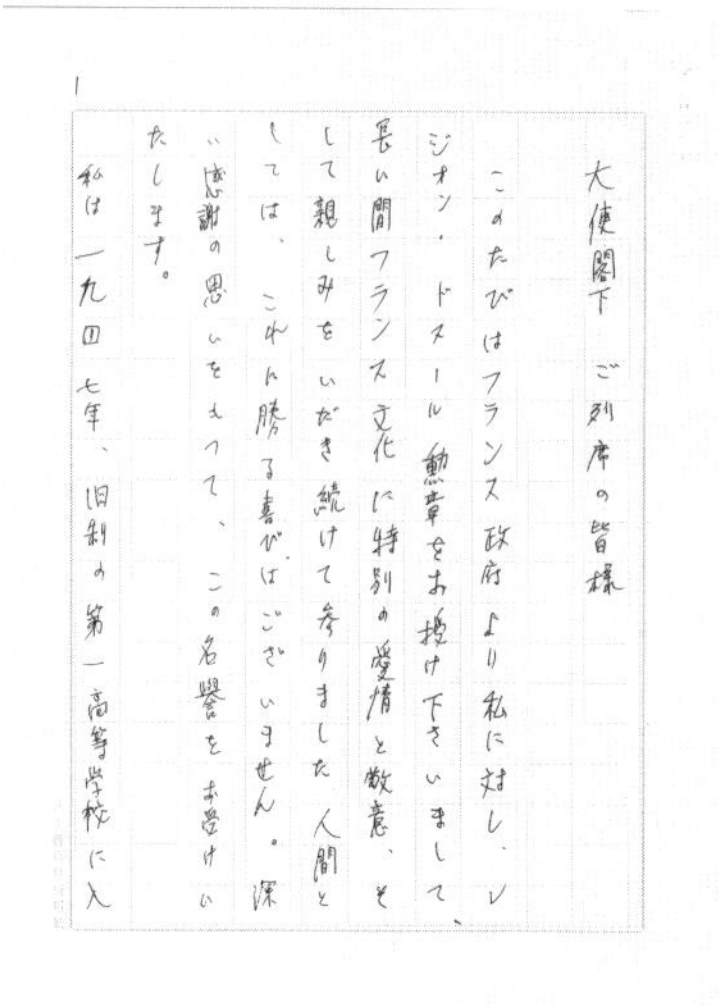
1

大使閣下　ご列席の皆様

このたびはフランス政府より私に対し、レジオン・ドヌール勲章をお授け下さいまして、長い間フランス文化に特別の愛情と敬意、そして親しみをいだき続けて参りました人間としては、これに勝る喜びはございません。深い感謝の思いをもつて、この名誉をお受けいたします。

私は一九四七年、旧制の第一高等学校に入

「大使閣下　ご列席の皆様」原稿　2004年6月、レジオン・ドヌール勲章受章に際しての挨拶。フランス文学との出会いなどを語り、エリュアールの詩の一節「年をとる　それはおのれの青春を／歳月の中で組織することだ」で結んだ。＊

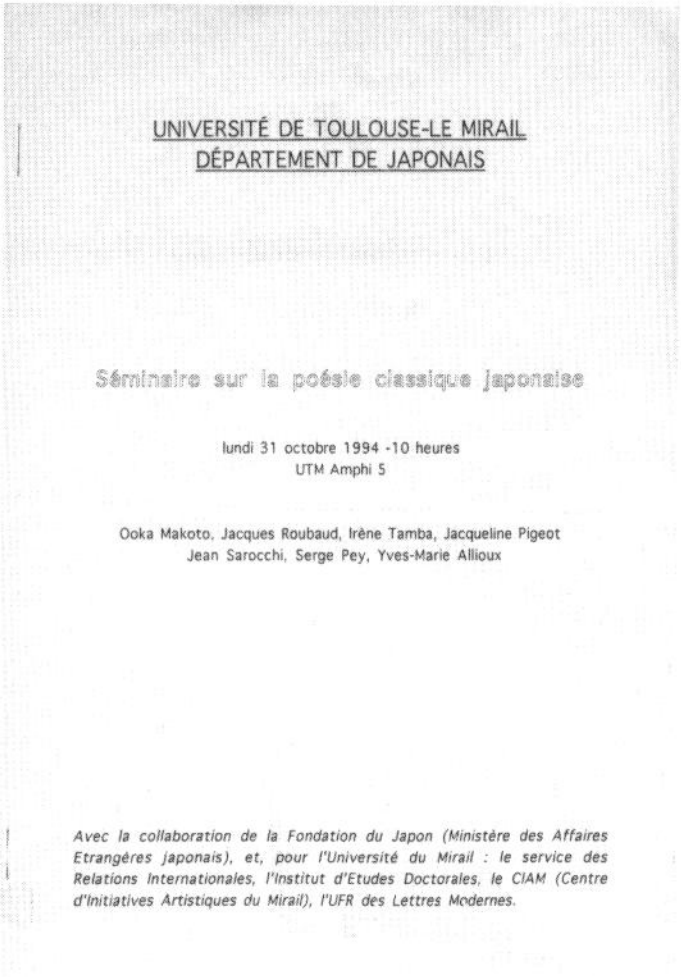
UNIVERSITÉ DE TOULOUSE-LE MIRAIL
DÉPARTEMENT DE JAPONAIS

Séminaire sur la poésie classique japonaise

lundi 31 octobre 1994 -10 heures
UTM Amphi 5

Ooka Makoto, Jacques Roubaud, Irène Tamba, Jacqueline Pigeot
Jean Sarocchi, Serge Pey, Yves-Marie Allioux

Avec la collaboration de la Fondation du Japon (Ministère des Affaires Etrangères japonais), et, pour l'Université du Mirail : le service des Relations Internationales, l'Institut d'Etudes Doctorales, le CIAM (Centre d'Initiatives Artistiques du Mirail), l'UFR des Lettres Modernes.

トゥールーズでの日本詩歌セミナー資料　1994年10月31日開催　10時間に及ぶ講義で取り上げる短歌、俳句を日本語、フランス語で記載したもの。聴講者はコレージュ・ド・フランスへ大岡を招聘した東洋学者のベルナール・フランクら。＊

“大岡信詩集”　1996 Скопjе Нова Македонија　金冠賞授与の記念にマケドニアで制作。「春のために」ほかが日本語、マケドニア語、英語、フランス語の4カ国語で収録されている。

ストルーガ詩祭で金冠賞を受賞　1996年8月25日　左は妻・かね子。マケドニアで1966年から開催されている大規模な現代詩の祭典で、日本人では初めての受賞となった。

故郷・静岡での継続的連詩の試み

大岡は人生の出発点である静岡を深く愛し、定期的に講演をし、連詩を巻いた。一九九九年には財団法人静岡県文化財団の主催で大岡が捌き手をつとめる「しずおか連詩の会」がスタートする。静岡県内のホテルで三日間詩人たちが連詩を書き継ぎ、完成作の朗読と解説が行われる。大岡の参加は二〇〇八年までだが、その後、野村喜和夫に引き継がれ現在に至る。

二〇〇九年には三島に大岡信ことば館が開館。大岡の業績を『大岡信全軌跡』（二〇一三年八月　同館）などにまとめ、資料の数々とともに、詩を視覚的に展示した。

＊二〇一七年閉館

『故郷の水へのメッセージ』1989年4月　花神社　装幀：熊谷博人　清水町の柿田川湧水群を詠った表題作ほかを収録。刊行が昭和の終焉と重なり、編集作業は自然と生い立ちを振り返るものとなった。第7回現代詩花椿賞受賞。

しずおか連詩の会「巻一　闇にひそむ光」発表会　1999年11月3日　静岡・グランシップで　ドイツからウリ・ベッカー、ドゥルス・グリューンバインを迎え、谷川俊太郎、高橋順子とともに10月29日から31日まで制作。発表ではそれぞれが詩を朗読し、どのように前の詩をとらえ、発展させたかを語り合った。

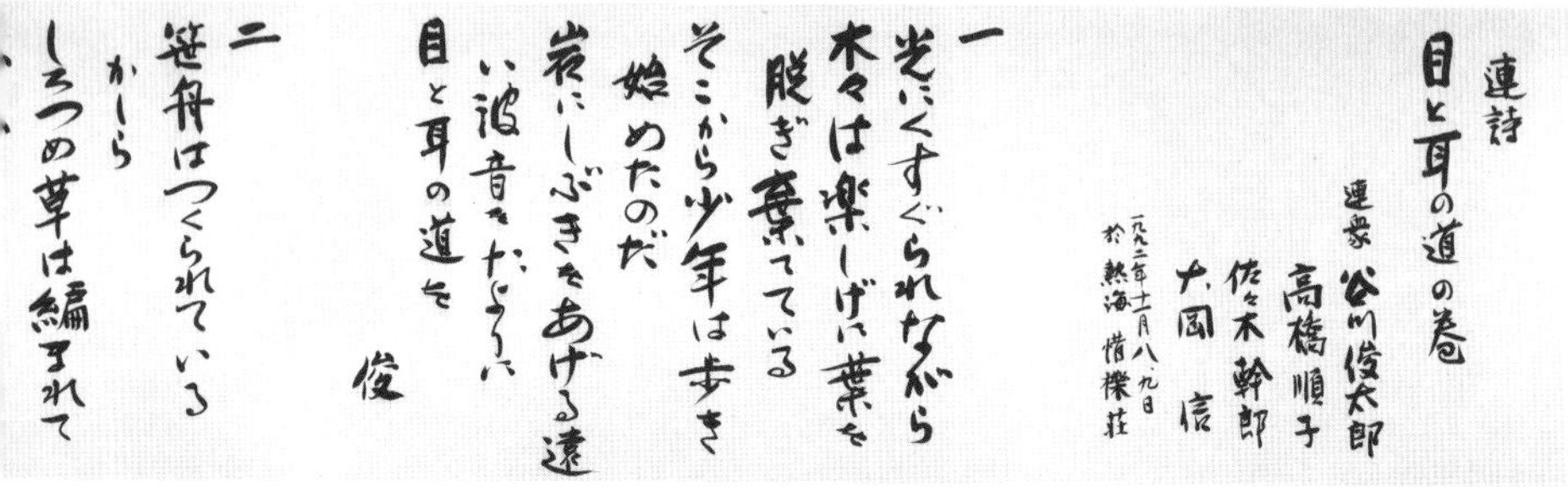
連詩

目と耳の道の巻

連衆 谷川俊太郎
高橋順子
佐々木幹郎
大岡信
一九九二年十一月八、九日
於 熱海 惜櫟荘

一
光にくすぐられながら
木々は楽しげに葉を
脱ぎ棄てている
そこから少年は歩き
始めたのだ
岩にしぶきをあげる遠
い波音をたよりに
目と耳の道を
俊

二
笹舟はつくられている
かしら
しろつめ草は編まれて

「目と耳の道の巻」制作風景　左から大岡、高橋順子、佐々木幹郎、谷川。新幹線での移動時間も使い、FAXでのやりとりもしながら、歌仙にならって36編をまとめた。

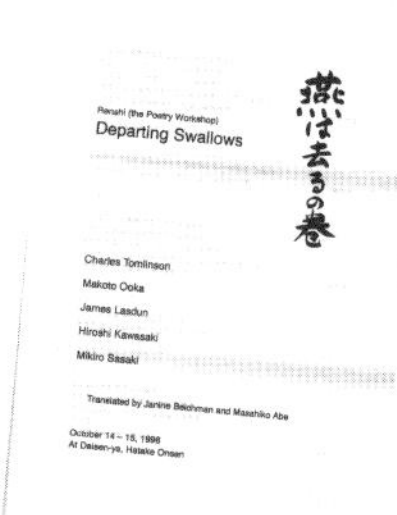

右：「燕は去るの巻」英語版、日本語版資料　1998年10月14、15日　佐々木、川崎洋、大岡、チャールズ・トムリンソン、ジェームズ・ラズダンの5人が韮山町（現・伊豆の国市）畑毛温泉・大仙家で全25編をつないだ。「現代詩手帖」1999年3月号に掲載。当館蔵・川﨑和枝氏寄贈　上：「日英《連詩》共同制作をめぐって」公開シンポジウム　1998年10月17日　飯田橋・ブリティッシュカウンシルで　左から佐々木、川崎、大岡、トムリンソン、ジャニーン・バイチマン（翻訳者）、ラズダン、阿部公彦（翻訳者）。「燕は去るの巻」について報告した。

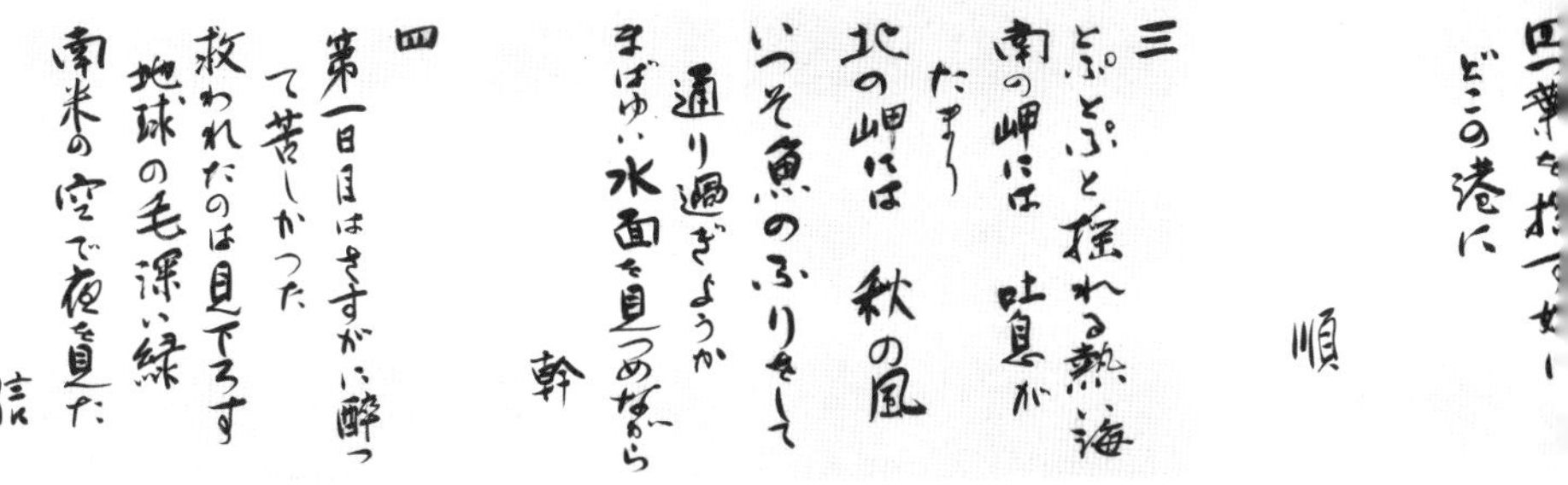
どこの港に
順
三
どぷどぷと揺れる熱海
南の岬には　吐息が
たまり
北の岬には　秋の風
いっそ魚のふりをして
通り過ぎようか
まばゆい水面を見つめながら
幹
四
第一日目はさすがに酔って苦しかった
救われたのは見下ろす
地球の毛深い緑
南米の空で夜を見た
信

大岡書「目と耳の道の巻」　1992年11月8、9日制作『折々のうた』第10（同年9月　岩波書店）刊行を記念して同書店の寮である熱海の惜櫟荘《せきれき》で巻き上げた連詩。10日には国際文化会館で発表の会を催し、「へるめす」1993年1月号に掲載された。＊

しずおか連詩「巻二　千年という海」を清書する　2000年11月22–24日制作、26日発表　高橋睦郎《むつお》、財部《たからべ》鳥子、大岡、新藤凉子とアメリカから北島《ベイダオ》が参加。

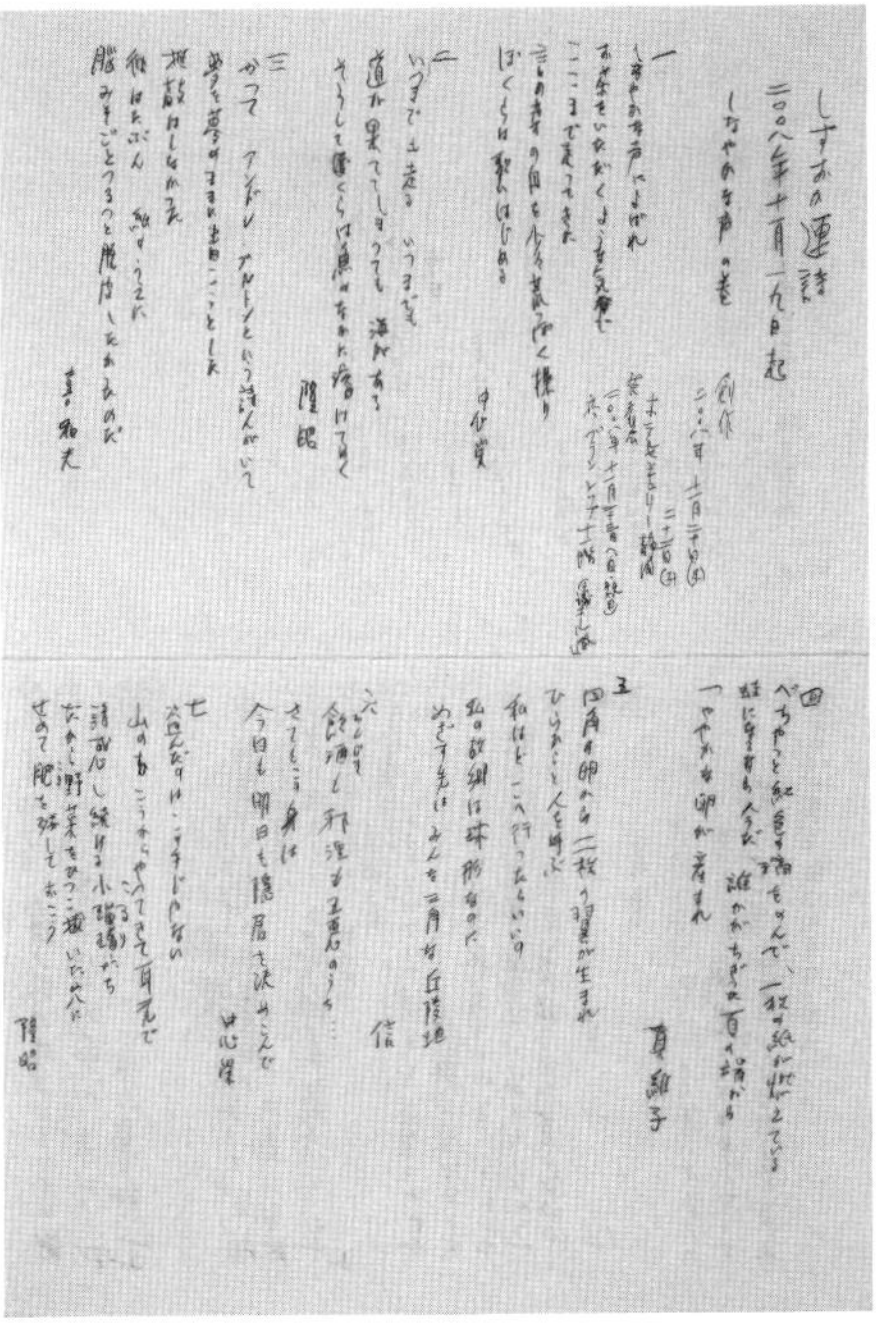

しずおか連詩「しなやかな声」手控え　2008年11月20–22日制作、23日発表　大岡が出席した最後の会。八木忠栄、野村喜和夫、山田隆昭、杉本真維子とともに制作。＊

SPOT

大岡信ってどんなひと

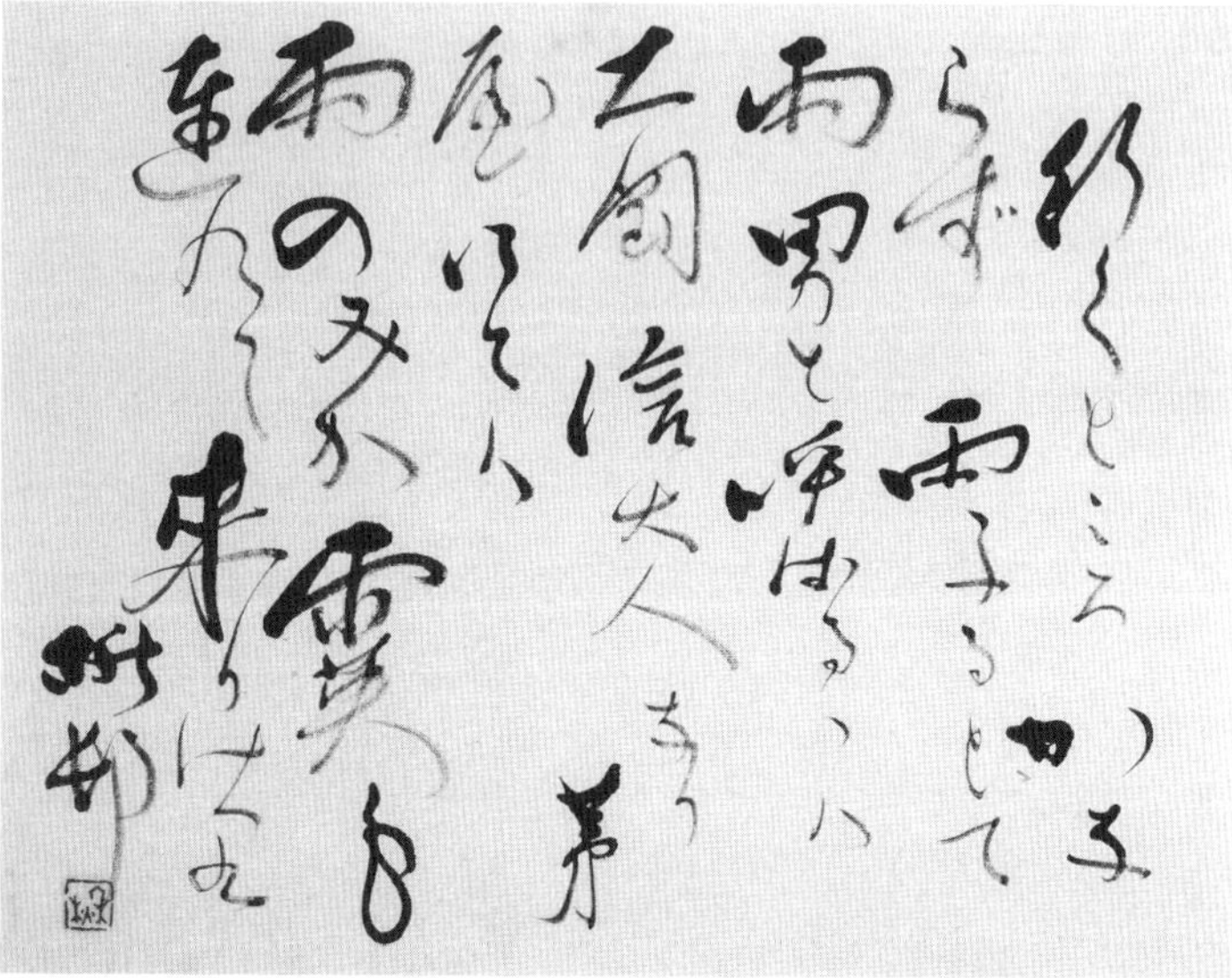

加藤楸邨書「行くところかならず雨ふるとて雨男と呼ばるゝは大岡信大人なり　茅屋にては雨のみか霙も連れて来りけり」＊

ところが、突然、雨に降られてね、びしょびしょになっちゃったの。その頃から、信さんは雨男だったのね。

（中略）

私はそのとき、七百円もするナイロンの靴下を一生懸命、買ってきて、履いてきていた。それがびしょびしょで、どうしようもなくて脱いで乾かしたの。私が端っこを持って、信さんがもう片方の端っこを持ってくれたのはよかったんだけど、それで火鉢の上にかざしたら、ぼーんと燃えちゃったの。

——深瀬サキ「大岡信は初めから雨男で……」から

ものいわぬ靴下ばかり
眼ざめるように美しかった

——「さむい夜明け」から

猫という生きものは、どんな瞬間の姿でもすべて、完璧な絵になっているのが不思議。人間なんてその比ではない。

——「おはやう」から

愛猫・小太郎と　2004年ころ　大岡は猫を長年飼っていた。

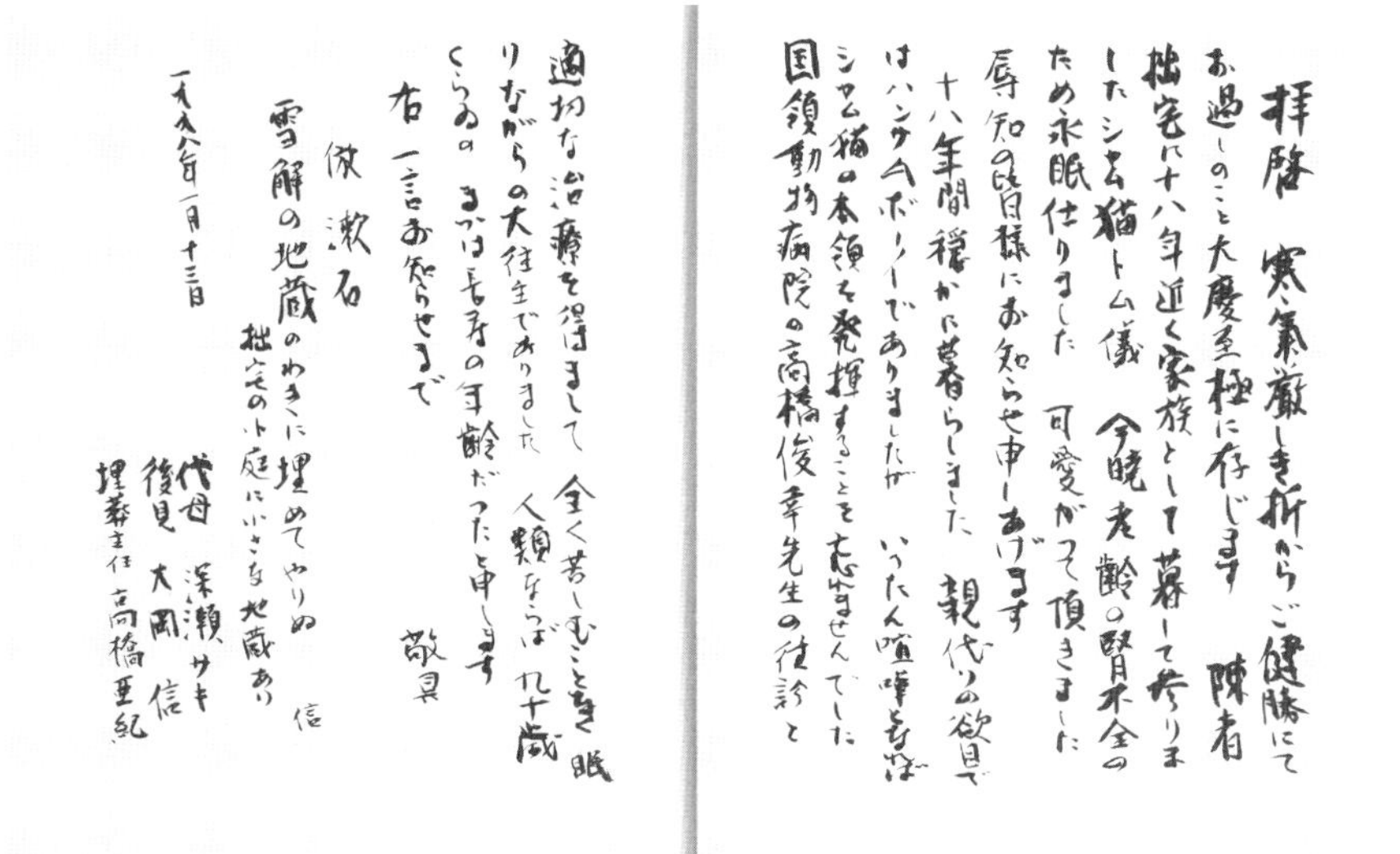

拝啓　寒気厳しき折からご健勝にて
お過しのこと大慶至極に存じます　陳者
拙宅に十八年近く家族として暮して参りま
したシャム猫トム儀　今晩老齢の腎不全の
ため永眠仕りました　可愛がって頂きました
辱知の皆様にお知らせ申しあげます
十八年間穏かに暮らしました　親代りの欲目で
はハンサムボーイでありましたが　いったん喧嘩となれば
シャム猫の本領を発揮することを忘れませんでした
国領動物病院の高橋俊幸先生の往診と
適切な治療を得まして　全く苦しむこともなき眠
りながらの大往生でありました　人類ならば九十歳
くらゐの　まずは長寿の年齢だったと申します
右一言お知らせするまで　敬具

倣漱石
雪解の地蔵のわきに埋めてやりぬ　信
拙宅の小庭に小さな地蔵あり

一九九八年一月十三日

代母　深瀬サキ
後見　大岡信
埋葬主任　高橋亜紀

愛猫・トムの死亡通知　1998年1月13日　夏目漱石に倣い猫の死亡通知書を知人に送った。図版は同年4月、大岡夫妻による私家版随筆集『トム君　おはよう』に「お知らせ」として収録された頁。同書には長谷川櫂、丸谷才一らの弔句や大岡の猫のエッセイなども収録。

バー・ガストロのグラス　ガストロは読売新聞社時代からよく通っていた銀座のバー。武満徹や東野芳明、瀧口修造なども常連だった。グラスは店が閉店する際にもらったもの。

年末恒例の餅つき　1997年12月28日　深大寺・大岡家で　年末年始には編集者、詩人、海外からの客人が集まり、餅つきや宴会が行われた。

憎んでゐた敵たちとも
なつめの木陰のテーブルで
講和する気分
酒には品が大切だ

——「微醺詩」から

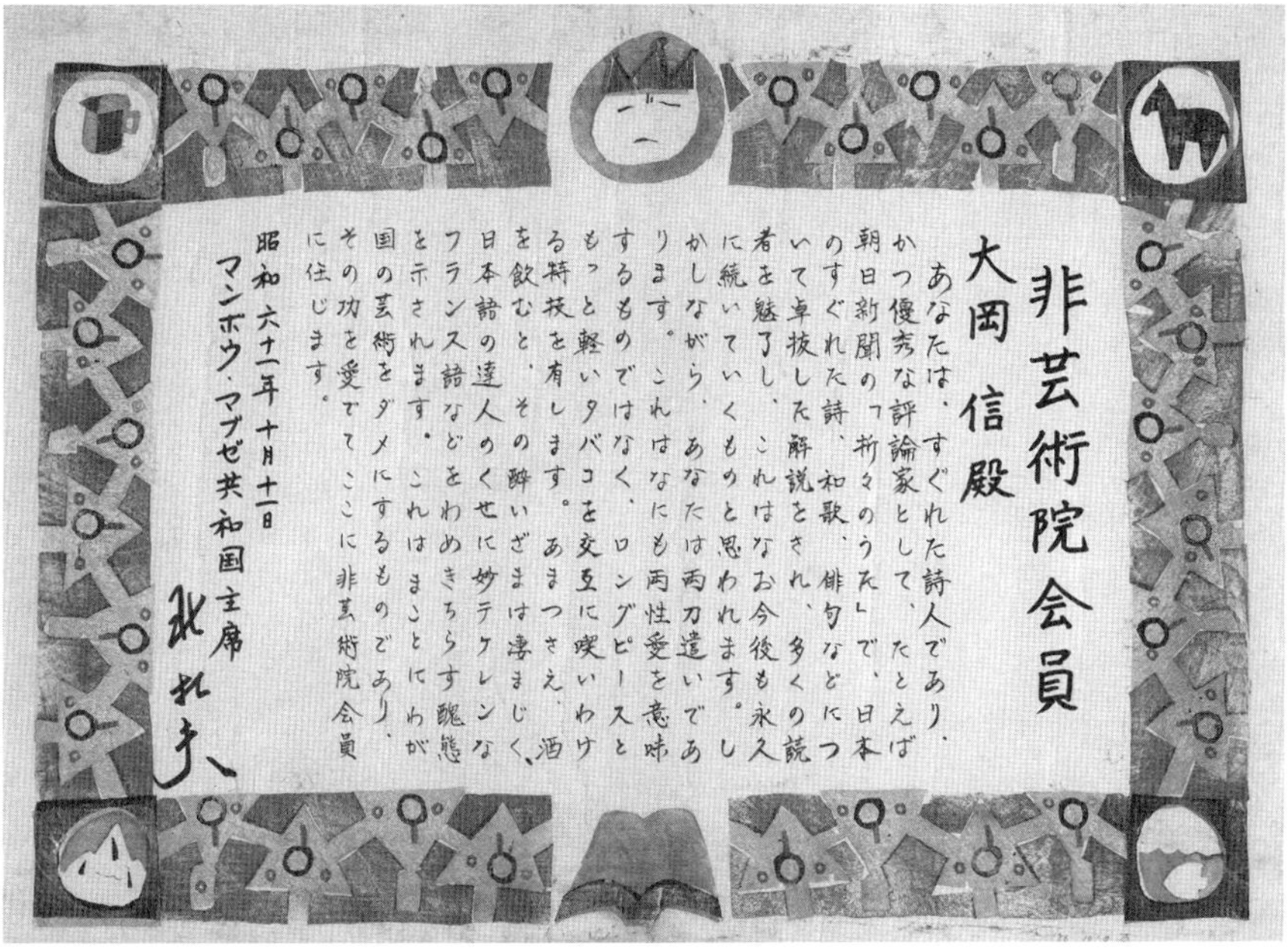
非芸術院会員

大岡 信殿

あなたは、すぐれた詩人であり、かつ優秀な評論家として、たとえば朝日新聞の「折々のうた」で、日本のすぐれた詩、和歌、俳句などについて卓抜した解説をされ、多くの読者を魅了し、これはなお今後も永久に続いていくものと思われます。しかしながら、あなたは両刀遣いであります。これはなにも両性愛を意味するものではなく、ロングピースともっと軽いタバコを交互に喫いわける特技を有します。あまつさえ、酒を飲むと、その酔いざまは凄まじく、日本語の達人のくせに妙テケレンなフランス語などをわめきちらす醜態を示されます。これはまことにわが国の芸術をダメにするものであり、その功を愛でてここに非芸術院会員に任じます。

昭和六十一年十月十一日
マンボウ・マブゼ共和国主席
北杜夫

北杜夫「非芸術院会員　任命書」 1986年10月11日　北から大岡へ手作りの賞金（マンボウ・マブゼ共和国紙幣）とともに贈られたもの。「すぐれた詩人であり、かつ優秀な評論家」でありながら、酒席では「妙テケレンなフランス語などをわめきちらす」などユーモラスに大岡を評する。＊

左頁：旅先で執筆
1985年8月4日　富山・東《ひがし》礪《と》波《なみ》郡利賀村（現・南砺市）で

第四章 うつし、つなぐ

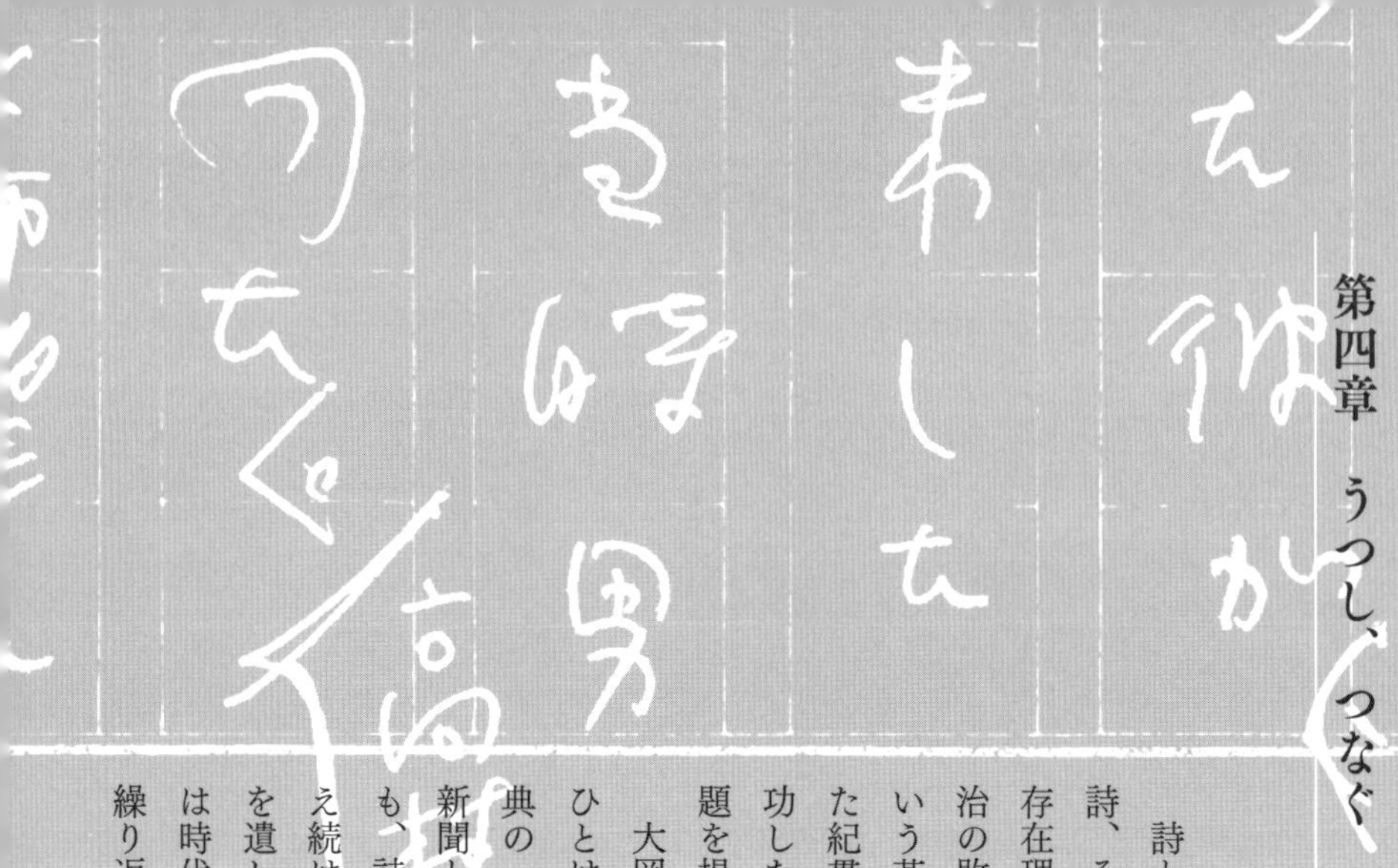

第四章　うつし、つなぐ

詩とは何か。幼少期から身近だった短歌、中高時代に夢中になった西洋の現代詩、その違いは何か。大岡は、自身が選び取った現代詩という表現形式の基盤と存在理由を求めて日本の古典の世界に分け入り、古典の世界を逍遥するうち、政治の敗者たちが詩歌の伝統を脈々と伝えてきたことに気付く。詩歌の仮名書きという革命を背景に、「てにをは」を駆使して暗示性に富んだ詩歌世界を創り上げた紀貫之、中国（唐）の文字と詩法に則りながら和の心情を描くことに努め、成功した菅原道真らについての考察を通して、大岡は現代詩の作者が考えるべき問題を提示した。

大岡はまた、戦前の常識的教養を戦後の若者たちに伝えるのは自分たち「昭和ひとけた生れの人間の責任」だと考えていた。自身の思索のために向き合った古典の「面白さ」を伝えるのもその試みのひとつだった。多くの人びとが目にする新聞という媒体で古今東西の詩歌に触れる機会を毎日提供した「折々のうた」でも、詩歌の魅力を幅広い読者に伝え続けた。同時に、創作を始めて以来長い間考え続けてきた「言葉」とは何か、というテーマでも、「言葉の力」など多くの作品を遺している。言葉は人間が他者と、そして社会と関わっていくために、さらには時代を超えてつながっていくために大切なものであることを、大岡は私たちに繰り返し語りかけている。

古典探究

正岡子規が「下手な歌よみ」と断じた紀貫之と、貫之らの編集による『古今和歌集』に惹かれるのはなぜか。『紀貫之』（一九七一年九月　筑摩書房　第二三回読売文学賞を受賞）では、「合わす」をキーワードにその魅力をひもといた。その後も古典詩歌に向き合い続け、『詩人・菅原道真』（一九八九年八月　岩波書店）では、『万葉集』の和歌や、唐の漢詩の表現を取り込んで、原作を尊重しつつ大きく変容させる「うつし」によって日本での漢文学の全盛期を築いた詩人として道真を高く評価。そのうえで現代詩が短歌、俳句と違った詩的世界を構築するためには何をなすべきかを問いかけた。

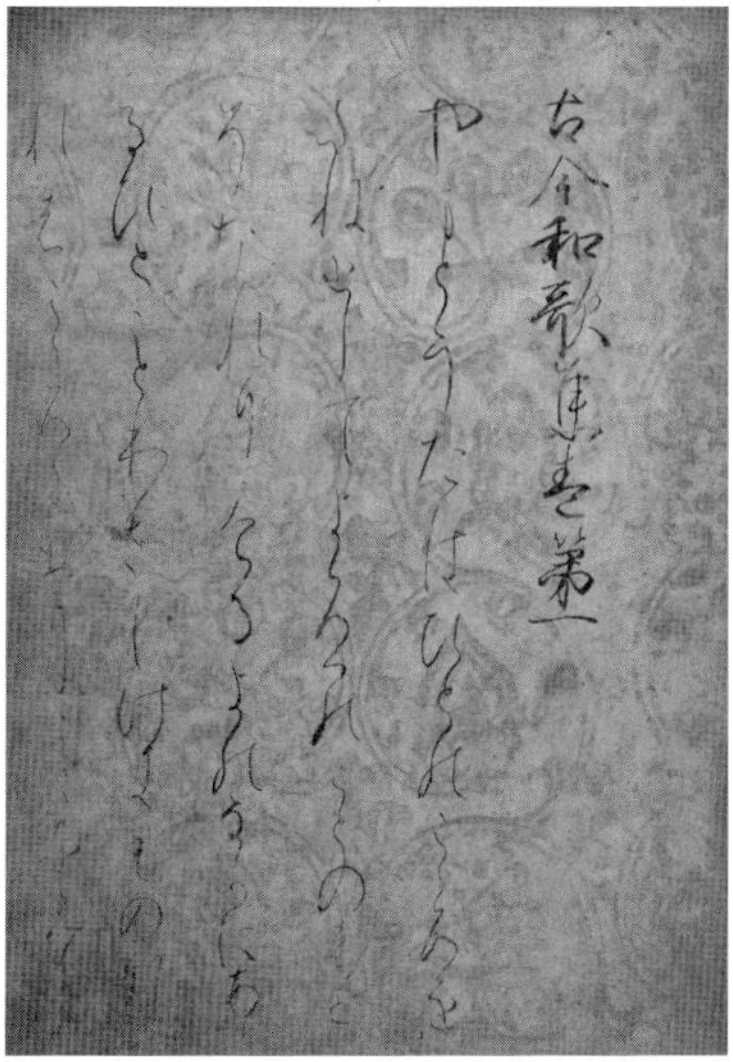

国宝『古今和歌集　元永本』上（参考図版）貫之が執筆したとされる仮名序の冒頭部分。「やまとうたはひとのこころをたねとしてよろづのことのはとぞなれりける」。大岡は、人の心という無形のものが創造の中心を占める、という自覚に注目する。東京国立博物館蔵
Image: TNM Image Archives

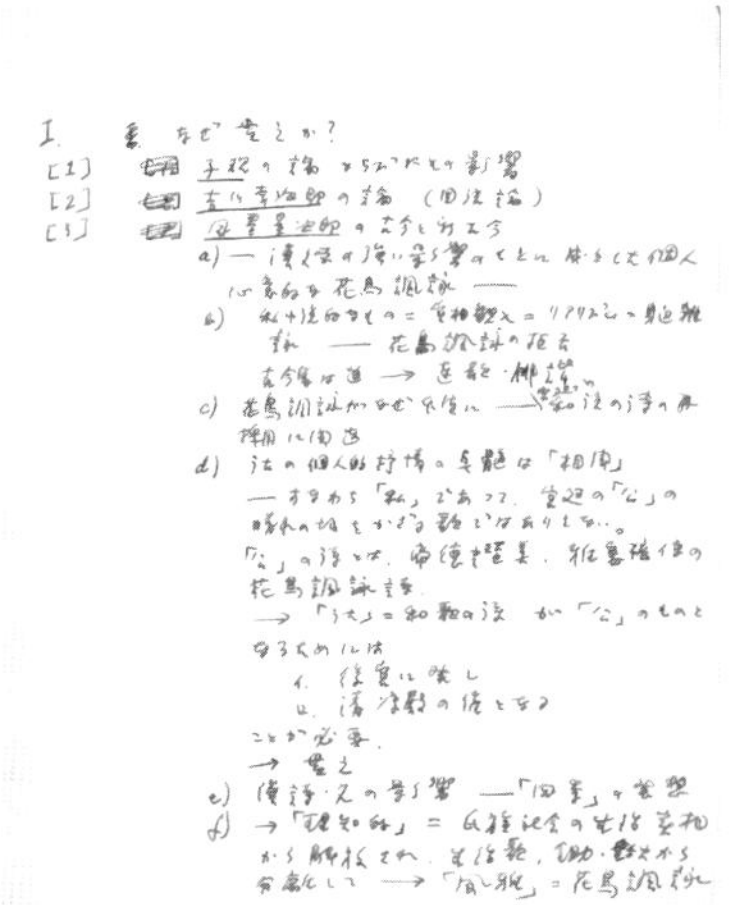

『紀貫之』創作メモ　「公」と「私」、「漢文学」と「和歌」などの対比をしながら貫之の作品世界を解明しようとする。＊

いったい外国で、文芸作品の中に夢という語がこれほどにも頻々と用いられている国あるいは民族があるのだろうか。この疑問はもう久しく私の脳裡に宿っている。

（中略）

「夢」の語の多義性は、まさに多義的であることによって、宗教的であると同時に美的であるところの無常観にひたされた、日本人の人生観を言い表わすのに最も適した言葉のひとつとなった。

――「夢のうたの系譜」（『たちばなの夢』）から

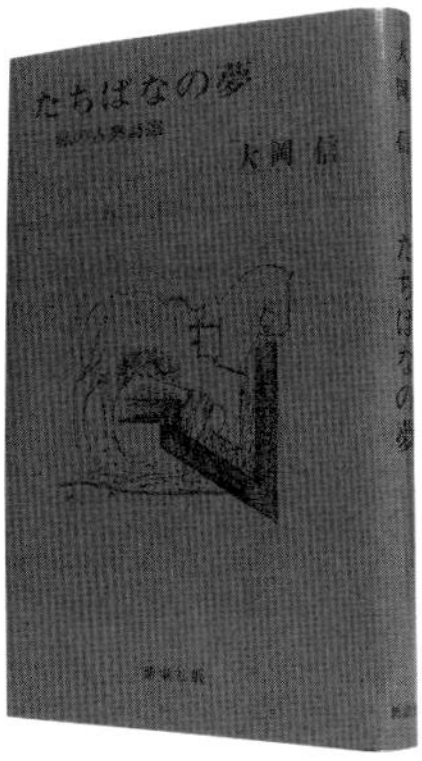

『たちばなの夢』 1972年11月　新潮社　装画：加納光於　和歌、漢詩、伝承、俳句などの古典詩歌を網羅的に取り上げて評しながら、それぞれの本質的要素を発見していった記録。

……「合す」ための場のまっただ中で、いやおうなしに「孤心」に還らざるを得ないことを痛切に自覚し、それを徹して行なった人間だけが、瞠目すべき作品をつくった。しかも、不思議なことに、「孤心」だけにとじこもってゆくと、作品はやはり色褪せた。「合す」意志と「孤心に還る」意志との間に、戦闘的な緊張、そして牽引力が働いているかぎりにおいて、作品は稀有の輝きを発した。

――「帝王と遊君」（『うたげと孤心』）から

『うたげと孤心』 1978年2月　集英社　装丁：竹内宏一　終戦後に世の中の価値基準が瞬時に逆転した奇怪な感覚が、相反する概念の間で試行錯誤を繰り返す大岡の思考法を形作ったという。本書はその集大成。表題のテーマは共同制作の場での個性のぶつかり合いを体験して、熟成されていった。

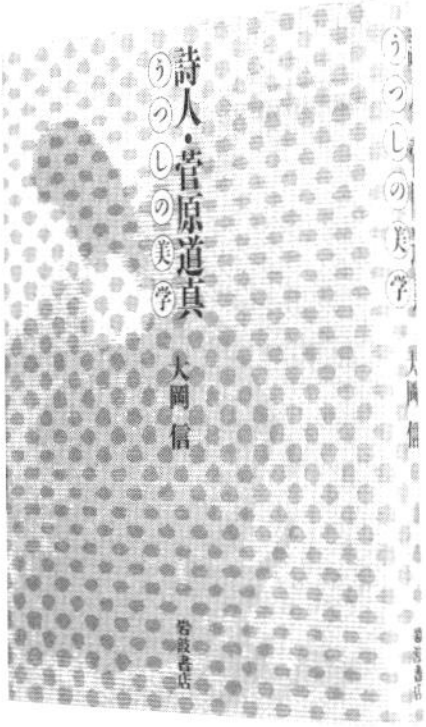

『詩人・菅原道真』 1989年8月 岩波書店 悲劇の文人政治家として長く認識されてきた道真の、詩人としての姿に『菅家文草』などを通して迫る。漢語の素養にあふれ、職務に忠実で、かつ庶民感情に深く寄り添う道真の像を生き生きと描きだした。第40回芸術選奨文部大臣賞を受賞。

……私が論じた事柄の一つは、道真が、大和うたの代表たる短歌を逆にわざわざ漢詩に翻訳した事実、つまり「和」→「漢」の「移し」を実践した事実の意味を考えることでした。

（中略）

道真という詩人は、この二つの言語のギャップを、生涯にわたって、可能な限り漢語の世界の方へ接近してゆく努力によって埋めていこうとした偉大な詩人でした。その点において彼は、文明開化の近代日本のある種の文学者や美術家、音楽家たちが直面したのと全く同じ問題に、最も早い時代に自覚的に直面した人だったのです。すなわちここに、古代日本における一人の真正のモダニストがいたわけでした。

――「古代モダニズムの内と外」（『詩人・菅原道真』）から

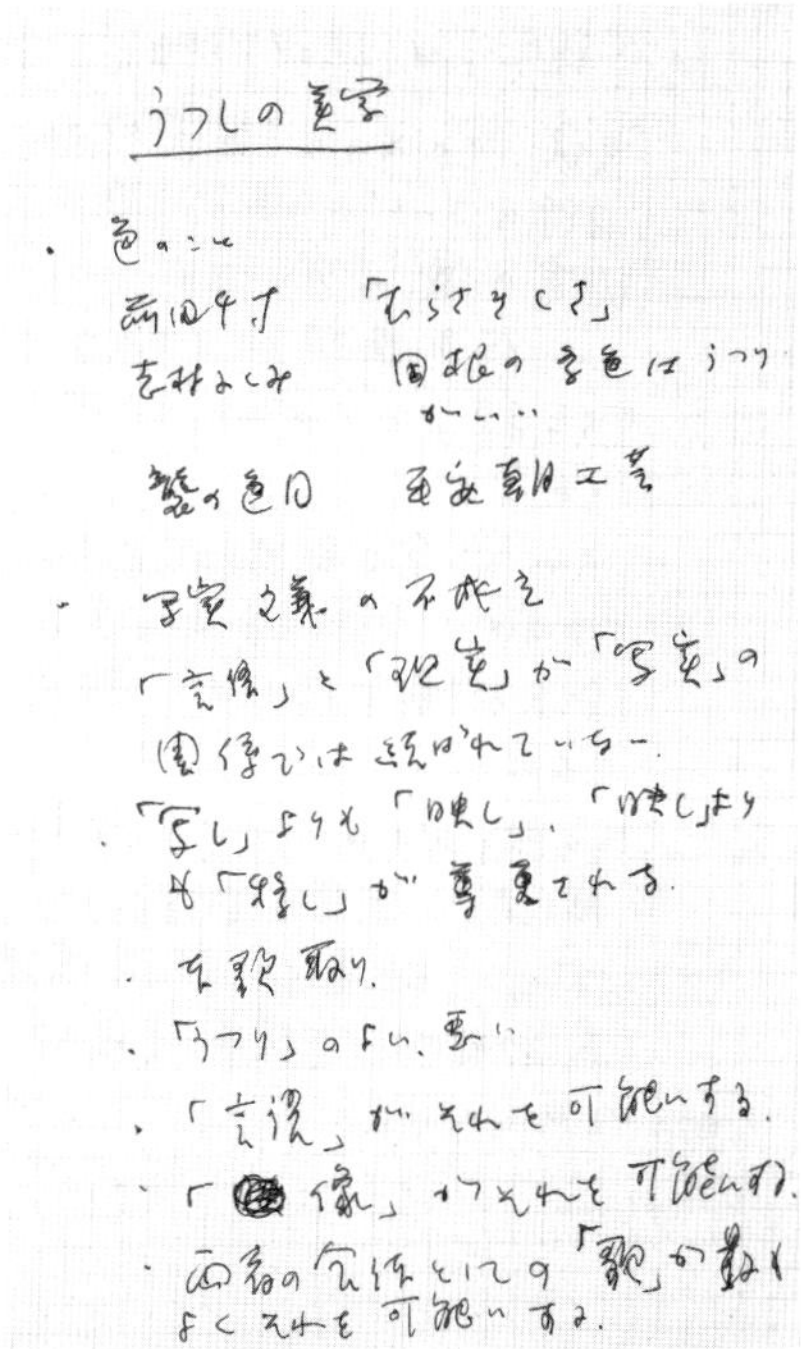

「うつしの美学」創作メモ 「へるめす」に1987年6月から1988年6月まで同題で連載し、単行本化の際に『詩人・菅原道真』の副題とした。冒頭で語った「写実主義」の不可能性、「うつし」にあてる様々な漢字の中で「移し」を重視することなどがメモされている。＊

アンソロジー「折々のうた」

一九七九年一月二五日、「朝日新聞」創刊一〇〇周年の紙面で、コラム「折々のうた」がスタートする。古今東西の詩歌をおおらかな感性で鑑賞し、読者が日常的に詩歌に触れる機会を提供し続けた。当初は最終面の連載小説の横の欄だったが、五月には一面のタイトルの下へ、一九八二年三月には一面左端へと移動した。概ね一年から二年連載後に一年程の休載を繰り返し二〇〇七年三月三一日まで足かけ二九年、六七六二回の長期連載となった。一般の人びとが書いた詩や、外国のことわざなども取り上げ、手に取りやすいように一年ごとに岩波新書として刊行し、多くの人びとに愛読された。

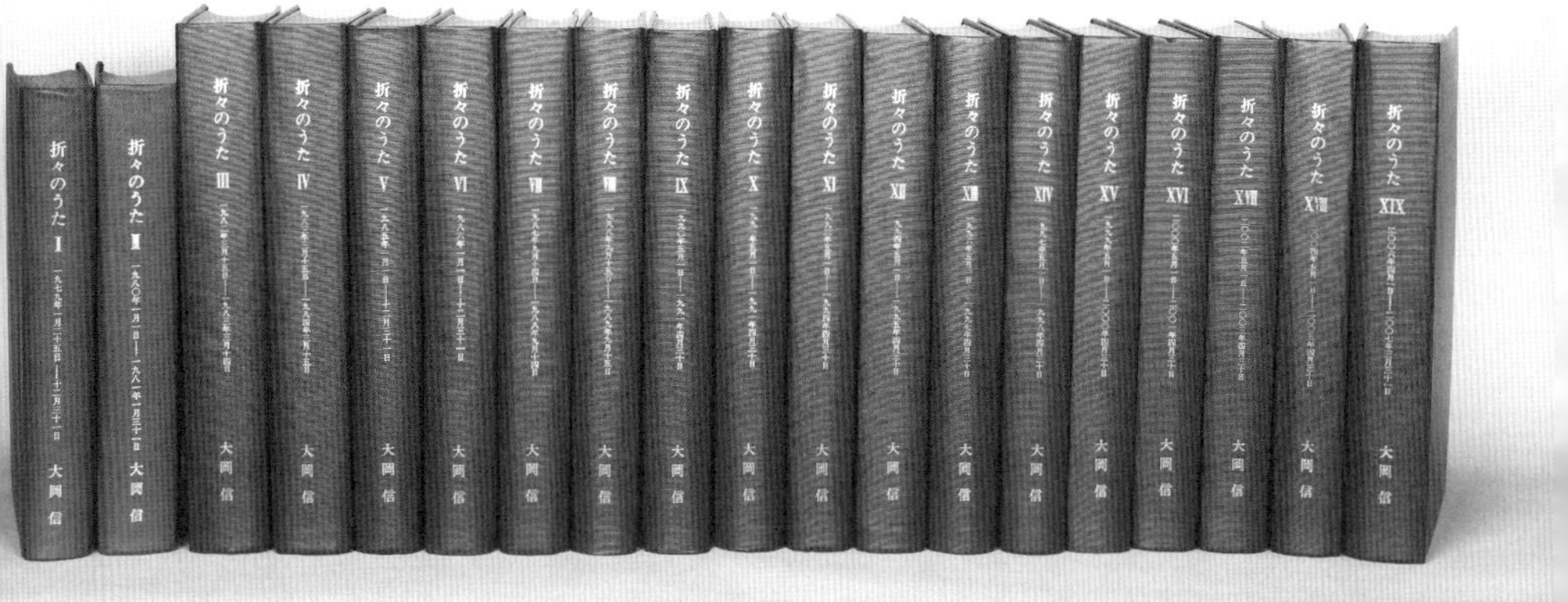

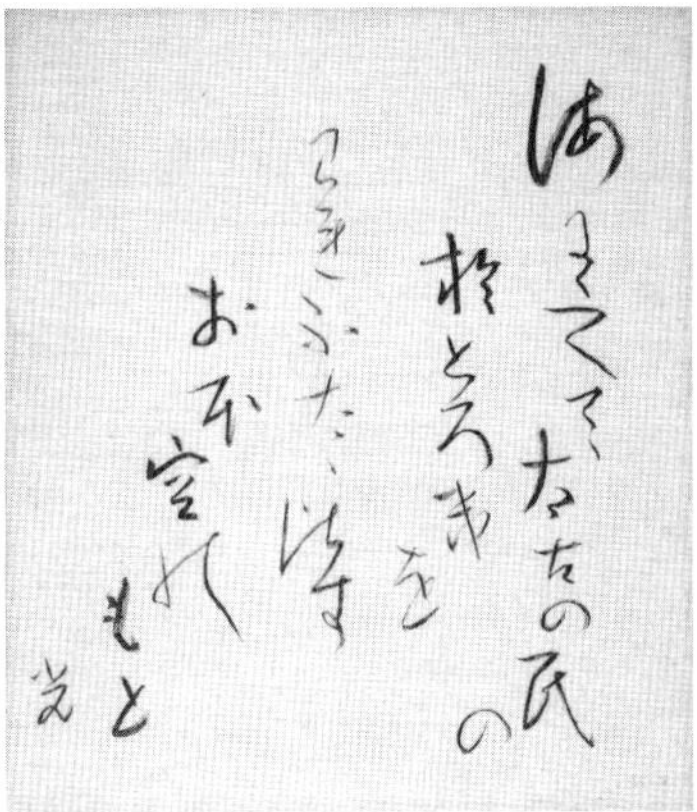

高村光太郎書「海にして太古の民のおどろきをわれふたたびすおほ空のもと」「折々のうた」の第1回に取り上げた歌。

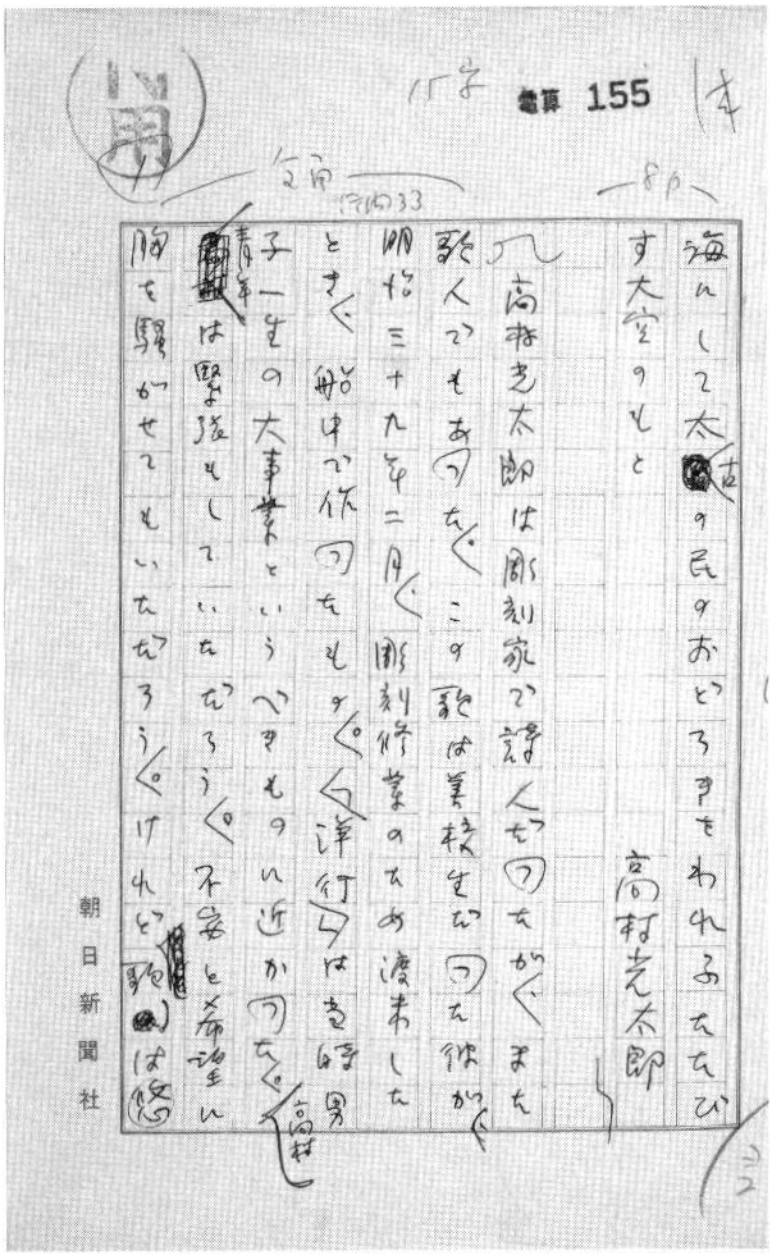

「折々のうた」第1回原稿　高村光太郎の旅立ちの短歌を取り上げて、コラムという未知の海へとこぎ出す大岡の気持ちを反映させた。＊

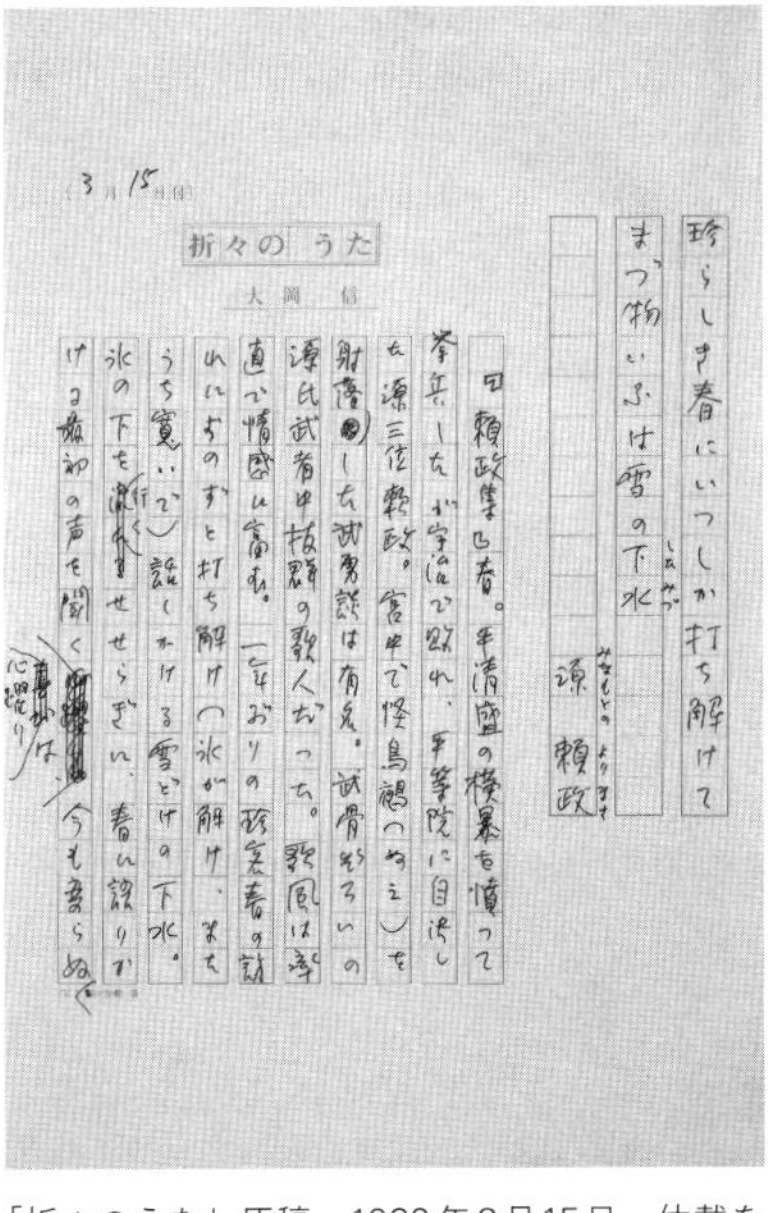

「折々のうた」原稿　1982年3月15日　休載を明けてこの日から連載を再開。紙面が20字詰9行から18字詰10行に変わったのにあわせて原稿用紙も18字詰に変更された。＊

右頁：「折々のうた」原稿　1979年1月25日–2007年3月31日　連載期間中は1日も欠くことなく執筆を続けた。朝日新聞社パリ支局など、旅先からファクシミリで送稿した回もある。年ごとに製本してあり、全19冊になる。1980年11月に本作で第28回菊池寛賞を受賞した。＊

折々のうた　大岡　信

華《はな》は愛惜《あいじやく》に散り　草は棄嫌《きけん》に生《お》ふるのみなり　道《どう》元《げん》

『正法眼蔵』「現成（げんじょう）公案」の巻。「曠古（こうこ）の大文章」などということがある。古えを空しくさせる、つまり空前のという意味。滅多にそんな文章はないが、『正法眼蔵』は日本語の全歴史中、その稀れな例だろう。難解ではあるが、魅惑する。「花はいくら惜しんでも散る。草はいくら嫌がってもはびこる」。口調は凜(りん)として強く、昨今の日本までも言い当てている。

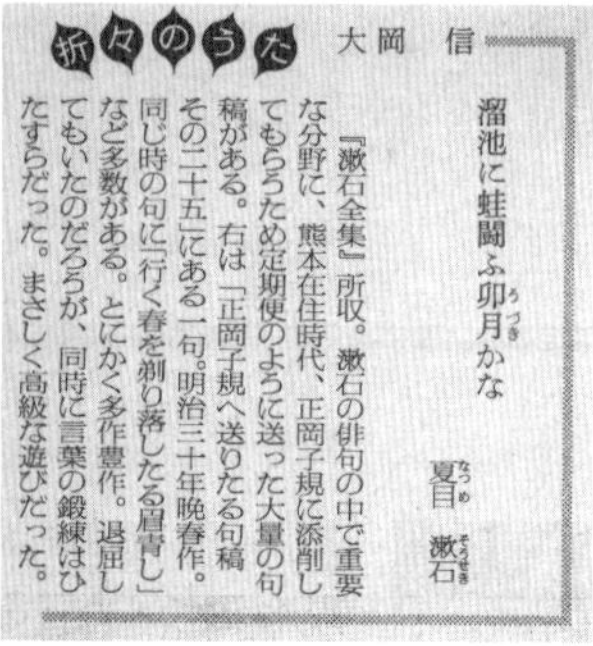

折々のうた　大岡　信

溜池に蛙闘ふ卯月《うづき》かな　夏目《なつめ》　漱石《そうせき》

『漱石全集』所収。漱石の俳句の中で重要な分野に、熊本在住時代、正岡子規に添削してもらうため定期便のように送った大量の句稿がある。右は「正岡子規へ送りたる句稿その二十五」にある一句。明治三十年晩春作。同じ時の句に「行く春を剃り落したる眉青し」など多数がある。とにかく多作豊作。退屈してもいたのだろうが、同時に言葉の鍛練はひたすらだった。まさしく高級な遊びだった。

「折々のうた」掲載紙面
読者手製の豆本から
右：1994年4月30日
左：1996年5月1日　＊

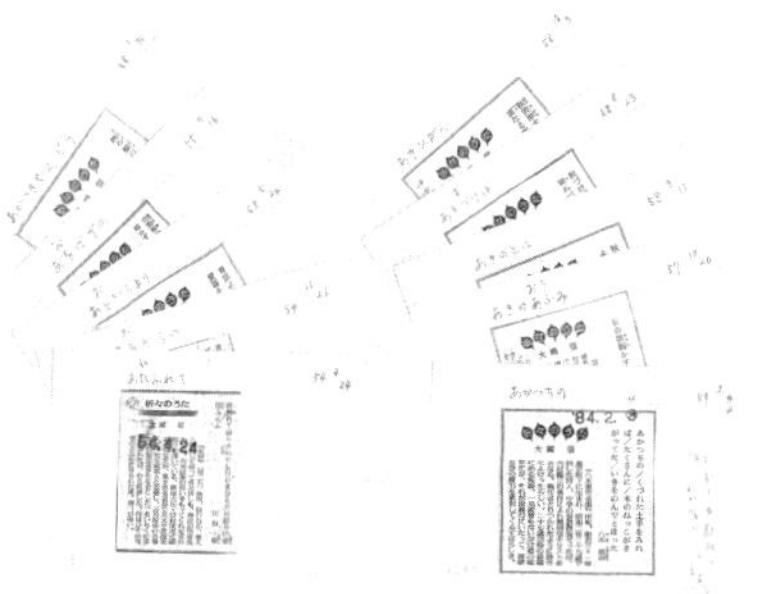

「折々のうた」チェックカード　取り上げる詩歌の重複を避けるため編集者が既出の紙面コピーに見出しを付けチェックしていた。＊

左下：中村謙あて書簡　2007年3月30日　最終回の紙面コピーを確認した大岡が、朝日新聞社の担当者だった中村に謝意を伝えている。＊

右下：『新 折々のうた』4（1998年10月　岩波書店）のための手入れ原稿　読者の指摘をうけて同年2月7日の掲載紙面に大幅な加筆訂正をしている。江戸時代の俳諧付句集『武玉川』から「目へ乳をさす引越の中」を取り上げた回。＊

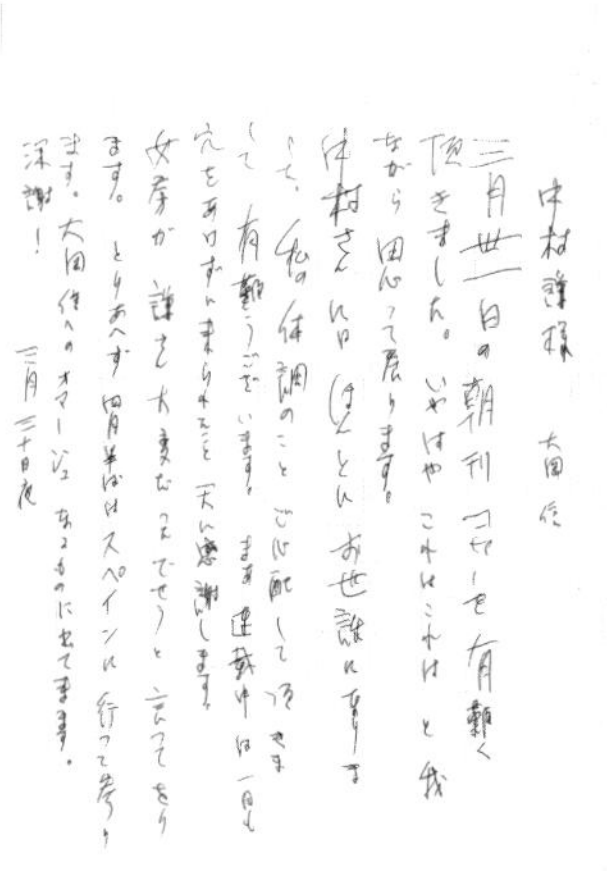

中村謙様　大岡信

三月卅一日の朝刊コピーを有難く頂きました。いやはやこれはこれはと我ながら思って居ります。中村さんにはほんとにお世話になりまして、私の体調のことご心配して頂きまして有難うございます。ます連載中は一日も穴をあけずにすませられたこと大いに感謝します。女房が謙さん大変だったでしょうと言っております。とりあえず四月半ばはスペインに行って参ります。大岡信へのオマージュなるものに出てきます。深謝！

三月三十日夜

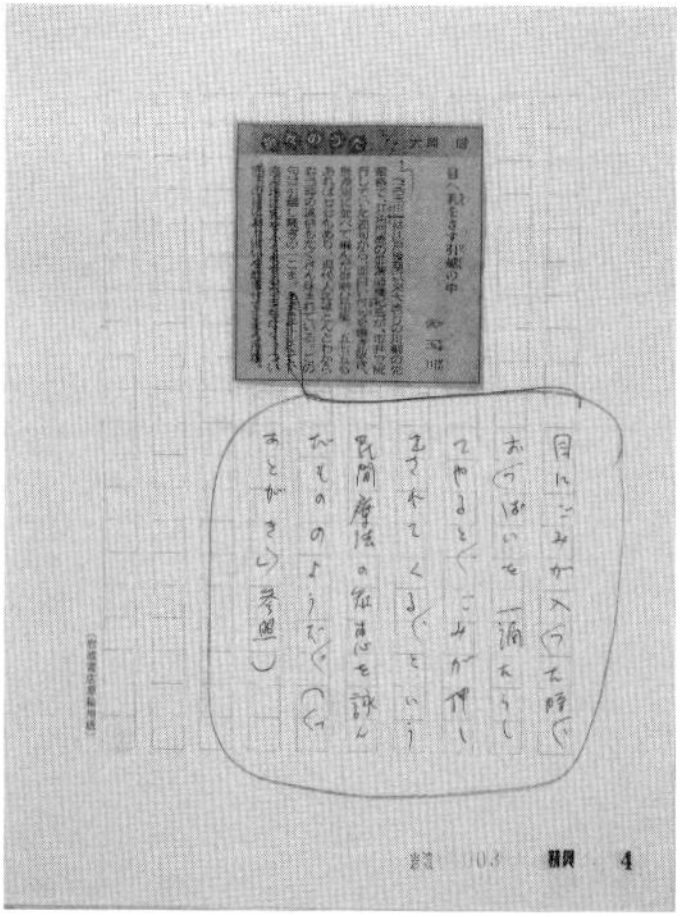

詩歌の面白さ

なぜ『万葉集』が大事か。大岡の答えは「そりゃ、何たって面白いからです」だった。現代詩人の立場から古典詩歌を探究した大岡は、その魅力を親しみやすく、感性に従って自由に語りはじめる。また、文法に忠実であるより、詩歌の魅力を伝えることに重点を置き、多くの古典詩歌の「現代詩訳」にも注力した。

言葉について考え続け、古典から学び、古典に親しんだ経験は編集者を前に語りかけた本『日本語の豊かな使い手になるために』(一九八四年七月　太郎次郎社)、『あなたに語る日本文学史』にも結実した。

『ことばの力』 1978年10月、『詩とことば』 1980年10月　花神社　装幀：大岡　言葉についての論考などを収録。講演を元に加筆した「言葉の力」は中学、高校の教科書に広く採用されている。

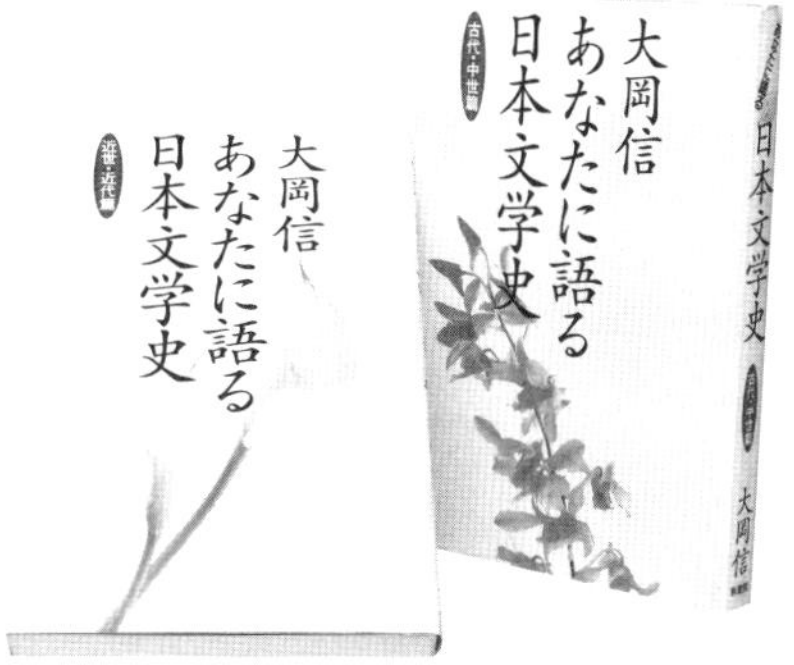

『あなたに語る日本文学史』古代・中世篇、近世・近代篇　1995年4月　新書館　「日本文学の基本線は詩歌」というテーマのもと、何が面白いか、なぜ面白いのかに集中して語った。

言葉の一語一語は、桜の花びら一枚一枚だと言っていい。一見したところぜんぜん別の色をしているが、しかしほんとうは全身でその花びらの色を生み出している大きな幹、それを、その一語一語の花びらが背後に背負っているのである。そういうことを念頭におきながら、言葉というものを考える必要があるのではなかろうか。そういう態度をもって言葉の中で生きていこうとするとき、一語一語のささやかな言葉の、ささやかさそのものの大きな意味が実感されてくるのではなかろうか。

——「言葉の力」（『ことばの力』から）

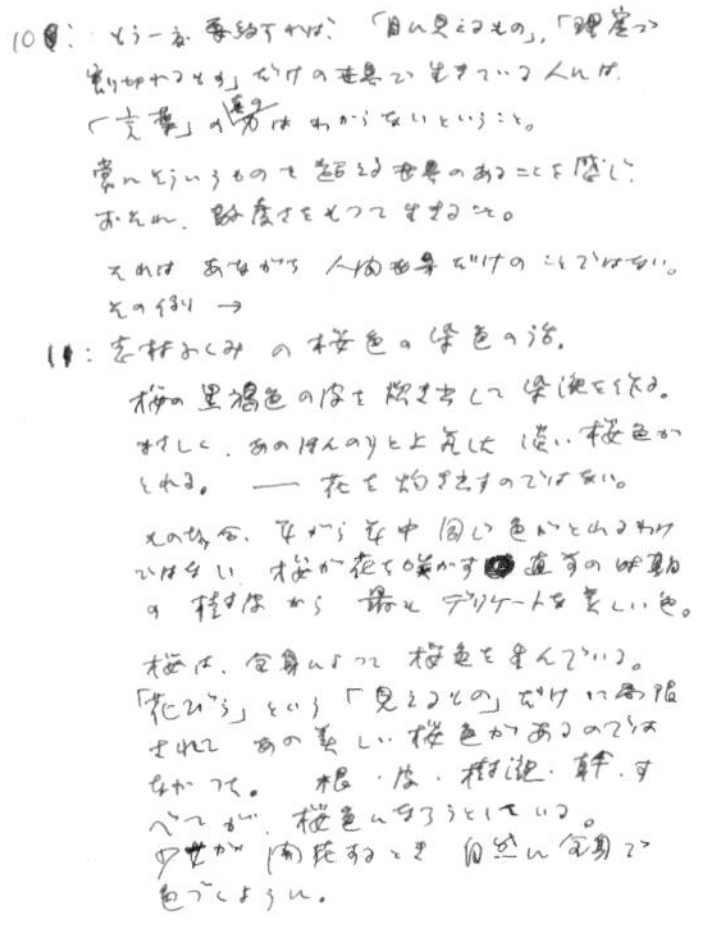

「言葉の力」講演メモ　1977年9月講演　言葉とそれを発する人の関係を桜の花びらと幹に例えている。＊

春は爛《た》け　我にかえって眺《なが》めやれば
花はもう盛りをすぎ　色あせてしまった
ああ　この長雨《ながめ》を眺めつくし
思いに屈していたあいだに　月日は過ぎ
花はむなしくあせてしまった　そして私も

——「小野小町」（『百人一首』講談社文庫）から

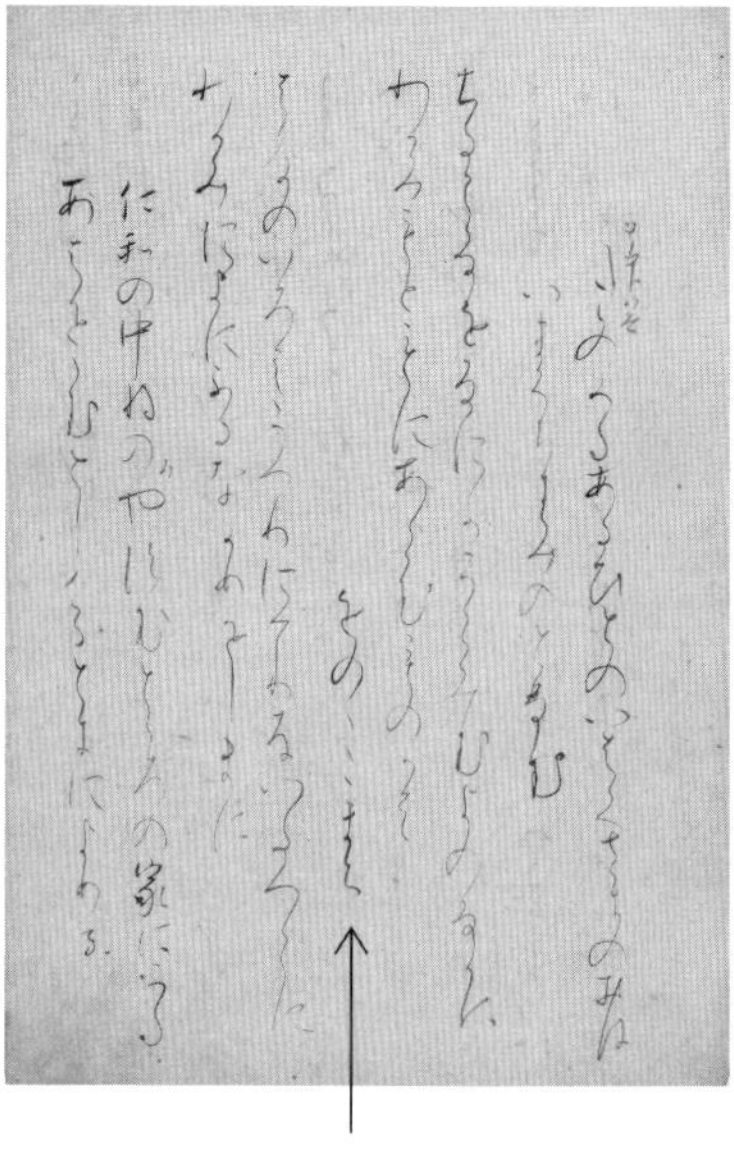

重要文化財 伝・紀貫之筆『古今和歌集』巻第2、第4断簡〈亀山切〉（参考図版）　小野小町「はなのいろはうつりにけりないたづらにわがみ（に）よにふるながめせしまに」の部分。原資料所蔵、画像提供：九州国立博物館　撮影：山﨑信一

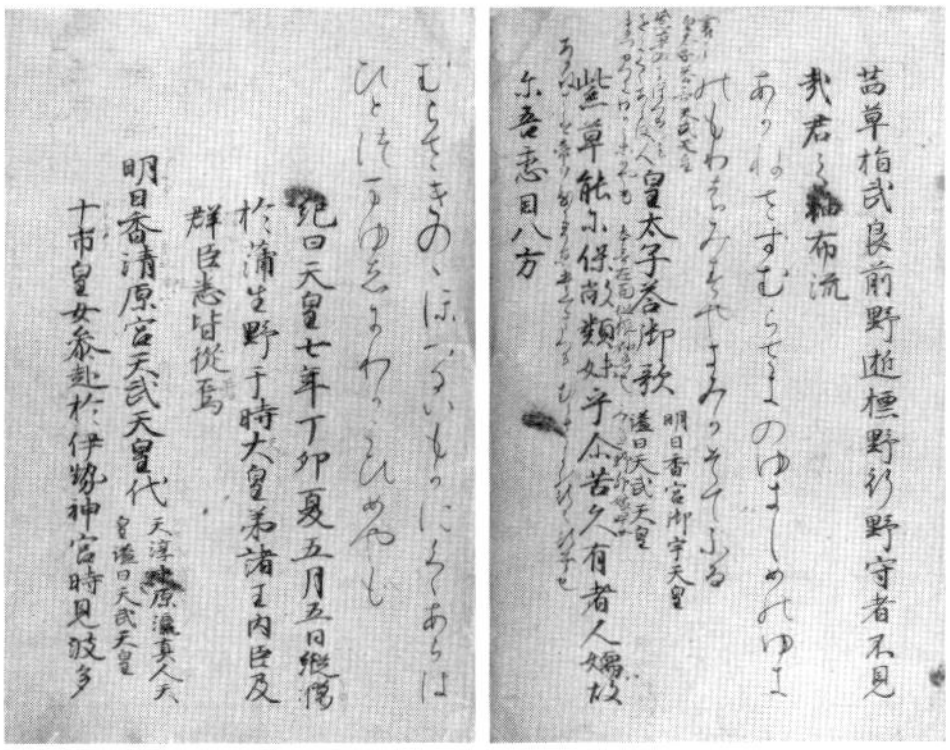

国宝『元暦《げんりゃく》校本万葉集』古河本1巻（参考図版） 万葉仮名と読み下しの仮名が併記されている。蒲生野での行楽を兼ねた宮廷行事・薬狩のときに詠んだ額田《ぬかたの》王《おおきみ》と大海人皇子《おおあまのみこ》の歌。東京国立博物館蔵
Image: TNM Image Archives

アカネサス紫野を行き、御料地の標野《しめの》を行き、なんと大胆なことをなさるの、野の番人は見とがめないでしょうか、私に袖を振るあなたを。

（額田王）

紫草の根で染めた紫の色、それほどにも美しく照り映える女よ、もしあなたを厭わしく思うなら、人妻であるのを知りながら、どうして私があえて恋することなどあろうか。

（大海人皇子）

※カタカナ表記は枕詞

……これは衆人環視の場で唱和された恋の歌でした。立ち入って考えてみれば、そのような心浮き立つ宴の場だったからこそ、歌の主題が秘密めいた恋であることが重要だったのです。

（中略）

……二人の元愛人が、実は今でもひょっとしたらひそかに思い合っているのではないか、座興風な恋歌に紛れこませて、その真情が吐露されているのではないか、などと疑ってみることもできたはずです。

——『私の万葉集』から

『私の万葉集』1–5　1993–1998年　講談社　表紙画：琳派の四季草花図　装幀：杉浦康平、赤崎正一

終章

伝え、結ぶ

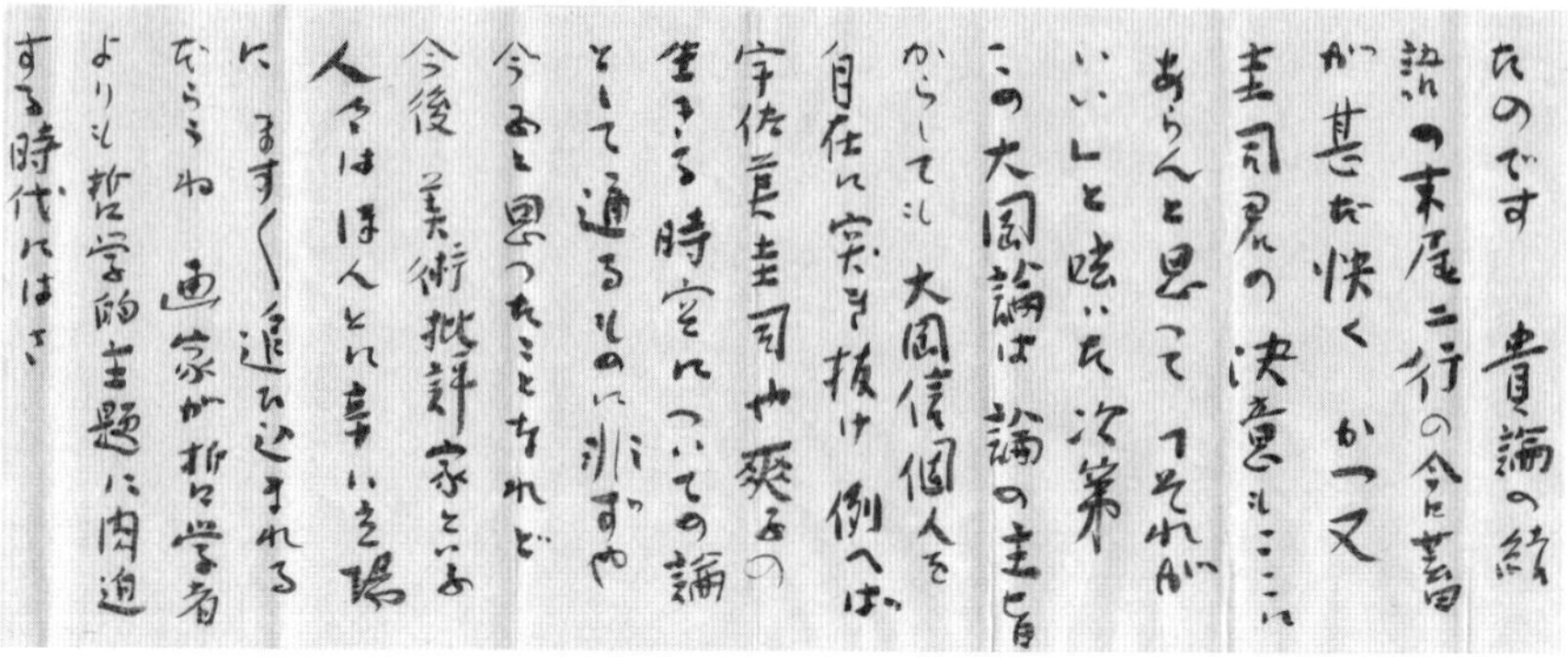
たのです　貴論の結
語の末尾二行の含蓄
が甚だ快く　かつ又
圭司君の決意ここに
あらんと思って　それが
いいんだと呟いた次第
この大岡論は　論の主旨
からして　大岡信個人を
自在に突き抜け　例へば
宇佐美圭司や爽子の
生きる時空についての論
として通るものに非ずや
今ふと思ったことなれど
今後　美術批評家といふ
人々はほんとに辛い立場
にますく追ひ込まれる
ならうね　画家が哲学者
よりも哲学的主題に肉迫
する時代にはさ

宇佐美圭司あて書簡（部分）　1980年12月6日　宇佐美の大岡論「大岡信　架橋する精神」（140頁参照）への感謝を伝える。大岡論でありながら、立ち返って宇佐美ら、これからを生きる人びとにも通ずると評している。＊

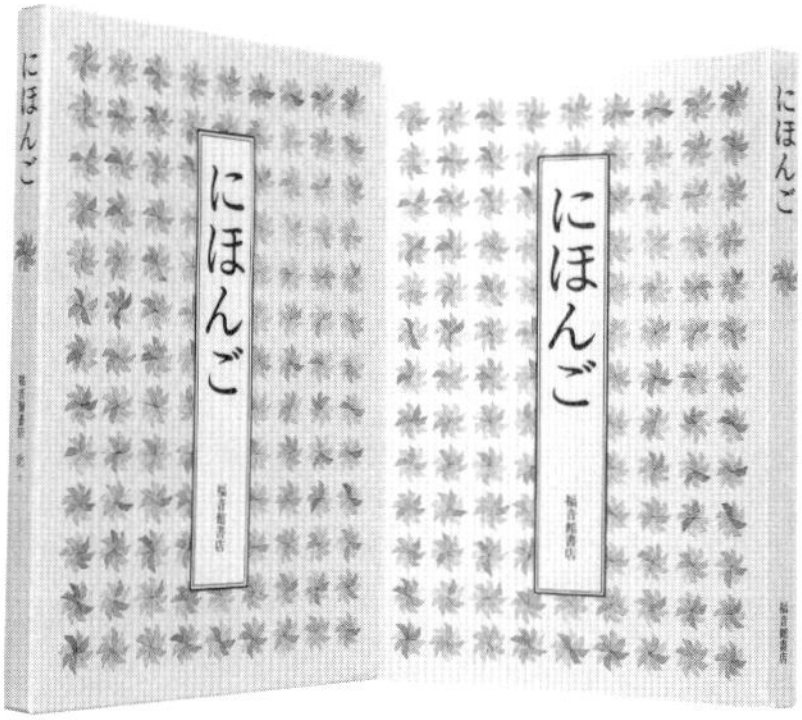

安野光雅、大岡、谷川俊太郎、松居直『にほんご』　2021年3月　61刷（初刷は1979年11月）　福音館書店　装丁、挿絵：安野　写真：本橋成一　小学1年生の国語の教科書を想定し、ひとつの提案として刊行。「にほんご」を通して他者、異文化との関わりを築くためにどうするかを追究した。

大岡編『星の林に月の船』　2005年6月　岩波書店　さし絵：柴田美佳　タイトルは柿本人麻呂「天《あめ》の海に雲の波立ち月の船星の林に漕《こ》ぎ隠る見ゆ」から。『万葉集』から現代までの定型詩のなかから小中学生むけに唱えやすい作品を集めた。詩歌を読む楽しみは「ことばの世界への探検旅行」だと伝える。

大岡信フォーラムで　若い世代に語りかける会として会員を募り、2002年4月から2009年3月まで概ね月例で開催。毎回テーマとする蔵書や、詩稿、収集した美術品などを会場に持ち込み、参加者が間近で見られるように配慮した。写真は2003年1月から3月にかけて連詩について語ったときのもの。背景には1999年にベルリンで巻いた連詩を掲示している。

大岡信賞

朝日新聞社主催（第五回までは明治大学と共催）
時代や社会を貫く力をもった広い意味の「うた」を生み出すことで、新たな芸術表現を開拓した個人または団体に贈られる。

第一回（二〇一九）佐々木幹郎（詩人）
巻上公一（ミュージシャン）
第二回（二〇二〇）岬多可子（詩人）
第三回（二〇二一）小島ゆかり（歌人）
第四回（二〇二二）野村喜和夫（詩人）
第五回（二〇二三）荒川洋治（現代詩作家）
第六回（二〇二四）新井高子（詩人）

「大岡信研究」創刊号　2015年10月
表紙写真：相澤實　大岡信フォーラムを引き継いで2014年9月に発足した大岡信研究会の会報。大岡の業績研究と次世代への継承を掲げ、年3回の講演会の記録、大岡資料の調査、翻刻などを掲載する。年1回発行。＊

詩篇・評論

初秋午前五時白い器の前にたたずみ
谷川俊太郎を思つてうたふ述懐の唄

大岡信

鶏《とり》なくこゑす　目ヱ覚ませ

死ぬときは
たいていの人が
まだ早すぎると嘆いて死ぬよね

《まだ早すぎる！
《死にとない！

ふしぎなこと
そんなに地上が楽しかつたか？
生きやすかつたか？

謎のなかの謎とはこれ

汗の穴まで
苦しみと呪ひをまぶし
こんがりと讒謗阿諛《ざんぼうあゆ》の天火《てんぴ》のなかで
おのが一身焼きに焼き
はてに仕上がる
舌もしびれる毒の美果
これはこれ
物かく男の肉だんご

たれゆゑにみだれそめにし玉の緒は
似るも妬けるもありはしない
一皮剝げば二目と見られぬ妄執のヒトデ
煮ても焼いても試し食ひなどできぬわサ
親兄弟の沈黙を笞《しもと》と感じ

白い器の眼を恐れ
たたずんでゐる夜明け
鶏《とり》なくころす　目ェ覚ませ

君のことなら
何度でも語れると思ふよ　おれは
どんなに醜くゆがんだ日にも
君のうたを眼で逐ふと
涼しい穴がぽかりとあいた
牧草地の雨が
糞《ふん》を静かに洗ふのが君のうたさ

おれは涼しい穴を抜けて
イツスンサキハ闇ダ　といふ
君の思想の呟きの泡を

ぱちんぷちんとつぶしながら
気がつくと　雲のへりに坐つてゐるのだ
坊さんめいた君のきれいな後頭部を
なつかしく見つめてゐるのだ
ぱちん……
ぱちん……

粒だつた喜びと哀しみの
この感覚を君にうまく伝へることはできまい
どんなに小さなものについても
語り尽くすことはできない
沈黙の中味は
すべて言葉

だからおれは
君のことなら何度でも語れると思ふ

人間のうちなる波への
たえまない接近も
星雲への距離を少しもちぢめやしないが
おとし穴ならいつぱいあるさ
墜落する気絶のときを
はかるのがおれの批評　おれの遊び

こんなに近くてこんなに遠い存在を
おれたちはみな
家族と呼び
友と呼び
牧草地の雨に濡れる糞《ふん》のやうに
新鮮でありたいと願ふ

死ぬときは
たいていの人が

まだ早すぎると嘆いて死ぬよね
君はどうかな?
おれは?

見おろせば臍の顔さへ
隆起のむかうに没して見えぬ
はみ出し多く恥多き肉のおだんご
それでもなほ　あと幾十年
しつとりと蒸しこんがりと焦がして欲しと
肉は言ふ　肉は叫ぶ
謎のなかの謎とはこれ

人生では
否定的要素だけが
生のうまみを醱酵させる
とてもまつたく言ひたげに

信《しん》・アンドロメーダ　見ーえた？
俊《しゅん》・あんたのめだま　見ーえた！

《どんなに小さなものについても……すべて言葉》まで四行、
谷川俊太郎「anonym　4」より。

『悲歌と祝祷』（一九七六年一一月　青土社）

微醺をおびて

谷川俊太郎

おおおかぁ
おれたちいなくなっちゃうんだろうか
晩春の丘のてっぺんから
やわらかい水平線に目をほそめた日も
日めくりと一緒に屑篭に捨てられたんだろうか

おれたちの心の中では
目に見えなかったアンドロメダ
耳に聞こえなかった沈黙
手でさわれなかったおとし穴が
ことばの胞衣に包まれて寝息を立てている

おおおかぁ
早すぎるとはもう思わない
でもおれたち二人の肉だんごもいつかは
おとなしくことばと活字に化してしまうのかな
イッスンサキノ闇に墜落するだけなのかな

そんなこたぁないとおれは思う
鬱蒼と茂る君のことばの森の木々も下草も
比喩の土壌に根を張りうたの空へと伸び上がる
君のことばを読んで君の声を聞きとることで
少女らはにんげんは犬猫も君を味わい君を生きる

おれはまた君と連詩で遊び呆けたい
とりあえずアクロスティックの発詩をひとつ

おおきなおかにのぼろうよ
おおきなうみをみていると
おおきなきもちになれるから
かぜにふかれてわらってる
まことくんもみえてくる
ことばのくにをあとにして
ときのかなたをめざすのか

谷川俊太郎編　大岡信詩集『丘のうなじ』
（二〇一五年六月　童話屋）

大岡信　架橋する精神

宇佐美圭司

『大岡信の最近の詩集「春　少女に」はいい詩集であろうか』

『すばらしい詩集だ』

　肯定と疑問の間にひろがる距離。

　そこに私が居る、私は簡単には肯定を語ってしまえない自分を見いだす。資格の問題ではない、私は作品に対しながら、作品のつくり手としてそれらを読もうとする。おおげさに言えば、その問いと答えの間には、私の生きていくことのすべてが託されており、生の曖昧な領域の呼吸がひろがる距離を波打たせている。

　自分の作品について、誰かが『いいですね』という。『どうも有難う』と答える気持にいつわりはない。としても、『それはまたどうしてなのだ』という疑問の波がすぐ追いうちをかける。明らかに私は自分の作品のなかで躊躇している。しかし、そうしないことがはたして可能か。

　私は形にさわり、色を塗る。一つの形から次の形へ、形をつなぎ、つながぬこととつなぐことの間でとまどい、一気に手の運動にまかせて、つなぐ部分の周囲をうめる。線にそって光が流れ、あるいは線によって混濁したトーンが画面を作品にかえていくだろう。

　一つ一つの選択はついにもう取り返すことができない後ずさりするような感覚を、手にそして精神に残していく。見はてぬ夢のように。

　作品とは常にぶざまなものだ。

　たとえやりとりがうまくいき、高揚感がやってきたとしてもなお、ある無残さが尾を引いている。一つの作品はそこで死産した多くの作品の墓標でもあるのだ。

　エクスタシーはない。エクスタシーとは、ほおむった形を隠し通す努力に対応する言葉に過ぎぬ。私が、『それはいい詩集か』という疑問形のなかで漂っているのは、あるいは大岡信と、あるぶざまさを共有するということであろうか。こんな文章を書いていても、言葉の間で、ある種の力を感じることがある。詩のなかの一つの言葉。生きる言葉の背後でざわめき群なす言葉、一つの言葉と次の言葉の関係がよびよせる新たな言葉の群。

　詩人は一晩考えぬいたのかもしれない。あるいはインキが飛び散って、形がすっと決まるように、なにげない動作の先端に言葉は透明な衣装をまとい、やすやすと出現したかもしれないのだ。

丘のうなじがまるで光つたやうではないか
灌木の葉がいつせいにひるがへつたにすぎないのに

いまだ書かれ、描かれていない白紙は、なににでもかわるだろう。水があふれてもいい。砂漠に巻きあがる砂をガリザリかみしめながら言葉を決めてもいいのだし、形は判別不能なほど砂に埋もれているかもしれない。色が少量のクリムソンレーキによって染まれば、石は柘榴《ざくろ》にかわりもするだろう。落ちていく形がある。

ぼくは殉教できるほど　まつすぐつましく生きてゐない
ひえびえとする臓腑の冬によみがへるのはそのこと

心の中に沈んでいくさまざまな言葉があり形がある、よみがえるそのことは、いつも無残な作品ではないか。

しかもなお作品がいいなら……

もちろんそれはいいのだ。

たとえどのように躊躇しようと、『それがいい』という肯定形のなかでしか主題は語りだせないだろう。とすれば、『それがいい』という能動的な働きかけによってはじめて姿を見せる空間に、待人の、そして私の、また総ての表現行為は賭ける以外に道はなかろう。

大岡信の詩集「春　少女に」のなかで、「保田與重郎ノート」が「うたげと孤心」が、また「紀貫之」や「折々のうた」が……、それら総てが、こだまするのである。

二

詩はアンソロジーとなるとき、その編成によって生まれかわる。

「春　少女に」は全体が2部に分かれており特に一部の十編の詩は一つの統一体をなしているように思える。統一体とは一つの装置であり、内容であるとどうじに内容を支える形式を内包する運動でもある。

詩の内容は次々と相乗され、富豊化するとともに、そこに内容自身が写しだされる場ができあがっていく。

いわば「春　少女に」は個々の詩では想像されえなかった、詩人を写しだすある種の鏡のようなものにかわっていくのだ。

一編の詩は一人の詩人の内面を映したものであったろう。しかし島宇宙のように浮きあがるアンソロジーの構造のなかでは、鏡のようなものは、詩人一人の内面を映すためのものではなくなっている。

声はいつもしじまへ向けて高まつてゆき
地球の外へ落ちていつた

ぼくはひとり　きみのいのちを生きてゐた

ぼくときみは入れ替る。なぜなら生きているのはいのちであり単にぼくではない。すきとおる島宇宙にはぼくをとおしてぼくならざるものが映る。それは詩人の生であり、それ故にきみの生でもあるだろう。大岡信の内面ときみのいのちを媒介するのが詩であるなら、いのちと呼ばれるものは、言葉の力へと移行する。そこでは事物がその近しさをかえ、記憶や歴史が定常的な時の流れから解き放たれうず巻く。

きみがはじめて美しいと自分のからだをみつめたとき
きみの器官に五百年保たれてきた液は騒ぎ
千年むかしの原形質がきみの肉を虚空へひらく
子守唄さへおそろしい飛翔の予感

きみは恋人であり、娘であり、千年むかしの原形質へさえ移りゆく。だからこそ詩人は自信を持ってそれを深瀬サキに捧げたのである（深瀬サキは、大岡夫人）。そこには一見私的に見えて、実は大岡信の、生命の形態をとらええた自負と挑戦がうかがえるであろう。

大岡信は、明らかに個の内面にかかわる、言葉の力に焦点をしぼる。しかし言葉の力を引きだすのが彼個人であってみれば、言葉の力は個としての彼の内面をも反映するだろう。

大岡信はいわゆる現代詩を、表現の場と考えることから出発した。現代詩には現代的＝近代的な個が対応しているのであり、それは当然、大岡信自身の近代的な個と言葉のかかわりを表現の場とすることであった。「そのとき　きみに出会つた」で彼は次のように待っている。

とどろきの声が消えると
踏みしめてゐた階段はすでになかつた
見まはせばはるか下にシリウスが
見あげる海には深海魚の髭……

「とべ！　愚かなやつ！」
ぼくはころんだ　まつくらくらへ

すると　見よ　ぼくの足は震へながら
踏みしめてゐた　新しいもう一枚の板きれを

時のうずまきは、見まわせばはるか下にシリウスが見えるほど宇宙を相対比して事物のヒエラルキーを消し去る。そして詩人は個に対応する現代詩の階段がすでに消えていることを自覚するのだ。詩人の出会った少女はさけぶ、「とべ！　愚かなやつ！」と。彼を、まっくらくらのなかで支えた一枚の板きれとは、日本語という、とほうもない少女の肉体であったのだ。

近代的な個と訣別をくわだてる大岡信は、その一枚の板きれを震へながら踏みしめたのである。

日本語を主題の位置におしあげることで、大岡信はどのように個でなくなりえるだろう。それはすでに「春　少女に」のなかに書きこまれてあるか。

もちろん書きこまれてあるだろう。きみとぼくが置換され、きみが少女へ、恋人へ、千年の原形質へ、そして日本語へと移行する言葉の力は「飛翔の予感」を語るだろう。

しかしいったい、個にかわるものはなにか、個の成立をささえた近代社会の空間構造にかわりえるものはなにか、大岡信において全体と個、国家と個にかわる、「うたげと孤心」が日本語という現場で語られ論究される必然性が生れるのである。

三

〈すぐれた個人であれ〉という要請に対抗しえるどんな表現があるだろうか。

人はそれぞれすぐれた資質を持っており、その持ち味を充分に発揮し、それぞれの道で人よりすぐれた業績をあげることを良しとされる。詩人にしろ画家にしろ芸術家は特異な資質を生かす個の代表的な存在だろう。そのもっとも成功した例を、私たちは天才と呼ぶ。日本において〈すぐれた個人〉というような考えかたが普遍的に思えるようになるのは、明治の立身出世主義以後のことであろうか。たかだか一〇〇年にしか過ぎぬ習慣とはいえ私たちは小さい頃から、〈すぐれた個人であれ〉という強い要請のなかで生きてきた。

個という概念が成立している社会では、個はすぐれることによってより強く全体との関係を結びえる遠近法的布置のなかにある。

例えば街を歩いていたり、混みあう電車にゆられていると、個ではないというういかなる発想もうそに思え、個である以上、だめな個であるよりも、すぐれた個であるべきだと、街の看板が、電車の広告がささやくだろう。

しかし私たちはすぐれた個にかわる表現を見い出さねばならないのだ、しかもそうすることがすぐれた個として現象するという絶対的な矛盾のなかで。

大岡信は、個の圧倒的な潮流のなかに身を任せながら、詩作することによって、個の向こう側への飛翔を試みようとする。現代詩を成立させていた個のもろもろの特異性が現象学的に還元される必要があろう。日本語が浮上する。

日本語が現実の個をささえると同時に、個をつくりだしたものとは別の体系をなしているのが観察されよう。それは大海に漂う一枚の板きれではない。しかし彼は自分の足場が一枚の板きれであることを意識している。私の辞書には回帰という言葉がない、といい切るように。彼は静態的に日本語の過去に遡行するのではなく、日本語が現実の個の意識と接点を持つ地点に詩人として立つ。そしてそこで震えながら一枚の板きれに乗り曲芸師となるのである。板きれとは現代詩として結晶する日本語に他なるまい。

孤心のイメージは日本語の全歴史のなかに彼が現代詩を位置づけるとき浮かびあがる。

それは当然現代詩を表現の場にした大岡信自身の孤立感の表現でもあったにちがいない。

「うたげと孤心」はそれ故に彼には「すぐれた個人であれ」という変革不能に思われる命題に対するアンチテーゼであり、近代の超克を生きる主題であったのである。

「共同幻想論」「言語にとって美とはなにか」を書いた吉本隆明もまた大岡信と同様、現代詩を抱えていた。私は二人の仕事が水と油のように見えながら、実はかなりの共通部分を持っているのではないかと秘かに思っている。

「うたげと孤心」の序で、彼はうたげを次のように要約している。

『「うたげ」という言葉は、掌を拍上《うちあ》げること、酒宴の際に手をたたくことだと辞書は言う。笑いの共有、心の感合。二人以上の人間が団欒して生みだすものが「うたげ」である。私はこの言葉を、酒宴の場から、文芸創造の場へ移して、日本文学の中に認められる独特な詩歌制作のあり方、批評のあり方について考えてみようと思う。』

うたげは創造の場であり、孤心とはうたげを前提として成立するいわば個にかかわる概念である。しかし大岡信自身の孤心に対するうたげは未だ見い出されていない。古典詩歌に結晶する日本語が現実の彼にとってのうたげであれば彼はたやすくそこに回帰するだろう。孤心によって、うたげこそが見い出されねばならない、孤心とうたげのこの倒立関係が、大岡信の詩を苦しい試行にするだろう。

三島由紀夫が回帰としてのうたげの主題を語って自殺してからもう十年になる。それは主題の喪失の時代にあって、主題の喪失を主題としえない表現者に大きな衝撃を与えた。しかし大岡信は、その同じ現象をすでに三島事件を遡る十年も以前に、「保田與重郎ノート」として書いてしまっていたのである。二十七歳の大岡信は三島自決のプログラムを、日本的美意識の構造試論として論じ、自らの困難な立場への決意を表明していたのであった。

彼はうたげへの飛翔の予感として詩人であり続けるだろう、そしてますますうたげとしての日本語を伝統文芸の中で論じもするだろう。

私はそのような両極にひきさかれて生きる精神を「架橋する精神」と呼びたい。

架橋するとは、「詩への架橋」という言葉が示すように、現代詩を私たちの日常の言葉に架橋するだけではなく、本質的には個と架空のうたげを架橋する精神であり、個と孤を架橋する精神なのである。

（「現代思想」一九八〇年一二月号）

大岡信の背中、そしてこれから

『あなたに語る日本文学史』を読む

五味文彦

一

大岡信は日本文学史を語るにあたり、散文による文学史の流れよりは、詩による流れによるほうがよく説明できるといい、それは「ことばが、すべてを生み出している」「そのことばのエッセンスが歌」だからであるとする。

そのため正岡子規の『万葉集』を高く評価する見方には賛意を表しつつも、『古今和歌集』に対するその低い評価には従わず、勅撰和歌集の編集にも留意すべきであるとして『万葉集』に始まり、正岡子規の俳句、尾崎紅葉の句までを語ってゆく。

万葉集ではまず枕詞や序詞や左注をとりあげる。枕詞については、たとえば「ぬばたまの」とはじまるだけで、歌のイメージが浮かんでくるものであり、その内容を特に問題にする必要ないのであるといい、序詞や左注は後世のものであり、事実を語るものとは言えないという。まさにその通りである。

続いて柿本人麻呂をとりあげ、『万葉集』が『柿本人麻呂歌集』に多く依存しており、その歌に秀作が多いことを記すなか、大岡自身が歌に接した体験を語る。たまたま父の本棚にあった『新古今和歌集』を見つけ、藤原定家の「春の夜の夢の浮橋とだえして峰に別るる横雲の空」の上の句・下の句が異質な要素の重なり合いで一首の歌になることに感心し、象徴主義の日本の先駆者であろうとみた。続いて『万葉集』の磐姫大后《いわのひめのおおきさき》の「秋の田の　穂の上に霧らふ　朝霞　いつへの方に　我《あ》が恋やまむ」をとりあげ、作者は磐姫大后とあっても、それは伝承であり、農民の女が田圃で詠んだ歌とみて、その風景を上の句で表現し、下の句でいきなり嘆きになる、と解釈、民謡のすばらしさがそこにあるといい、この流れは『梁塵秘抄』や『閑吟集』に受け継がれてゆくと見る。

若い人に向けて、古典を読んでいる時間はないという気持ちはよくわかる。古典はいまだに動いており、読めば読むほど揺らぎが生じるのが古典であって、それが魅力である。教わる事だけに満足していては駄目で、学校で教わる時には眉に唾つけて聞いていなければいけない時だってある、また学者の解釈によるより、自分で読んでイメージを思うことが大事とする。まさにその通りであって、私自身の解釈も研究者の解説を見はするが、自分のイメージを重視している。

二

『万葉集』の編集について見ると、編者とされる大伴家持の父旅人は、台頭する藤原氏の勢力におされる憂鬱な心情から大宰府で歌会を開いた。令和の年号の出典になった歌会であるが、その時に真面目な山上憶良は「春されば　まづ咲くやどの　梅の花　ひとつ見つつや　春日暮らさむ」と、旅人の心によりて詠み、旅人は「我が園に　梅の花散る　ひさかたの　天より雪の　流れ来るかも」と詠み、中国の宴にならっての我が国最初の和歌の宴を開いたことをもって、それが歌合、連歌、連句と後の人に影響を及ぼした。

大岡は政治の敗者はアンソロジーに生きる、と『万葉集』を捉え、大伴の家の歌を紹介してゆき、『古今和歌集』の紀氏や在原氏などの歌をも敗者たちの文学として捉える。『古今和歌集』は整然と部類分けした勅撰和歌集であって、「平安文化の表と裏」を表現し、政治・社会・自然などを歌人たちがいかに詠んだかを記し、続いて『古今和歌六帖』については、四千余首、何百人ばかりの歌を集め、題を部類した類題集のアンソロジー、歌人たちの「アンチョコ」であろうと見る。『古今和歌六帖』に多くの研究者は注目してこなかったが、触れているのは慧眼である。

『伊勢物語』『大和物語』の歌物語については「奇想の天才源順」の著作や面白い和歌を紹介し、その和歌に響き合う歌物語のエッセンスを紹介するとともに、清少納言や紫式部の歌に言及する。源順といえば「万葉集」の解釈で知られているが、それに触れないのは興味深い。建礼門院右京大夫と後深草院二条の歌を「女たちの中世」として紹介する。女房歌人は他にも多くいたが、この二人をあげたのは、院政期と鎌倉後期の女房歌人の代表とみてのことであろう。

『新古今和歌集』からは俊成・西行・定家の三人を選んで「男たちの中世」の歌とし、女たちの中世と対照させてその歌を考察、俊成の無常観に『千載和歌集』の無常観をかかりあわせ、俊成・西行の恋の歌を後鳥羽上皇が『新古今和歌集』に載せたことに注目し、定家を新しい歌の水先案内人と捉え、各歌人の歌を読み解いたうえで、この時期から歌が読みあげられるようになり、歌は声とともにあった、と指摘する。

『梁塵秘抄』については「歌謡によって結びつく社会」「世俗歌謡の面白さ」を示す今様が多くあり、「歌謡の本質的な面白さ」があると説いて、近代に公刊されたことで文学に大きな影響を与えた。歌謡という面から『閑吟集』に触れ、その小唄を「風俗の万華鏡」として紹介、その流れから隆達節、芭蕉の連句・俳句、川柳、江戸末期の民謡、明治の愛国思想の唱歌、童謡へとつながってゆくとする。

連歌は、『万葉集』のなかの問答形式の歌や、『大和物語』の歌にはじまり、後鳥羽上皇の有心・無心の連歌で本格化、南北朝期になって二条良基は連歌師の救済の協力を得て、連歌の形式を整え、その編んだ『菟玖波集』が準勅撰連歌集とされたが、その後、衰退するも応仁の乱後の宗祇が『新撰菟玖波集』で大成、芭蕉はそれまで百韻であった連歌を三十六韻の形式とした。

江戸期になって連歌と関わりの深い連句が誕生、連歌が横に長く流れる大河であり、連句は縦に波が上下して荒々しい。会席は二人以上十人でもよいとし、連歌の会席の面白さを縷々語って、近代の幸田露伴や芥川龍之介の芭蕉論を記し、西鶴らの矢数俳諧に及ぶ。最後に正岡子規の俳句や尾崎紅葉の句の神髄を写生と捉え、河東碧梧桐による自由律俳句の流れ、子規による俳諧の技術に及び、和歌から短歌へ流れについて語って終わる。

本書は古代から現代までの詩の流れを、多くの作品や歌人のあり方を若い人に向けて語ったもので、その際に自分の体験や諸外国の詩との関係にも留意、その知識を縦横無尽に披瀝し、私たちの言葉すべて「歌」から始まったとする。

（ごみ・ふみひこ／歴史学者）

連詩の楽しみ、苦しみ

高橋順子

大岡信さんが連詩の座に誘ってくださったのは三度。一九九二年、『折々のうた』（岩波新書）十冊刊行記念の興行が最初で、私は連詩初体験。青土社という出版社で私は大岡さんの担当編集者だったので、気心が知れていたから誘ってくださったのだろう。

大岡さんが安東次男・丸谷才一氏らと巻いた歌仙（三十六句形式の連句）がすごく面白くて、見よう見まねで同僚たちと、退職してからは「歴程」の詩人たちと、規則もろくに知らずに歌仙を巻いていたので、大岡さんや谷川俊太郎さんの連詩という発想には感嘆した。

刊行された連詩集は何冊か読んだが、正直なところ困惑した。どうしてこの詩の後に、こんな詩ができるのか、つかみどころのないものが多かった。参加詩人たちの感想のほうが面白かった。だから私も自分の加わった作品がへんてこなものになっているのではないかと思うのだが、仕方がない。

しかし連詩の最中は、詩を書くことに心も頭も集中していられる至福の時間だった。苦吟さえも後で考えれば輝いていた。一人自分の部屋で書いているのと違って、そこには心の対話があり、差し伸べてくれる手があるのだ。

最初の連詩体験は日本人ばかりだったので、はしゃいでいるうちに巻き上がってしまったのだが、外国の人が加わると、そうはいかなくなった。もちろん翻訳者が一人か二人ついて、彼らの働きに負うところが大きかった。彼らがいちばん連詩を楽しみ、苦しんだかもしれない。

一九九三年、ベルリンで四日間の日程で興行したときは、さすがに不安感でいっぱいになった。「私、できるかどうか心配です」と、つい大岡さんに弱音を吐いたところ、「大丈夫だよ」と背中をどんと叩いてくださった。それはありがたくて忘れられない。「外国では宗教的な題材は避けたほうがいい。色も受け取りようがさまざまだから、これも難しい」と教えてくださった。

日本発の文芸としての連詩のルールはないようなものだが、それでも同じような場面がつづいて、停滞することは御法度だ、というようなことは伝えてあったと思うが、ドイツの女性詩人は懐旧談ばかり並べている。大岡さんは何も言わない。注意して座が壊れることを恐れているのだ。

三日目になると彼らは大岡さんのことを「マスター」と呼ぶようになった。その辺りから膠着状態を脱したようだった。

大岡さんは一人、窓ぎわに座り、出来上がった詩を和紙に筆で清書していた。後で分かったことだが、二日目だったかにご母堂の死を知らされたのだった。事務方の人たちにも、このことは会が終わるまで伏せておいてくれるように、と頼んでおいたそうだ。もし知らされたら、四人の連詩はどういうことになったか。先細りはおろか中断もありえただろう。そのときの大岡さんの動かぬ背中を思い出す。

オランダのロッテルダムでは、双方入り混じって作るというのではなく、予め出発前に日本人同士ファックスを送受信して作っておいて、それを詩祭で朗読したのだった。時間の関係だったのかどうか分からない。オランダの詩人たちの連詩は桜を読み込んだりして、配慮を見せてくれた。なんだかおとなしい感じだった。多田智満子さんと私は翌日デルフトの美術館に行こうとしたが、月曜休館だった。大岡さんはずっと憂鬱な感じだったが、少し体がお悪くなっていたか。

（たかはし・じゅんこ／詩人）

大岡信の外国での活動——六〇、七〇年代、そして私の回想

越智淳子

大岡信の外国との関わりおよび外国での活動は長く幅広い。それを短く語るのは難しく、ここでは、一九六三年に大岡信が最初に訪れたパリおよびフランス滞在、七〇年代のいくつかの外遊、そして一九九四年以降の私との個人的な事柄に限ることにしたい。

初めに大岡の語学力について。一高時代は寺田透に熱心に師事し、東大では国文学生ながら仏文学の授業に頻繁に出席した大岡の仏語力は、その時点で仏文科優等生レベルだった。卒業後、読売新聞外報部で仏語を実際的に活用した経験は更に語学力を磨いた。一九六三年、十年いた読売新聞社を退職し、その十月、パリ青年ビエンナーレの詩の部門に参加するためパリに出発した。その時、大岡が瀧口修造から渡されたのが名高いリバティ・パスポートである。当初一ヶ月の予定が四ヶ月に及んだパリ滞在は、日本の文化史上でも、漱石の訪英、鷗外のドイツ遊学に匹敵いや超える成果を大岡および日本の対西洋観にもたらしたと確信する。大岡に託されたビエンナーレ参加の目的は、日本の現代詩人の紹介で、辻井喬、飯島耕一、谷川俊太郎、岩田宏そして自分を、代表して出かける大岡が選んだ。特に彼らの詩の仏訳は大変な作業で、大岡も「大佐とわたし　あるいは　爆弾」の仏訳には多忙な中相当な準備に追われた。『眼・ことば・ヨーロッパ』は、この旅の準備と滞在記である。ビエンナーレで大岡は日本の現代詩について講演し、詩の朗読が流れる間パリ在住の画家菅井汲が、詩の一節を日本語で墨書するパフォーマンスもあった。この後はパリ滞在を楽しみながら、多くのフランスの詩人や画家、知識人等と盛んに対話を重ねた。それら

の対話と大岡自身の思索の結果、大岡はきわめて重要な認識に至った。それは、人はことばの海に生れ落ちる、すなわち大岡は日本語の海に生れ落ちたことを実感するのだ。これはフランス人に仏語力を褒められたことでかえって明確に自覚したという逆説的環境での結論だった。この認識こそが、漱石、鷗外を超える大岡がもたらした本質である。また、現代美術収集家の山村硝子社長の依頼で、大岡は共にハンス・アルプやシャガール等を訪問し購入に協力した。この経験は大岡の美術批評に実体的な力を与えた。一九七六年六月に日本の詩人を代表してオランダ・ロッテルダム国際詩祭へ参加した。翌年は、ポンピドゥーセンター開所式に参加した。こうした個と個の関係が、次々と別の関わりを開いていった。それは大岡が、個別の出会いごとに彼らの深い信頼を自然に獲得していったからだった。

私の回想は、一九九四年秋、コレージュ・ド・フランスでの講義で大岡先生がパリにいることを知った時に始まる。当時在英日本大使館の文化担当官だった私はすぐにロンドンでの講演をお願いした。何しろ予算の関係上、本省から芸術家・文化人の近隣訪問中の機会を活用せよとの指令もあり、先生のパリ滞在の機会を逃してなるものかの一心だった。ロンドン大学での講演は、私が実施できた講演中、最も満たされた内容だった。翌九五年やはりパリにいた先生に私の転任地ノルウェーのオスロ大学での講演をお願いした。後年、深瀬サキ夫人から、オスロで小さな私が先頭に立ち、次に中背の先生、その後を二メートル近い巨漢の運転手が歩く様子を先生が愉快そうに語られたと聞いた時、なんとも懐かしかった。先生のマケドニア金冠賞授賞式にはオスロから休暇を利用して見学した。ハンガリーでは、ご夫妻で私のフラットに滞在され、ブタペスト大学の日本文学専攻生らのために、日本語で講義して頂いた。大岡先生と深瀬サキ夫人に出会えたことで、私はたくさんの人に出会え、文学の広がりを与えられた。大岡先生ご夫妻には心底感謝してもしきれない。

（おち・じゅんこ／大岡信研究会運営委員）

大岡信と「しずおか連詩」

野村喜和夫

「しずおか連詩の会」なるものが存在する。一九九九年、連詩そのものの開拓者である大岡信によって創設された。それまで大岡さんは、海外に出かけて行って、アメリカや欧州のさまざまな詩人たちと連詩創作を行なってきたのだが、それも一段落したかのように、今度は生まれ故郷の静岡で、もう一度仕切り直して、あらたな連詩の歴史を刻もうと企図したのだろう。そのとき、現行のスタイルも決められた。まず、参加詩人は五人。毎年晩秋、三日間の創作で五行詩と三行詩の交代から成る四十篇の連詩を巻き、四日目の公開発表会でそれを披露する。さいわい、大岡さんの幅広い人脈によって、静岡県文化財団と静岡新聞社の共催という強力なバックアップが得られ、日本の文学イベントとしてはほかに類例をみないユニークさと規模を誇っている。

そういう「しずおか連詩の会」に私が関わるようになったのは、二〇〇六年からである。二〇〇九年からは、体調を崩した大岡さんの代わりに捌き手をつとめるようになり、現在に至っている。

さて、そもそも「しずおか連詩」とは、連歌や連句という集団的詩歌制作の伝統を現代詩の詩型に移して受け継ぐべく、複数人で短い詩をリレーのように連ねていく形式で、「現代詩の世界では〈革命的〉に新しい」（谷川俊太郎）。その母胎となったのは、一九七〇年代に、同人誌「櫂」の同人たちによって行われたさまざまな連詩の試みである。それは大岡さんの『連詩の愉しみ』という著作の中で報告されている。

実は海外でも、一九六〇年代末に、オクタビオ・パスやジャック・ルーボーら欧米の著名な詩人たちによる『Renga（連歌）』という共同作品が編まれた。彼らの試みは、個性と独創を重んじる西欧近代的な詩人主体というものに対する根本的な疑義から生じたものだったが、ほかならぬ「連歌」の伝統の国の現代詩人大岡信が、パスらのその試みを引き継ぐように、一九八〇年代になって、繰り返すが、国際的な舞台でつぎつぎと共同詩を制作したのだった。それは『揺れる鏡の夜明け』および『ファザーネン通りの縄ばしご』として書籍化されているが、そこには、翻訳の問題や文化の違いを超えて、詩作をともにする悦びの波動が、複数の署名のあいだをまぎれもなくうねっている。

「しずおか連詩」に戻って、それはいわばひとつの生命体であり、「往きて還らぬ」その不可逆性と、千変万化にさらされた言葉の運動の非予見性とを最大の特徴としている。連衆ひとりひとりの側からすれば、他者の詩句を自分の言語感覚とイマジネーションのなかにくぐらせたのち、数行の言葉の小宇宙にしてまた他者に送り出す。もっと言ってしまえば、他者の詩句に、からっぽの待機状態からすみやかに反応しようとすると、もちろんプレッシャーはかかるが、同時に、不思議に自己がひらかれ、自分ひとりでは思いもよらなかったような言葉やイメージが飛び出してくる。それは個人の創作では絶対に経験できないことである。そういう連詩の醍醐味を私は、大岡さんから伝授されたということになる。

今後も大岡さんの遺志を継いで、「しずおか連詩の会」は続くだろう。大岡信の古典詩歌論の名著『うたげと孤心』のタイトルを借りていうなら、「うたげ」と「孤心」との相互的な渉り合いの機微こそが連詩である。私は他者に占領され、別様の私となり、そのようなものとして今度は他者に乗り移る。自己とはそもそも複数的であり、複数的であることはまた、より深められた自己にほかならない。「うたげ」のなかに「孤心」があり、「孤心」のなかに「うたげ」があるのだ。

（のむら・きわお／詩人）

共鳴が始まる

蜂飼耳

大岡信の詩の中で、とくに好きな作品として「水底吹笛」を挙げたい。「ひめますのまあるいひとみをみつめながら／ひとときのみどりのゆめをすなにうつし／ひようひようとふえをふかうよ／くちびるをさあをにぬらしふえをふかうよ」。水底の砂、ひめますの影、水草のゆらぎ、夢と望み。淀みのない音と、のびのびとしたテンポが、水にまつわるひとときの幻想を映し出す。そのタイトルにおいても、引用した箇所の行頭でも、子音の重なりがこまやかに響いて、作者の聴覚と視覚を感じさせる。謡うわけではなくとも、そのすぐ手前まで、ぐっとせり出していくような感覚がある。水音や影と重なって、笛の音も細くまた高く、聴こえてくる。

詩作品と批評の双方から詩を考え、詩の構図を描き出すこと。大岡信が生涯を通じてなした仕事の核心部分は、そうしたものだったといえるだろう。この詩人において批評と詩は高度にまざり合い、他に類のない一人の作者を形成していることは明らかだ。

「丘のうなじ」や「春　少女に」などの詩作品を読む一方で『現代詩試論』や『紀貫之』などの批評を読めばよく、それらが合わさるときに浮上する可能性にこそ独自の世界が見られる。著作のテーマや方向性に幅があるので、そのうちのどれに触れるかによって、またどういう組み合わせで触れるかによって、もたらされる印象や作者像は異なるものになるだろう。それを、大岡信の魅力と呼んでよいと思う。

批評の三部作とされる『紀貫之』『うたげと孤心』『詩人・菅原道真』はいずれも時を経ても色褪せない

鮮烈な著作だ。『うたげと孤心』の中でもとりわけ後白河法皇をめぐる箇所は感動的で、読み応えがある。今様の名手の乙前と後白河法皇との交流、『梁塵秘抄』とその口伝に関する記述は、大岡信という詩人の心の在り方を表している。対象へ分け入ろうとする姿勢をことさらに取らなくても、対象のそばへ寄っただけで共鳴が始まるのだ。そして、その様態が言葉に置き換えられていく。これは大岡信の特徴の一つだ。朝日新聞で展開された「折々のうた」にも、まず共鳴する性格が行き渡っている。

『うたげと孤心』の「序にかえて」の中で著者は、単なる「伝統」や「個性」ではなく「両者の相撃つ波がしらの部分は、常に注視と緊張と昂奮をよびおこす」と述べている。そこには、二項対立の分類ではなく二項の対比に生成する緊張関係の局面そのものに引きつけられ、凝視する詩人がいる。いきいきとした視線によって紡ぎ出された言葉が場を形成し、受け手を招じ入れる。「あとがき」(同時代ライブラリー版)には「自分の中に頑強に根づいている孤心というものをどのようにしたら枯渇させることなく生きのびさせてゆけるか」という記述がある。「合す」ことと孤心に還ること。集団と個、複数と単数。実感を持って掘り下げられた言葉の場は、そうしたせめぎ合いの場だった。

本質的な共鳴を常に出発点とし、詩作品と批評その他の仕事を積み重ねた大岡信は、広い意味での詩をどのような構図のもとに受け取ることができるかを考え、提示し続けた。人間の言葉には、それらが辿ってきた道筋と、膨大な経験の蓄積がある。それがいったいどういう事実であるかを、大岡信の数々の仕事は、その自然な佇まいの中、伝えている。

(はちかい・みみ/詩人)

「折々のうた」に思うこと

永田紅

三十年以上前のことになるが、高校一年生だった一九九一年の五月、京都で大岡信さんの講演を聞いたことがある。今となっては講演の内容を思い出せないのが残念だが、その後の懇親会にも出席され、近くであの〝目力〟に触れることができた。たぶん、生きている詩人という存在を見た最初だったと思う。短歌を作り始めて三年ほどだった十五歳の私にとって、生身の「詩人」のインパクトは大きかった。

「折々のうた」が、現代の日本の詩歌リテラシーに与えた影響の大きさを思う。今では、多くの新聞紙上に詩歌のコラムがあるのは当たり前の景色だが、新聞の第一面に毎朝短歌や俳句を載せるなんて、当初はかなり思い切った企画だったはずだ。海外の文化人たちが驚いたというが、すでに明治時代から、日本の新聞には「歌壇・俳壇」欄があり、一般投稿者の作品が選を経て紙面に掲載されるという世界的にも稀有なシステムがあった。とくに興味がない読者にとっても、目に入る場所に何となく詩歌がある。この日常は、じんわりと詩歌への親和性を涵養するだろう。

「折々のうた」は、毎日ひとつの歌とともに、百八十字の短文解説を付する形。限られた字数のなかで、大岡さんは毎日「削る」「省く」の作業に明け暮れ腐心したことだろう。その見えないプロセスに、私はいまとても関心がある。もっと説明したい、鑑賞したい、情報を込めたいという欲求があったはずだが、コラムは実にすっきりとゆったりと読みやすい。作者や背景の情報が適宜提供され、表現上の工夫や意味が解説され、なるほどいい作品だな、と思わせる。言葉の選びと斡旋の妙。

決まった型がある中での表現は、短歌を作るのと似ている。最終的に言葉の上では表現されなかったことへと思いを巡らすように促すのもまた、逆説的に言葉の力である。

そして、紹介された何千という作品に留まらず、その向こうには、まだまだ自分の知らない膨大な詩の断片が存在するのだと感じさせるところにも、「折々のうた」の大きな意味があると思う。それは、言語表現への畏れや謙虚さへとつながるものであろうから。

私は詩をほとんど書いたことがないので、一篇の詩はどうやって終わらせるのか、その切り上げ方がよくわからない。そんなことを思っていると、藤原俊成の和歌「夏もなをあはれはふかしたちばなの花散る里に家居せしより」に取材した大岡信の詩「たちばな」(『悲歌と祝祷』)に出会った。

花橘の花の散るころ／村里の家でくらした／春のあはれ秋のあはれを人はいふが／

私は夏のあはれもまた深いと思ふ／橘の花が散るのをあそこで見てから

俊成の和歌では上の句で作者の気づきが詠われ、結句でその原因となった「家」が出てくるが、詩のほうでは「家」は頭のほうに述べられ、最終行で再び「あそこ」として受けている。この配置によって、時間と空間の距離感が歌とは異なった広がりを見せる。詩の終わり方は、はじまりの受け方でもあるのだ、とうっすら納得できた気がする。

「丘のうなじ」(『春　少女に』)では、冒頭と最後に「丘のうなじがまるで光つたやうではないか／灌木の葉がいつせいにひるがへつたにすぎないのに」が置かれている。この二行が私はとても好きなのだが、こうやって回収されながらさらに広がってゆける詩を羨ましく思う。短歌ははじめから長さが決まっているが、詩は、広がるために終わらせる力が求められる詩形なのだろう。省き方と終わらせ方ということについて、大岡さんにお話を伺ってみたかったなと思う。

(ながた・こう／歌人)

断片と波動　大岡信の歌仙

長谷川櫂

大岡信さんの健康が思わしくなくなったある日、丸谷才一さんからお電話をいただいた。それまで安東次男（のちに岡野弘彦乙三《おっさん》）、大岡信、丸谷玩亭《がんてい》（のちに三浦雅士）の三人が代替わりしながらつづけてきた「歌仙の会」の捌き（采配）を大岡さんに代わってやってくれないかという話。即座に辞退すると、「交通整理のようなものです」という丸谷流の軽妙な誘いに乗ってから十年以上、この会をつづけている。最初の「大河の水の巻」の発句、脇、第三は、

河馬あそぶ大河の水も温みけん　櫂
　趣向きそはん四月一日　玩亭
春の山火をふく上を飛び越えて　乙三

会場は赤坂の蕎麦屋三平二階の四畳半（のちに銀座の文壇バー、ザボン）。両大家に囲まれて肩に力が入っているのは致し方ないとして、お二人を河馬にした趣向は我ながらあっぱれ。丸谷さんはその河馬を四月馬鹿に転じた。

歌仙は芭蕉がこよなく愛した三十六句の連句だが、あれから三百年、参加者（連衆）たちが面倒な規則（式目）に縛られることをみずから望んだがために好事家の愛玩物になっている文学形式である。

一方、われらが歌仙は月と花の定座《じょうざ》、恋の出所《でどころ》はあるものの、細かな式目に縛られず付けの趣向を第一とする。丸谷さんは旧派の面目に配慮して「現代歌仙」と謙遜していたけれど、これこそ歌仙の本道、歌仙を現代の文学として生かすには式目のしがらみに縛られてはいけないというのが三人の一貫した自負だった。

この会の歌仙はすでに何冊かの本になっている。次に引くのは「大魚の巻」（『とくとく歌仙』）から、

剛毛の筆さばき良き繪看板　　信
　モンローの脚バルドーの胸　　台
シニフィエとシニフィアンとが大嫌ひ　　玩

「台」はこの巻のゲスト高橋治台水。こんなふうに呵々大笑しながら赤坂の夜は更けてゆく。

大岡さんの病状がそれほどでなかったころ、毎月神田で「大岡信フォーラム」が開かれていた。大岡さんの失われゆく言葉を呼び戻すための対談形式の講座だった。そのフィナーレは私が質問者となって『芭蕉七部集』の全歌仙について大岡さんの考え（評釈）をうかがった。最初にとりあげたのは『猿蓑』の「鳶の羽の巻」。発句は、

鳶の羽も刷ぬはつしぐれ　　去来

鳶の羽を刷《かいつくろ》ったのは鳶か、それとも、はつしぐれか、昔から両説が譲らない厄介な句である。私は「刷う、羽づくろうというのだから鳶だろう」と思っていた。ところが大岡さんの考えをうかがうと「は

つしぐれです」という潔い答えが返ってきた。なぜ「はつしぐれ」なのか、あまりに決然たる回答に聞きそびれてしまったが、まず「鳶も羽を」ならともかく「鳶の羽も」とあるのだから「はつしぐれ」以外にない。さらに重大なことは『猿蓑』とその四つの歌仙は『おくのほそ道』の旅を終えた芭蕉の新風を祝福する選集であり歌仙である。このテーマに思い至れば、鳶の羽を刷ったのは『猿蓑』の冬の美目「はつしぐれ」以外にありえない。芭蕉の新風が世の歌仙を一変させたと去来はいいたいのだ。

それまで歌仙は気分まかせに句を付けてゆくものと思っていたが、歌仙には一巻を貫くテーマがある。テーマがなければ歌仙を巻く動機が生まれない。これに気づいたのも大岡さんとのこの対談だった。

大岡さんは時流の懐疑者であり批判者だった。『紀貫之』は正岡子規による貫之否定への反論である。『うたげと孤心』は、詩歌は個人が作るという明治以降の孤独な近代詩歌観に対して、宴の場で作るというアンチテーゼを提示した本として読まれているが、むしろその逆。東西冷戦時代にもてはやされた「座の文学」という左翼風の俳句観に対して、俳句においてもやはり孤心こそ出発点であるという痛烈な批判の書ではなかったか。この本の後半を占めるのは今様集『梁塵秘抄』を編む後白河院が意にかなう後継者が誰一人いないと嘆く氷のような孤心である。

「座の文学」とみえながら、歌仙もまた捌き手の孤心の産物である。捌き手は連衆の持ち味を次々に引き出しながら歌仙の流れをあやつるオーケストラの指揮者のような存在。芭蕉が「発句（俳句）は門人の中、予におとらぬ句する人多し。俳諧（歌仙）においては老翁が骨髄」（李由、許六撰『宇陀法師』）と語ったというのはこのことだろう。昭和の昔、交差点の真ん中の台に立って指揮者のように交通整理をする警官がいた。「交通整理のようなものです」という丸谷さんの言葉はあの孤独な警官のことだったか。

大岡さんが「朝日新聞」一面に長年連載していたコラム「折々のうた」の詩歌の並べ方は歌仙によく似ているといわれる。岩波書店の新書版は新聞掲載の順番を入れ替えているので、その呼吸が伝わらないが新聞掲載時はそうだったのだろう。大岡さんは歌仙を捌く手法で毎朝の紙面に詩歌を一つずつ選んでいった。
ここで忘れてならないのは歌仙も「折々のうた」も詩歌の断片でできていることである。なぜ歌仙も「折々のうた」も断片なのか。ヨーロッパの事情を考えると、中世の「神の時代」が終わって、近代という「人間の時代」が幕を開けたとき、人間界（世間）を俯瞰する客観的な神の視点は失われた。残ったのは無数の人間の主観という断片。二十世紀以降の文学はこれをつなぎ合わせてしか人間界を描けない。日本の場合はさらに徹底している。客観的な絶対の神の視点など最初からなく、あったのは八百万の無数の断片だけ。ここから『万葉集』も『枕草子』も連歌も歌仙も誕生した。

ひとはみずか
ら　遥かな
ものを載せ
て動く波で
ある

今回の大岡信展を縁に、大岡家から預かっていた大岡さんの書を神奈川近代文学館に寄贈した。一字一字が波となって躍動するみごとな書である。「ひとは……動く波」とは人間は無数の永遠の断片であるというのだ。大岡さんが生涯抱いていた思想が形となった書である。
ある年の夏休み、静岡県裾野市の大岡家の広間で歌仙の「三つもの」を墨書したことがあった。どれも私の俳句に大岡さんが脇、私が第三を付ける。大岡さんの病状はかなり進んでいたはずだが、中国のみごとな三層全紙に筆を走らせる大岡さんの少年の面影が忘れられない。

（はせがわ・かい／俳人）

大岡信略年譜

○数字は月。連句関連事項については99頁を、海外での足跡の詳細については102～103頁をご参照ください。

一九三一（昭和6）0歳　②16日、静岡県田方郡三島町（現・三島市）に、大岡博、綾子の長男として誕生。きょうだいに妹・玲子（夭折）、雅子、弟・脩。

一九三七（昭和12）6歳　④三島南尋常高等小学校に入学。2年生のときの作文「なまづ」が『模範綴方全集 二年生』（三九⑤　中央公論社）に収録される。

一九四一（昭和16）10歳　⑫太平洋戦争開戦。

一九四三（昭和18）12歳　④旧制沼津中学校に入学。

一九四四（昭和19）13歳　この年、工場動員の日々が続く。教師から陸軍幼年学校進学を勧められるが、拒否する。

一九四五（昭和20）14歳　⑧15日、敗戦。父と玉音放送を聞く。

一九四六（昭和21）15歳　②教師、友人と同人誌「鬼の詞」創刊。⑫沼津中学校学内誌「ＨＵＭＡＮ」に詩を掲載。

一九四七（昭和22）16歳　③沼津中学校を四年で修了。④旧制第一高等学校文科丙類に進み目黒区駒場の寮に入る。一高時代、「向陵時報」や父の主宰する「菩提樹」などに詩や評論を発表。この年、相澤かね子を知る。

一九四八（昭和23）17歳　夏、箱根関所考古館でアルバイトをする。

一九五〇（昭和25）19歳　④東京大学文学部国文学科に進む。東野芳明、飯島耕一らを知る。この年、かね子と交際始まる。

一九五一（昭和26）20歳　③同人誌「現代文学」を創刊。⑤台東区下谷竹町に下宿。

一九五二（昭和27）21歳　⑤「東大文学集団」に「海と果実」（「春のために」）を掲載。⑪北区王子に下宿。「赤門文学」掲載の評論「エリュアール」を中村真一郎が「文学界」（五三③）の同人雑誌評で取り上げる。⑫卒業論文「夏目漱石――修善寺吐血以後」提出。

一九五三（昭和28）22歳　③東京大学を卒業。④読売新聞社に入社、外報部に所属。⑤川崎洋、茨木のり子が「櫂」を創刊。

一九五四（昭和29）23歳　④「櫂」同人の会合に初めて出席。⑦「櫂」同人の会合で三好達治を知る。⑨『戦後詩人全集』1（書肆ユリイカ）に初期作品を収録。この年、杉並区大宮前に下宿。

一九五五（昭和30）24歳　⑥『現代詩試論』（書肆ユリイカ）。⑪「群像」に「肖像」を寄稿し、はじめて文芸誌から原稿料を得る。⑫『現代フランス詩人集』1（書肆ユリイカ）に「ポール・エリュアール論」とエリュアールの詩の翻訳を収録。この年、杉並区荻窪に下宿。

一九五六（昭和31）25歳　春ころ、かね子と暮らし始める。③塚本邦雄との論争「前衛短歌の〝方法〟を繞って」（「短歌研究」）によって高柳重信ら歌人、俳人を広く知る。⑥東野芳明らと「シュルレアリスム研究会」を結成、同会を通して瀧口修造を知る。⑦第一詩集『記憶と現在』（書肆ユリイカ）。⑩伊達得夫が「ユリイカ」を創刊。この年、武満徹を知る。

一九五七（昭和32）26歳　④かね子と結婚。⑥三鷹市上連雀に転居。

一九五八（昭和33）27歳　③「ユリイカ詩画展」に駒井哲郎との共作「物語の朝と夜」を出品。⑤『詩人の設計図』（書肆ユリイカ）。⑩長男・玲誕生。

一九五九（昭和34）28歳　⑧清岡卓行らと「鰐」を創刊。⑪南画廊主・志水楠男の依頼で「フォートリエ展」カタログなどの翻訳を担当。以後、南画廊を通して現代美術家と親しむ。

一九六〇（昭和35）29歳　③初の詩劇「宇宙船ユニヴェール号」、NHKラジオで放送。④出光興産・出光佐三の招待で伊達得夫らと九州などを旅行。⑨『芸術マイナス1』（弘文堂）。⑫『大岡信詩集』（書肆ユリイカ）。この年、サム・フランシス、加納光於を知る。草月アート・センターの活動を通して同世代の芸術家と親しむ。

一九六一（昭和36）30歳　④『抒情の批判』（晶文社）。

一九六二（昭和37）31歳　②大岡作、入野義朗音楽、詩と音楽「運河」（NHKラジオ）。⑪大岡詩、武満徹作曲「環礁」（文化放送）。⑫『わが詩と真実』（思潮社）。

一九六三（昭和38）32歳　②長女・亜紀誕生。④読売新聞社を退職。南画廊での翻訳などに携わる。⑥『藝術と傳統』（晶文社）。⑩フランスへ。

一九六四（昭和39）33歳　⑥ラジオ小劇場「一日の終わりの神話」（NHKラジオ）。南画廊でフィリウー作、大岡訳・演出の「ポイポイ」上演。大岡構成、一柳慧作曲「暗黒への招待」（NHKラジオ）。⑦草月実験劇場でタルデュー作、大岡訳「鍵穴」上演。⑧ラジオ小劇場「墓碑銘」（NHKラジオ）。

一九六五（昭和40）34歳　②『眼・ことば・ヨーロッパ』（美術出版社）。④明治大学非常勤講師、のち助教授となる。⑤芸術劇場「夢の浮橋」（NHKラジオ）。⑫『超現実と抒情』（晶文社）。

一九六六（昭和41）35歳　①加納光於から版画の手ほどきを受ける。③『文明の中の詩と芸術』（思潮社）。④三鷹市井口に転居。⑤芸術劇場「写楽はどこへ行った」（NHKラジオ）。⑩芸術劇場「化野」（NHKラジオ）。

一九六七（昭和42）36歳　⑧ファーブル著、大岡訳『昆虫記』（河出書房『少年少女世界の文学』別巻2）。⑨『現代芸術の言葉』（晶文社）。⑫芸術劇場「鱗太郎」（NHKラジオ）。

一九六八（昭和43）37歳　②『大岡信詩集』（思潮社）。⑤大岡訳『ジャム詩集』（河出書房）。⑧芸術劇場「次郎」（NHKラジオ）。「写楽はどこへ行った」（NHKテレビ）。

一九六九（昭和44）38歳　②『現代詩人論』（角川書店）。④『蕩児の家系』（思潮社）〈第7回藤村記念歴程賞〉。⑥『肉眼の思想』（中央公論社）。物語「金色の夢」（NHKラジオ）。⑦劇団「雲」で「あだしの」上演。

一九七〇（昭和45）39歳　②芸術劇場「木の仏」（NHK FM）。⑩明治大学教授に就任。

一九七一（昭和46）40歳　③ステレオドラマ「イグドラジルの樹」（NHK FM）。⑤小室等作曲の音楽アルバムに大岡詩「私は月には行かないだろう」収録。『彼女の薫る肉体』（湯川書房）。⑧調布市深大寺に転居。⑨『紀貫之』（筑摩書房『日本詩人選7』）〈第23回読売文学賞〉。⑩『言葉の出現』（晶文社）。

左から長男・玲、かね子、長女・亜紀。

一九七二（昭和47）41歳　①『彩耳記』（青土社）。南画廊で加納光於との共作「アララットの船あるいは空の蜜」展示。妻・かね子、深瀬サキの筆名で執筆活動を始める。②『躍動する抽象』（講談社『現代の美術』8）。④『現代美術に生きる伝統』（新潮社）。⑤『螺旋都市』（私家版）。⑦『透視図法――夏のための』（山田書店）。『あだしの』（小沢書店）。⑪『たちばなの夢』（新潮社）。

一九七三（昭和48）42歳　⑧『装飾と非装飾』（晶文社）。⑨『狩月記』（青土社）。⑪アレクサンドリアン著、大岡訳『マックス・エルンスト』（河出書房新社　シュルレアリスムと画家叢書「骰子の7の目」2）。

一九七四（昭和49）43歳　⑩『今日も旅ゆく・若山牧水紀行』（平凡社）。大岡脚本、実相寺昭雄監督 映画「あさき夢みし」封切。⑫早稲田小劇場で大岡潤色「トロイアの女」上演。ミロ、タイヤンディエ著、大岡訳『ミロの版画』（河出書房新社）。

一九七五（昭和50）44歳　③『星客集』（青土社）。④岡倉天心の取材のため茨城・五浦へ旅行。『風の花嫁たち』（草月出版）。⑦『本が書架を歩みでるとき』（花神社）。『遊星の寝返りの下で』（書肆山田）。⑨スタロバンスキー著、大岡訳『道化のような芸術家の肖像』（新潮社）。⑩『岡倉天心』（朝日新聞社）。⑫『青き麦萌ゆ』（毎日新聞社）。

一九七六（昭和51）45歳　①『年魚集』（青土社）。⑥『子規・虚子』（花神社）。オランダへ。⑦『日本の色』（朝日新聞社）。⑪『悲歌と祝祷』（青土社）。中国へ。⑫「特集　大岡信」（『ユリイカ』）。

一九七七（昭和52）46歳　①フランスへ。②『大岡信著作集』全15巻（～七八④　青土社）。④石川啄木、芭蕉の取材のため東北地方を旅行。『昭和詩史』（思潮社）。⑤『現代文学・地平と内景』（朝日新聞社）。⑥『詩への架橋』（岩波新書）。フリーマン著、大岡訳『みつけたぞぼくのにじ』（岩波書店）。欧州へ。⑦『明治・大正・昭和の詩人たち』（新潮社）。フランシス著、大岡訳『一つの大洋 一つの茶碗』（私家版）。⑧『クレーと現代絵画』（講談社『グランド世界美術』25）。⑩大岡訳、渡辺則子絵『プレヴェール詩集　やさしい鳥』（偕成社）。

一九七八（昭和53）47歳　②『うたげと孤心』（集英社）。⑤『片雲の風』（講談社）。⑥『おくりもの』（私家版）。⑨アメリカへ。⑩『ことばの力』（花神社）。⑪『逢花抄』（青土社）。『日本詩歌紀行』（新潮社）。ワグナー文、ブルックス絵、大岡訳『まっくろけのまよなかネコよおはいり』（岩波書店）。⑫『春　少女に』（書肆山田）〈第7回無限賞〉。

一九七九（昭和54）48歳　①「朝日新聞」に「折々のうた」連載（～〇七③）。②ワグナー文、ブルックス絵、大岡訳『アラネア』（岩波書店）。『鬼と姫君物語』（平凡社名作文庫）。⑤『四季の歌恋の歌』（筑摩書房）。アメリカへ。⑥『櫂・連詩』（思潮社）。⑨クラウス文、センダック絵、大岡訳『おふろばをそらいろにぬりたいな』（岩波書店）。⑩『アメリカ草枕』（岩波書店）。⑫調布市深大寺内で転居。この年、日本現代詩人会会長就任（～七八）。サントリー学芸賞選考委員（～〇六）、野間文芸新人賞選考委員（～八三）を務める。

一九八〇（昭和55）49歳　③『折々のうた』全10冊＋総索引（～九二⑨岩波新書）。⑧『宇滴集』（青土社）。⑨『詩歌折々の話』（講談社）。⑩『詩とことば』（花神社）。⑪「折々のうた」で第28回菊池寛賞を受賞。『詩の日本語』（中央公論社『日本語の世界』11）。

一九八一（昭和56）50歳　③明治大学から研究休暇、アメリカ、欧州へ（～八二①）。⑤『《折々のうた》の世界』（講談社）。『現代の詩人たち』上下（青土社）。⑦『水府　みえないまち』（思潮社）。ル・クレジオ作、ギャルロン絵、大岡訳『木の国の旅』（文化出版局）。⑨『萩原朔太郎』（筑摩書房『近代詩人選』10）。⑩1日、父・博死去。⑫『現世に謳う夢』（中央公論社）。

一九八二（昭和57）51歳　④『加納光於論』（書肆風の薔薇）。⑥『詩の思

想』（花神社）。⑨『日本詩歌読本』（三修社）。⑩大岡博著、大岡編『春の鷺』（花神社）。岡倉覚三、デーヴィー著、大岡訳『宝石の声なる人に』（平凡社）。⑪「加藤楸邨・大岡信　書の二人展」開催。『人麻呂の灰』（花神社）。⑫大岡、フィッツシモンズ『揺れる鏡の夜明け』（筑摩書房）。

一九八三（昭和58）52歳　①『マドンナの巨眼』（青土社）。③高見順賞選考委員となる。④大岡、谷川俊太郎編『現代の詩人』全12巻（～八四②　中央公論社）。⑤欧州へ。⑥『短歌・俳句の発見』（読売新聞社）。⑧『表現における近代』（岩波書店）。⑪菅井汲と「一時間半の遭遇」を共同制作。

一九八四（昭和59）53歳　⑦『日本語の豊かな使い手になるために』（太郎次郎社）。⑩『草府にて』（思潮社）。『水都紀行』（筑摩書房）。オクタビオ・パスを囲む懇談会に参加。⑫大江健三郎らと「季刊へるめす」創刊。『ミクロコスモス瀧口修造』（みすず書房）。

一九八五（昭和60）54歳　④『楸邨・龍太』（花神社）。『万葉集』（岩波書店）。⑤『抽象絵画への招待』（岩波新書）。⑥欧州へ。⑨『うたの歳時記』全5巻（～八六⑧　学習研究社）。⑩『詩とはなにか』（青土社）。⑪「花のメタモルフォーズ　宇佐美爽子＋大岡信」展開催。

一九八六（昭和61）55歳　①アメリカへ。②『《折々のうた》を語る』（講談社）。⑥欧州へ。⑧バイチマン作、大岡訳の能「漂炎（Drifting Fires）」上演。⑨『うたのある風景』（日本経済新聞社）。⑩三島市・楽寿園に父・博の歌碑が建立される。カナダへ。⑪ジュリエット・グレコと作詞したシャンソン「炎のうた」披露。⑫フランスへ。

一九八七（昭和62）56歳　③明治大学教授を退く。④大岡ほか『ヴァンゼー連詩』（岩波書店）。『ヨーロッパで連詩を巻く』（岩波書店）。⑤フランスへ。⑨『窪田空穂論』（岩波書店）。⑩『ぬばたまの夜、天の掃除器せまつてくる』（岩波書店）。⑪ドイツへ。

一九八八（昭和63）57歳　④東京藝術大学教授に就任。⑥オルフ作、大岡翻案「カルミナ・ブラーナ」上演。⑪日仏文化サミットに出席。『人生の黄金時間』（日本経済新聞社）。

一九八九（平成元）58歳　③大岡ほか『ファザーネン通りの縄ばしご』（岩波書店）。④『故郷の水へのメッセージ』（花神社）〈第7回現代詩花椿賞〉。日本ペンクラブ第11代会長に選出（～九三）。⑦欧州へ。フランスの芸術文化勲章シュヴァリエを受章。⑧『詩人・菅原道真』（岩波書店）〈第40回芸術選奨文部大臣賞〉。⑨カナダへ。⑩武満徹企画の朗読会「三人の詩人たち――自然と音楽」に谷川俊太郎、辻井喬とともに出席。

「三人の詩人たち――自然と音楽」　1989年10月10日　八ヶ岳高原音楽堂で　左から武満徹、辻井喬、大岡、谷川俊太郎。

一九九〇（平成2）59歳　③谷川俊太郎と企画した「銕仙朗読会」開催（〜九二⑫　隔月）。『永訣かくのごとくに候』（弘文堂　『叢書死の文化』11）。④赤尾三千子の委嘱による大岡詩、石井眞木作曲「水炎伝説」上演。⑩欧州へ。

一九九一（平成3）60歳　①『連詩の愉しみ』（岩波新書）。③国立劇場委嘱による大岡作・構成、間宮芳生作曲・音楽監督「小さき者のうたものがたり　飛倉戯画巻——命蓮の鉢」上演。⑥欧州へ。⑦ハワイへ。

一九九二（平成4）61歳　③母校の静岡県立沼津東高等学校（旧・沼津中学校）に詩碑建立、除幕式。⑤『地上楽園の午後』（花神社）〈第8回詩歌文学館賞〉。⑥『詩をよむ鍵』（講談社）。中国へ。⑧『美をひらく扉』（講談社）。『「忙即閑」を生きる』（日本経済新聞社）。⑪『光のくだもの』（小学館）。この年、ドキュメンタリー映画「夢窓——庭との語らい」（ユンカーマン監督）に出演。この年から奥の細道文学賞の選考委員を務める。

一九九三（平成5）62歳　③フランスの芸術文化勲章オフィシエを受章。第9回東京都文化賞受賞。深瀬サキ『思い出の則天武后』（講談社）出版を祝う会で挨拶。④東京藝術大学教授を辞し、客員教授となる。フランスへ。⑤『人生の果樹園にて』（小学館）。⑥欧州へ。⑨6日、母・綾子死去。滞在先のドイツで訃報を受ける。⑩『私の万葉集』全5巻（〜九八①　講談社現代新書）。⑪フランス滞在中脳梗塞を発症し、応急処置をパリで受けて帰国、間もなく仕事に復帰するが半年ほど字を書くのに苦しむ。

一九九四（平成6）63歳　①大岡詩、本條秀太郎作曲　新作端唄「新春綺想曲」上演。⑥『火の遺言』（花神社）。⑨講演会「ふるさとで語る折々のうた」（〜〇八　毎秋開催）。⑩『新折々のうた』全9冊＋総索引（〜〇七⑩　岩波新書）。『一九〇〇年前夜後朝譚』（岩波書店）。フランスへ。この年から日仏文学翻訳賞選考委員を務める。

一九九五（平成7）64歳　③エルサレムからスペインへ。④『あなたに語る日本文学史』古代・中世篇、近世・近代篇（新書館）。⑥第51回日本芸術院賞・恩賜賞受賞。大岡編『集成・昭和の詩』（小学館）。⑨『正岡子規』（岩波書店）。⑩欧州へ。⑪豊田喜代美の委嘱による『オペラ　火の遺言』（朝日新聞社）刊行、一柳慧作曲により上演。『光の受胎』（小学館）。『日本の詩歌』（講談社）。⑫日本芸術院詩歌部門新会員となる。この年、「しずおか世界翻訳コンクール」の企画委員長および審査員を務める。

一九九六（平成8）65歳　③中国へ。⑤タイへ。⑥オランダへ。⑧マケドニアで金冠賞を受章。⑪フランス大使館でシラク大統領と会談。

一九九七（平成9）66歳　①一九九六年度朝日賞を受賞。⑨「歓遊展」（ドミニック・エザールと大岡らの共作を展示）。「菩提樹」七〇〇号記念号に「七百号を祝う」を掲載。⑪フランスへ。『ことばが映す人生』（小学館）。『光のとりで』（花神社）。

一九九八（平成10）67歳　②「日本におけるフランス年」のシンポジウムに参加。④『トム君おはよう』（私家版）。⑦フランスへ。

一九九九（平成11）68歳　⑤『日本の古典詩歌』全5巻＋別巻（〜〇〇③　岩波書店）。⑥『捧げるうた50篇』（花神社）。⑨ドイツへ。⑩「しずおか連詩の会」（以後毎秋開催）。⑫『北米万葉集』（集英社新書）。

二〇〇〇（平成12）69歳　③アメリカへ。⑤NPO富士山クラブの顧問に就任。⑦、⑩オランダへ。

二〇〇一（平成13）70歳　①『百人百句』（講談社）。⑤欧州へ。⑩『世紀の変り目にしやがみこんで』（思潮社）。⑪「アートの源泉＝詩」展で大岡の英訳詩からイメージされた吉屋敬のグラフィック作品展示。

二〇〇二（平成14）71歳　③出雲市委嘱による大岡詩、鈴木輝昭作曲「頌歌　天地のるつぼ——出雲讃歌」上演。④「大岡信フォーラム」開講（〜〇九③）。⑧二〇〇二年度国際交流基金賞を受賞。⑩『ベルリン連詩一九九九』（私家版）。⑪『大岡信全詩集』（思潮社）。『旅みやげ にしひがし』（集英社）。

二〇〇三（平成15）72歳 ③フランスへ。④千代田区飯田橋に転居。⑪文化勲章を受章。『わたしは月にはいかないだろう』（私家版）。

二〇〇四（平成16）73歳 ①宮中歌会始で召人を務める。⑥フランスのレジオン・ドヌール勲章オフィシエを受章。⑧大岡作、一柳慧作曲「生田川物語」上演。⑪『大岡信自選詩集』（岩波書店）。大岡編『闇にひそむ光』（岩波書店）。

二〇〇五（平成17）74歳 ⑥『星の林に月の船』（岩波少年文庫）。

二〇〇六（平成18）75歳 ④「詩人の眼 大岡信コレクション展」（三鷹市美術ギャラリーほかを巡回）開催、大岡玲と記念対談。『生の昂揚としての美術』（大岡信フォーラム）。⑤講座「親子ってなに？」で大岡玲、谷川俊太郎、谷川賢作とトーク。⑩宇宙航空研究開発機構の企画「宇宙連詩」を監修（〜〇八年度）。

二〇〇七（平成19）76歳 ③多田富雄提唱の「〝自然科学〟と〝リベラル・アーツ〟を統合する会」が発足し、賛同者となる。④スペインへ。この年、日本現代詩人会会長就任（再任、翌年まで）。

二〇〇八（平成20）77歳 ④『鯨の会話体』（花神社）。⑧大岡編『大岡博全歌集』（花神社）。

二〇〇九（平成21）78歳 ④裾野市に転居。⑩三島市に「大岡信ことば館」開館（一七⑪閉館）。

二〇一〇（平成22）79歳 ⑦『日本詩歌の特質』（大岡信フォーラム）。

二〇一三（平成25）82歳 ⑤『詩人と美術家』（大岡信フォーラム）。⑧『大岡信全軌跡』全3冊（大岡信ことば館）。

二〇一四（平成26）83歳 ⑨大岡信研究会発足。

二〇一五（平成27）84歳 ⑥谷川俊太郎編 大岡信詩集『丘のうなじ』（童話屋）。⑩世田谷文学館で「詩人・大岡信展」開催。

二〇一六（平成28）85歳 ④『自選 大岡信詩集』（岩波文庫）。

二〇一七（平成29）86歳 ④5日、死去。⑥「大岡信さんを送る会」開催。

「櫂」同人と　2004年3月3日　前列左からかね子、大岡、水尾比呂志、後列左から吉野弘、岸田衿子、川崎洋、和枝、谷川俊太郎。大岡は文化勲章を身につけている。

※本書収録の年譜作成にあたり『大岡信全軌跡』（二〇一三年八月　大岡信ことば館）ほかを参照しました。

主な出品資料

【原稿】

「菱山修三論」　＊
「詩稿（記憶と現在）草稿」　＊
「詩集告知」　＊
『詩集　透視図法――夏のための』　＊
「ポオル・エリュアール詩抄」　＊
「咒」　＊
ヴァンゼーで制作した連詩　＊
「折々のうた」　＊
『新折々のうた』4のための手入れ原稿　＊
「『折々のうた』を終って」　＊
「あとがき」（『新折々のうた』9）　＊
「大使閣下　ご列席の皆様」　＊
寺田透「二相系」　当館蔵・寺田透文庫

【自筆資料】

詩稿ノート（「POÈMES」「Etude (Poésie)」ほか）　＊
評論ノート　＊
訳詩ノート　＊
「つはもの日記」　＊
大岡ほか回覧雑誌「二十代」第5号　＊
卒業論文「夏目漱石論――修善寺吐血以後」、執筆のためのノート　＊
「JORNAL1952」　＊
「春のために」覚書（複写）　＊
記者時代のノート、手帳　＊
「化野」創作メモ　＊
「写楽はどこへ行った」創作メモ　＊
「オペラ　火の遺言」創作ノート　＊
「万葉・古今・貫之・俊成」ノート　＊
「うつしの美学」創作メモ　＊
「折々のうた　若山牧水など」創作ノート　＊
「折々のうた」創作ノート　＊
「うたげの場と孤心の力」講演メモ　＊
「言葉の力」講演メモ　＊
大岡、石川淳、安東次男、丸谷才一との歌仙懐紙、短冊　＊
大岡、丸谷才一、岡野弘彦　歌仙「夜釣の巻」短冊　＊
石川淳　日記　世田谷文学館蔵（写真）
大岡博　日記

【書簡】　※年は西暦の下2桁を記載

〈大岡発信〉

相澤かね子あて　51年4月30日　53年8月31日
宇佐美圭司あて　80年12月6日　＊
太田裕雄あて　48年5月5日はがき　48年6月12日
清岡卓行あて　63年10月15日消印はがき　63年12月21日はがき　当館蔵・岩阪恵子氏寄贈
重田徳あて　［50年］7月16日消印はがき
寺田透あて　49年2月23日　52年11月11日消印はがき　54年6月2日　当館蔵・寺田透文庫
中村謙あて　07年3月30日　＊

〈来信〉

安野光雅　80年11月14日消印　＊
川崎洋　54年4月12日消印
谷川俊太郎　55年2月26日消印はがき　55年4月22日消印　55年10月29日消印はがき　56年3月19日消印はがき　56年9月19日電報　80年9月16日　83年1月21日はがき　［96年］11月2日はがき　＊
寺田透　52年9月13日消印はがき　52年11月19日消印はがき　＊
那珂太郎　54年3月30日はがき　54年5月4日はがき　＊
日野啓三　［51年］8月1日はがき　＊
三井ふたばこ　53年［3月6日］　＊

【書画、工芸】

〈大岡制作〉

書「心やすい挨拶をかつて交さず……」

＊は当館蔵・大岡信文庫　所蔵者空欄は個人蔵
出品資料は変更になることがあります。

書「水鳥」（「とこしえの秋の歌」から）
書「大いなるふみ開くごとあめつちを……」「法師蟬わが足音に鳴きしづまる……」「森の谺を背に此の径をゆく……」 ＊
書　連句「かなかなの巻」 ＊
書　連詩「目と耳の道の巻」「ICLA連詩」「フランクフルト連詩」「西ベルリン連詩」「ベルリン四ヵ国語連詩」 ＊
書「水音や更けてはたらく月の髪……」「ひとはみずから遥かなものを載せて動く波である」　当館蔵・長谷川櫂氏寄贈
制作『彼女の薫る肉体』特装本
画「まぶたの裏で見た風の夢」、アメリカ旅行中のスケッチ ＊
〈共同制作、諸家制作〉
サム・フランシス画　大岡詩“Water Buffalo”（リトグラフ） ＊
ドミニック・エザール料紙　大岡書「たからかな蒼空の滝音に……」 ＊
宇佐美爽子画　大岡書「夢に見た光と……」「遠さを支配する眼の歩み……」 ＊
加藤楸邨、大岡書「おぼろ夜の……／紅さして……」「百済観音……／楽の音……」 ＊
加納光於制作　大岡詩「アララットの船あるいは空の蜜」「砂の嘴・まわる液体」 ＊
菅井汲画　大岡書「一時間半の遭遇」 ＊
長谷川櫂、大岡書「葉先より……／鯰静かに……」「運ばるる……／青鬼灯も……」　当館蔵・長谷川櫂氏寄贈
安野光雅画『ぬばたまの夜、天の掃除器せまつてくる』函原画 ＊
宇佐美圭司画『片雲の風』カバー原画 ＊
大岡亜紀画『地上楽園の午後』カバー原画 ＊
加藤楸邨書「行くところかならず……」 ＊
北杜夫「非芸術院会員　任命書」、賞金 ＊
黒田征太郎画“Mr. S: Ooka” ＊
寺田透画「静物」 ＊
高村光太郎書「海にして太古の民のおどろきをわれふたたびすおほ空のもと」
瀧口修造「リバティ・パスポート」「炎と瞳と同形同質、見えない闇のユーモア」 ＊

【音楽関連資料】
「武満徹の音楽」1、2レコードジャケット　東京藝術大学附属図書館蔵

【叙勲、受賞関連資料】
ストルーガ詩祭金冠賞トロフィー、賞状
芸術文化勲章オフィシエ
芸術文化勲章シュバリエ
レジオン・ドヌール勲章オフィシエ
文化勲章

【雑誌、台本ほか】
「菩提樹」
「鬼の詞」「HUMAN」「向陵時報」「現代文学」「赤門文学」「東大文学集団」 ＊
「宇宙船ユニヴェール号」「あさき夢みし」ほか台本 ＊
トゥールーズでの日本詩歌セミナー資料 ＊
「燕は去るの巻」英語版、日本語版資料　当館蔵・川﨑和枝氏寄贈

【写真】
柿沼和夫撮影　武満徹、サム・フランシス、宇佐美圭司と ＊

【旧蔵品など】
バー・ガストロのグラス
筆、落款印、水滴、墨
硯
旧蔵書
「折々のうた」チェックカード ＊
豆本『折々のうた』 ＊

結婚前の大岡信とかね子　撮影：石川周子

執筆者一覧（掲載順）

三浦雅士（みうら・まさし）　評論家。一九四六年、弘前生まれ。「ユリイカ」「現代思想」「ダンスマガジン」などの編集長を務めた。著書に『私という現象』『幻のもうひとり』『身体の零度』『青春の終焉』など。

谷川俊太郎（たにかわ・しゅんたろう）　詩人。一九三一年、東京生まれ。詩集に『二十億光年の孤独』『コカコーラ・レッスン』『虚空へ』、翻訳に漫画『ピーナッツ』など。二〇二四年死去。

宇佐美圭司（うさみ・けいじ）　画家。一九四〇年、大阪生まれ。六三年、南画廊で初の個展。七二年、ヴェネチア・ビエンナーレ日本代表。著書に『絵画論』『心象芸術論』など。二〇一二年死去。

五味文彦（ごみ・ふみひこ）　歴史学者。一九四六年、山梨生まれ。東京大学名誉教授、放送大学名誉教授。著書に『院政期社会の研究』『文学で読む日本の歴史』『島津氏と薩摩藩の歴史』など。

高橋順子（たかはし・じゅんこ）　詩人。一九四四年、千葉生まれ。元青土社編集者。「歴程」同人。詩集に『海まで』『幸福な葉っぱ』『時の雨』『海へ』、評論に『連句のたのしみ』など。

越智淳子（おち・じゅんこ）　俳誌「古志」同人。元外交官。一九四六年、愛媛生まれ。大岡信研究会運営委員。日英音楽協会特別顧問。著書に句集『土用波』がある。

野村喜和夫（のむら・きわお）　詩人。一九五一年、埼玉生まれ。二〇〇九年からしずおか連詩の捌き手を務める。詩集に『川萎え』『薄明のサウダージ』『美しい人生』、小説集に『観音移動』など。

蜂飼耳（はちかい・みみ）　詩人、立教大学教授。一九七四年、神奈川生まれ。詩集に『いまにもうるおっていく陣地』『食うものは食われる夜』『顔をあらう水』など、書評集に『朝毎読』がある。

永田紅（ながた・こう）　歌人、細胞生物学研究者。一九七五年、滋賀生まれ。京都大学助教。「塔」短歌会編集委員。歌集に『日輪』『ぼんやりしているうちに』『春の顕微鏡』『いま二センチ』など。

長谷川櫂（はせがわ・かい）　俳人。一九五四年、熊本生まれ。朝日俳壇選者。ネット歳時記「きごさい」代表。句集『長谷川櫂自選五〇〇句』、『俳句と人間』『「奥の細道」をよむ 増補版』など。

出品者・協力者一覧（敬称略）

大岡かね子
大岡玲
大岡亜紀

相澤實
池上弥々
石川周子
石川眞樹
今井亜理
岩阪恵子
岩本圭司
ドミニック・エザール
岡田流美
岡野弘彦
越智淳子
小沼利枝
加藤忍
加納光於
川﨑和枝

河村眞弓
小島ゆかり
齋藤喜美子
榊正美
鈴木力
鶴岡善久
永田理絵
中村謙
西川敏晴
根村亮
長谷川櫂
日野鋭之介
平原なつよ
福田正治
三浦奈央子

九州国立博物館
空想工房
劇団昴
思潮社
青土社
世田谷文学館
谷川俊太郎事務所
津和野町立安野光雅美術館
DNPアートコミュニケーションズ
東京藝術大学附属図書館
東京国立博物館
日本美術著作権協会
日本文藝家協会
文藝春秋
Sam Francis Foundation

大岡信展　言葉を生きる、言葉を生かす
会　　期　二〇二五年三月二〇日（木・祝）
　　　　　～五月一八日（日）
編集委員　三浦雅士
主　　催　県立神奈川近代文学館
　　　　　公益財団法人神奈川文学振興会
協　　力　大岡信研究会
後　　援　朝日新聞社
　　　　　NHK横浜放送局
　　　　　FMヨコハマ
　　　　　神奈川新聞社
　　　　　tvk（テレビ神奈川）
　　　　　読売新聞社
協　　賛　岩波書店
　　　　　京急電鉄
　　　　　相模鉄道
　　　　　東急電鉄
　　　　　横浜高速鉄道
　　　　　神奈川近代文学館を支援《サポート》する会
広報協力　KAAT 神奈川芸術劇場

大岡信《おおおかまこと》　言葉《ことば》を生《い》きる、言葉《ことば》を生《い》かす

二〇二五年三月二〇日　初版第一刷発行

編　者　県立神奈川近代文学館
公益財団法人神奈川文学振興会
〒二三一－〇八六二
神奈川県横浜市中区山手町一一〇
電話　〇四五－六二二－六六六六
担当　和田明子、佐川果蓮
www.kanabun.or.jp

発行者　上野勇治
発行所　港の人
〒二四八－〇〇一四
神奈川県鎌倉市由比ガ浜三－一一－四九
電話　〇四六七－六〇－一三七四
www.minatonohito.jp

ブックデザイン　須山悠里
印刷製本　創栄図書印刷
活版印刷　日光堂

ISBN 978-4-89629-454-5

だから詩の世界は広大で、多様で、生きるに値する。

——大岡信『火の遺言』あとがきから